生贄のマチ

特殊捜査班カルテット

大沢在昌

角川文庫
19342

目次

渋谷デッドエンド 五
生贄のマチ 一六九
解説 小島秀夫 四四四

渋谷デッドエンド

タケル

闇の中に身をおくと落ちつく、という人間は多い。闇は姿を隠し、危険な敵から身を守るからだ。遠い昔、まだ人間が地球上で最強の捕食者たりえなかった時代、今よりは毛むくじゃらで、頑丈な肉体をもっていたとしても、それよりはるかに強い牙《きば》や爪をもつ外敵から生きのびるには闇を味方にする必要があった。

同時に、闇には静けさがある。静けさは敵の不在の証明でもある。だからなおさら、闇に身をおくとき、人は心に安らぎを覚えるというのだ。

だがタケルはちがった。闇に身をおくとき、怒りがふくれあがるのを感じる。八年前のあの晩、突如として体の中に生まれ、成長をつづけてきた獣が巨大化するのを実感する。

獣は血を求めている。痛みを願っている。苦痛に飢えている。

その理由ははっきりしている。八年前のあの晩、家が闇に閉ざされていたからだ。

塾から帰ってきた、午後六時三十分。本当なら、暖かな光が満ち、夕食のおいしそうな匂いがドアを開けたとたんに鼻にとびこんでくる筈《はず》だった。

だが鍵《かぎ》のかかっていないドアを開け、まっ暗な家の中に足を踏み入れたとき、タケルの鼻孔にさしこんできたのは、まったく別の匂いだった。

鉄錆《てつさび》の匂いと糞便《ふんべん》の混じった悪臭。手さぐりで玄関の明りのスイッチを入れた瞬間、世界はまっ赤に染まった。

その年の春、一家は郊外の小さな一戸建てに越したばかりだった。玄関を入ってすぐの位置に階段があり、タケルと妹のミツキの部屋のある二階へと通じている。狭くて少し急な階段はすべりやすくて、引っ越してすぐの頃、タケルは何度か尻《しり》もちをついたあげく転げ落ちそうになったものだった。

――嫌いだよ、この階段
そのたびに文句をいい、母は、

――あんたがあわてものだからでしょ。いつも寝坊するからよ。十分早起きすればいいのだから
とりあってくれず、生意気な口をきくようになったひとつ下のミツキまでもが、

――そうだよ。お兄ちゃんがドジなだけ
母の味方をした。

その階段に赤い川が流れていた。中腹に、頭を下にした姿で、仰向《あおむ》けのミツキが横たわっている。目をみひらき、口を大きく開けて。

「お母さん！」

とっさにタケルの口を突いたのはその言葉だった。だが玄関以外はまだ闇に閉ざされた家の中で、タケルの叫びに応《こた》える者はいなかった。

靴を脱ぎすて、家にあがった。ひどく不安だった。何かがちがう。まちがった場所にきているような気がした。それもすぐにでもでていかなければならないくらい、ひどくまちがった場所にきてしまったのではないか。

それでも毎日の習慣がタケルをリビングに向かわせた。あがって右手にあるリビング。ソファがあり、テレビがおかれ、夕食のあとは家族でサッカーや野球を見ていた部屋。タケルにとっては、家庭そのものだった部屋。

壁を掌《てのひら》がすべり、スイッチを探りあてる。シャンデリアが点《とも》った瞬間、タケルは大声をあげた。

父と母がいた。これまで見たどんな映画よりもいっぱい血を流した姿で。喉《のど》を裂かれた父は、半分首がもげかけ、腹を切り裂かれた母は、どんよりとした瞳《ひとみ》でエプロンの上に広がった内臓を見おろしている。

まちがってる、まちがってる、まちがってる！

タケルは大声をあげながらくるりと向きをかえ、裸足《はだし》で玄関をとびだした。

外にでてみると、そこには見慣れた風景があり、ふりかえればあるのはタケルの家だった。

でもタケルが帰りたかったのはそこではなかった。タケルが帰りたかったのは、口うるさいけど優しい母と、言葉少なだが受けたとき掌が痺《しび》れるような速い球をキャッチボールで投げてくれる父と、生意気だけどいつだってタケルのあとをくっついてきたがる妹が待っている家だった。

なのにこの家からはそれが消えていた。あるのは闇と死んでしまった家族の姿だけ。あの夜、今もわかっていない誰かが、タケルから、タケルの世界の中心を奪いとり、かわりに〝死〟を残していったのだ。

死がどれほど残酷に人を変貌《へんぼう》させるかを、一夜のうちにタケルは学びとった。すべてが消え、悲しみを通りこした絶望を押しつけられ、タケルとタケルの世界は壊れた。

やがてタケルが自分だけは生きていることを、そして自分だけはこれからも生きていかなければならないことを自覚したとき、砕け散っていたタケルの心は、元の姿とはまるでちがう形で再構成された。

破片をかき集め、接着剤のようにいびつな形でくっつけたのは怒りだった。怒りは獣を生んだ。

誰も俺を責めることはできない。

タケルは鏡を見るたびにつぶやく。この心のまま生きていけ、とタケルは残った世界から求められたのだ。

ならば生きてやる。そのかわり、この獣がすることに、誰にも文句はいわせない。

タケルが今いるのは、古くなり解体が決定したビルの一室だった。ところどころ破れたガラス窓の向こうには、建物全体をおおうネットごしに渋谷《しぶや》の街が広がっている。ネットのせいで街の輪郭はぼやけ、まるで雨に煙っているかのようだ。

繁華街からは離れている。少し戻ればラブホテル街があり、その向こうが渋谷だ。

渋谷で遊んだことなど一度もない。たまるのも、集団で騒ぐのも、大嫌いだ。自分と同世代の連中が、用はなくとも渋谷にでかけるのは知っている。そいつらは、渋谷にくれば何か楽しいことがあるのだろう。だがタケルにとっては、渋谷は他の盛り場と同じで、獲物を見つける場所にすぎない。

タケルはむきだしのコンクリートの壁に背中をもたせかけ、リノリウムのはがれた床に尻をおとして、ぼんやりと外を眺めていた。

もうあと十五分もすれば獲物がやってくる。かたわらにはスケボーがあった。タケルの移動の手段であり、カモフラージュの道具でもある。

デニムパンツの上から膝《ひざ》と肘《ひじ》にプロテクター、手には鋲《びょう》のはまった革のグローブ。プラスチックのヘルメットは、防具であると同時に、ゴーグルとともに顔を隠す。

闇の中でうずくまる獣。血管の中を怒りがゆっくりと伝わって、体の隅々までいきわたるのを感じている。

放心したように動かなくても、この闇に閉ざされた建物に獲物が足を踏みいれる気配を聞き逃すまいと、耳に全神経を集中させていた。

ひそやかな話し声とコンクリートのかけらを踏む音が響いた。

タケルはすっと立ちあがった。たてかけておいたスケボーを静かに床におろす。この部屋で待つことにしたのは、獲物が集まる一画まで、直線で滑らかな廊下がつづいているからだ。それでいて、獲物からは死角になる位置だ。

「早く、早く、早く」

待ちきれないような声がする。

「あせんなよ」

余裕をかました声が応える。

「逃げやしねえからよ。それより金曜のイベントはマジだろうな」

「マジ、マジ。すっげえ集まるらしいぜ。何せ、リンのイベントだからよ」

「何だよ、リンの仕切りかよ。じゃ、駄目じゃん」

動きだそうとしたタケルは体を止めた。新たな獲物の情報が入るかもしれない。

「でも千人単位だって話だぜ。絶対足んなくなるからよ、売れるって」

「馬鹿。リンのとこにはセキュリティがいるんだよ。よそのプッシャーが入ってんのわかったら、膝を砕かれちまう」

タケルの体がゆらりと揺れた。ソールにスチールの入ったエンジニアブーツの片方をスケボーの上にかけ、もう片方の爪先《つまさき》で床を蹴《け》った。

シャーッという音に会話が止んだ。タケルは身をかがめ、さらに床を蹴る。

二〇メートルほど先に獲物がいた。先月から目をつけていた、ドラッグのプッシャーだ。花輪《はなわ》組の盃《さかずき》をもらっていると凄《すご》んでいるのを聞いたことがある。いっしょにいるのは、クラブで女をたらしこんでは、地方の風俗に売りとばしているスカウトだ。

二人はタケルになかば背を向ける形でかがみこんでいた。足もとにはプッシャーのトランクがあって、開いた中にごっそりとドラッグが詰まっているのが見えた。エルにエスに、MDMAだ。スカウトは、プッシャーも兼ねていて、たらしこんだ女にクスリを教え、売りつける。二人ともこのごみ溜《た》めのような世界に棲息《せいそく》している、何千匹というゴキブリの仲間だった。ゴキブリは、タケルの生まれる前からこの世にいて、きっと死んだあともいなくならない。

タケルはただ、生きる限り、一匹でも多くのゴキブリを叩《たた》き潰《つぶ》す。生きていけといわれた以上、ゴキブリ潰しが、自分の存在理由だ。

「何だ、おいっ」

ふりかえったプッシャーが目をむく。金髪で若作りをしているが、年はタケルの倍近いだろう。黒のスーツに赤いシャツを着け、胸もとを大きく開けている。

スカウトは逆に二十そこそこで、タケルとあまり年がちがわないように見えた。本当のところは、タケルよりもさらに年下の十七歳だ。タレント事務所にいたのが素行不良で追いだされたという噂だった。もともとのやさ顔を整形し、まるで女のように美形だ。街を歩けば、その美貌が女たちを惹《ひ》きつけるのを計算している。十七の若さで、すでに二十人近い女を売りとばし、うち三人がクスリと性病で廃人同様になっていた。一八〇センチのタケルと同じくらいの背で、ほっそりとした体に、革のスーツを着けている。

タケルは無言で滑っていった。まずはプッシャーからだ。

「手前《てめえ》、何だ!?」

加速したスケボーをスカウトめがけて蹴りとばし、タケルはプッシャーに襲いかかった。スケボーは狙い通り、スカウトの下腹部につき刺さり、甲高い悲鳴をあげさせた。これですぐには逃げだせない。

勢いのついた飛び蹴りだった。プッシャーの顔面にブーツの底が命中し、白いものが飛び散った。プッシャーの歯だ。衝撃でプッシャーは頭を壁に打ちつけ、そのまま崩れ落ちた。

着地したタケルは、地面に右膝をついたまま、今度は左足でスカウトの足を払った。腹をおさえていたスカウトがぶざまに宙を泳いだ。長髪が舞う。長い両手両足を広げ、仰向《あおむ》けにスカウトはぶっ倒れた。

プッシャーに向きなおった。顔面を血に染めて、プッシャーは起きあがったところだった。右手がジャケットにさしこまれ、ジャックナイフを引き抜いた。チッという音をたてて、二〇センチほどのブレードが起きあがる。ネットごしにさしこむネオンの光を、そのブレードが鈍く反射した。

「ごろず……」

血の泡を吹きながらプッシャーはいった。ナイフを扱い慣れていた。爪先に体重をかけ、空いた左手をつきだし、ナイフを握った右手を逆に引いている。

素人はナイフをもった手を前につきだす。威嚇にはなるが、のびた腕を攻撃されたらそれまでだ。

ナイフの刃先は上を向いている。突くと見せかけて、斬ってくる気だ。

「シュッ」

プッシャーが血の混じった唾《つば》を飛ばしながら叫び、右手を閃《ひら》めかせた。案の定、つきだされたナイフは不意に向きをかえ、タケルの右半身を狙ってくる。

タケルは体を左に流し、その場で半回転した。左腕を胸の前でたたみ、肘を思いきり遠くへつきだす。半歩、プッシャーが踏みこんだのがきいて、タケルの左肘はプッシャーのうなじに叩きこまれた。

プッシャーの体が泳いだ。ナイフを握った右手の手首をタケルはつかんだ。そのまま、プッシャーの泳いだ方向にひっぱってやる。足がついてこられず、プッシャーはうつぶせに倒れこんだ。胸を打ち、うっと息を詰まらせる。その背を踏み、タケルはジャンプした。ナイフをもった右手が着地地点だ。中途半端に握った拳《こぶし》をブーツが踏みつけ、骨の砕けるゴリッという感触がタケルの足の裏に伝わった。

プッシャーが言葉にならない悲鳴をあげた。タケルは容赦なくそのコメカミにブーツを叩きこむ。ぐいと首がねじれ、プッシャーは白眼をむいた。死にはしない。だが頸椎《けいつい》への損傷は、この男の残りの一生を車椅子に縛りつけるかもしれない。それがどうしたというのだ。

悲鳴がやむと、すすり泣きが聞こえた。スカウトだった。ほこりまみれになって泣いている。

タケルはスカウトに向きなおった。スカウトはさっと手をかかげ、顔をかばった。

「やめて、殴らないで。お願い、顔はやめて下さい。クスリはもっていっていいから……」

投げだされたトランクから、赤や白、青の錠剤がのぞいていた。何百錠という数だ。

「カネ」

タケルはいった。スカウトが革のパンツから札入れをひっぱりだして投げた。分厚い札束が入っている。クスリの仕入れ代金だろう。タケルはそこから現金だけを引き抜いた。

ゴキブリ潰しは、タイミングをはかってやれば、けっこうな金になる。それは、次のゴキブリ潰しまでの生活費になる。

「か、か、帰っていいですか」

「まだだ」

タケルはいって、ウエストポーチを開いた。ライターオイルの缶をとりだす。スカウトの見ている前で、中身をすべてトランクの中身にふりかけた。

「火をつけろ」

スカウトに命じた。スカウトの目が広がった。

「あんた、正気かよ。何百万てクスリだぜ。エスもエルも、ジャンプだって入ってる――」

タケルは無言でスカウトの顔面を蹴った。鼻が折れ、歯が飛んだ。

「やめてー、顔はやめでってでいっだのに……。やりまず、やりまずからやめで……」

震える手でデュポンのライターをつかみだした。震えが激しく、火をつけられない。

タケルはライターを奪いとった。彫刻入りの金張りだ。魅入られたように見つめているスカウトの前でライターを点《とも》した。そしてトランクの中に投げこむ。

炎がたち昇った。スカウトは言葉にならない叫びをたてた。

タケルはころがっているスケボーを拾いあげた。次の瞬間、くるりと一回転して、スカウトの股間《こかん》を蹴りあげた。渾身《こんしん》の一撃だった。睾丸《こうがん》が破裂し、激痛にスカウトは昏倒《こんとう》した。

トランクの中の炎は、さまざまなドラッグを溶かし、異様な匂いの煙を吐きだしている。

「気持よく飛べや」

失神している二人に吐き捨て、タケルはスケボーに足をのせた。

廊下を滑り、ビルの出入口に向かった。今夜の〝取引〟をつきとめるのに、タケルはひと月を費やしていた。ひと月かかってゴキブリ二匹というのは、かなり低いポイントだ。かわりにまとまった現金は手に入ったが、金よりも一匹でも多くのゴキブリを潰すほうがタケルにとっては大切だった。

今まで最高にポイントを稼げたのが、半年前の錦糸町《きんしちょう》だ。中国人とやくざの混成強盗グループを七人、壊滅させた。もちろん一気に叩き潰したのではない。カモになるふりをして、そいつらの〝事務所〟に連れこまれ、二人、二人、三人、と順番に仲間を呼ばせて潰したのだ。怪しいマッサージで客を釣り、睡眠薬を呑《の》ませては身ぐるみを剝《は》いでいた奴らだった。

最後の三人のうちのひとりは拳銃《けんじゅう》をもっていた。そいつは、呼びだしをうけて戻ってきた事務所に四人が血まみれで転がっているのを見て、呆然《ぼうぜん》とし、あわててトカレフをひき抜いた。

これまではちらつかせるだけで用が足りてきたのだろう。ろくすっぽかまえられないのを見てとったタケルは、警棒で手首を叩き折った。

出口の手前まできて、タケルはスケボーを爪先ではねあげた。さっとこわきに抱える。ビルの周囲に人影がないかをうかがった。プッシャーはときおり、運転手を使っている。運転手は場合によっては〝取引〟の場までついてきていた。こいつは元関取か何かで、ひどく太った大男だ。運転手を潰すのが一番の手間だとタケルは踏んでいた。そういう点では、今夜は運転手がおらず、ラッキーだった。

ビルの正面に、プッシャーのベンツが止まっていた。スモークフィルムでウインドウをべったりおおっている。少し離れた位置に、スカウトのポルシェだ。まだ免許をとれる年でもないのに、女たちに貢がせた金で買ったと、クラブで豪語しているのを聞いた。人けがないのに安心し、足を踏みだしかけて、タケルは凍りついた。

ベンツの運転席に大男がいた。だが眠っているのか、頭をハンドルにもたせかけ、ぴくりとも動かない。

さらに斜めうしろに人の気配を感じ、はっとふり返る。

紺のスーツを着け、白いシャツにネクタイをしめた男が、無言でタケルを見つめていた。いつのまに現われたのだろう。

髪を七・三に分け、地味な黒ぶちの眼鏡をかけている。ずんぐりとした体つきで、いかにもトロそうなおっさんだった。ガキ共がオヤジ狩りの標的にまっ先に選びそうなタイプだ。

だが、ビルの中から外をうかがったときには、その存在にはまるで気づかなかった。たまたま通りがかっただけなのか。

そうに決まっている。見てくれからして、このオヤジが、プッシャーやスカウトの仲間である筈《はず》もない。

サラリーマン風の男はのっぺりとした特徴のない顔をタケルに向けていた。表情はまるでない。今こうして向かいあっていても、よそを見た瞬間に忘れてしまいそうな、平凡な雰囲気の男だった。それに見ているだけで、話しかけようとか近づいてこようとする気配はない。

タケルは無視することにした。この男がゴキブリの仲間なら、いつでもひと息で潰《つぶ》せる。くるならいつでもいらっしゃい、だ。

スケボーを地面におろし、足をのせた。一気につっ走る。

一〇メートルほど走って、タケルはうしろをふり返った。男はまだそこに馬鹿みたいにつっ立っていた。

ふり返りながらタケルは地面を蹴《け》った。男の口もとが白く光った。笑っていたのだ。白く光ったのは男の歯だ。

そう気づいたのは、男の姿が見えなくなるくらい遠ざかってからだ。

東品川の倉庫街の外れに、タケルの部屋はあった。再開発からとり残された地区に建っている、元は倉庫だったような軽量鉄骨の建物だ。トイレと流しだけしかなかったが、広さは二十坪近くあるのが気に入ったのだ。簡易シャワーとパイプ式のベッド以外、コンクリートの床はトレーニング器具で埋めつくされていた。キックのジムや空手の道場にいかない日は、ひたすらここで体を鍛えているのだ。

入口は細長いシャッターで、それを上下させて出入りする。窓は、五メートル近い高さの天井近くに、明りとりのはめ殺しがあるだけだ。

小さなキィでシャッターを上げ、タケルは中に踏みこんだ。明りのスイッチは少し離れた場所にあるが、暗闇でも迷うことはない。この部屋に移り住んで三年近くになる。

窓からさしこむ光に、並んでいるトレーニングマシンやサンドバッグがぼんやりと見えていた。

スケボーを入口の壁にたてかけようと腰をかがめたときだった。いきなり首すじに激しい衝撃をうけ、タケルはつんのめった。

同時に誰かが明りのスイッチを入れた。床につっぷしたタケルの背中を誰かが思いきり踏みつけ、うっと声が洩《も》れた。

「小僧……」

後頭部に固いものが押しつけられた。

「捜したぜ」

タケルは首をねじった。見覚えのあるチンピラがトカレフの銃口をタケルの右目にあてがった。その向こうに、鉄パイプやサバイバルナイフを手にした男たちが立っている。

「手前《てめえ》のせいで、三人はまだまともに歩けねえ。俺もようやく手首がくっついたところだよ」

チンピラはいって、タケルの髪を左手でつかみ、頭を床に叩《たた》きつけた。

錦糸町のグループだ。どうやってかここをつきとめ、待ち伏せていたのだ。

「今すぐ、お前の頭吹っ飛ばしてやりてえけどな。それじゃ腹のムシがおさまらないんだよ。ズタズタにしてやっからな、覚悟しろよ」

チンピラはタケルの背中をおりると、思いきりわき腹を蹴り上げた。タケルは体をふたつに折った。今夜は両手でかまえている。こいつがいくら素人でも、外さない距離だ。タケルは腹をおさえ、うずくまった。実際以上にダメージをくらったふりをしながら、すばやく状況を見てとった。

やばい。絶望的だった。相手は四人しかいないが、うち二人が拳銃をもち、残りの二人も鉄パイプとナイフで武装している。ひきかえこちらは丸腰だ。特殊警棒は、今夜の狩りには必要ないと思って、ベッドのかたわらに投げだしていた。

「ぶっ殺す前に、いろいろ訊《き》く」

もうひとりの拳銃をもった男がいった。中国人だ。

「誰に頼まれて、うちの店、襲ったか」

「おらあっ」

チンピラがタケルの顔を蹴った。奥歯が折れるのがわかった。

「喋《しゃべ》れよ」

「誰にも頼まれてない」

血と歯のカケラを吐きだしてタケルはいった。

「ふざけんな、この野郎！」

次の蹴りを手で払い、立ちあがろうとした。耳をつんざく銃声が部屋の中で轟《とどろ》いた。

中国人が壁に向け、トカレフを撃ったのだ。

「お前、いいとこ住んでるよ。ここなら、いくら鉄砲撃ってもダイジョブね。どんなに泣いても平気」

トカレフをタケルの胸にゆっくりポイントしながら、中国人は笑った。

「このガキぃ」

チンピラがトカレフの銃身をタケルの額に叩きつけ、タケルは一瞬目の前が暗くなった。そのまま倒れかけるのを、チンピラはおさえつけた。

「手前、気を失うんじゃねえぞ。そんなラクはさせねえからな。血ヘド吐くまで起きてろ」

それから気づいたように仲間をふりかえった。

「シャッター降ろしとけ」

ナイフをもった男が動いた。入口のシャッターにとりつくと降ろそうとする。

それから起こったことは、朦朧《もうろう》としたタケルの目には、まるで映画を見ているかのようにに映った。

ナイフをもっていた男がはね飛ばされた。半分降りかけたシャッターをくぐって、紺色の服を着た男が入ってくる。

「何だ、手前は――」

叫んだチンピラの顔を片手でワシづかみにするとぐいとひきよせた。素早く膝《ひざ》がチンピラの鳩尾《みぞおち》に入り、チンピラの体から力が抜ける。だらりとたれさがったチンピラの手からトカレフを奪いとると、銃を構えた中国人に向け、引き金をひいた。

轟音《ごうおん》とともに中国人の体がはねとんだ。叫び声をあげ、鉄パイプがふりおろされた。それを入ってきた男はこともなげに左腕でうけとめるや、トカレフの銃把を鉄パイプの男の顔面に叩きこんだ。

一瞬でケリがついた。四人全員が動けなくなっていた。

タケルは額から流れでる血をぬぐい、目をしばたたいた。

紺色の男がふり返った。眼鏡をかけ、白いシャツにネクタイを結んでいる。男は無言でタケルに歩みよると、顎《あご》をつかみ、ぐいと仰向《あおむ》かせた。

「聞こえるか」

低い声で訊《たず》ねた。タケルは目をつぶり、

「ああ」

と答えた。

「目を閉じるんじゃない、こっちを見ろ」

顔をゆさぶられた。タケルは目を開けた。男の顔を正面から見上げる。まるで特徴のない平凡な顔。

「あんた、さっき渋谷にいたろう」

「覚えているんだな。じゃ、大丈夫だ」

男はタケルの顎から手を離し、背後をふり返った。

ジーッという、モーターの回るような機械音が聞こえた。降りかけたシャッターの向こうでしている。

音の主が姿を現わした。車椅子にのった、痩《や》せこけた男だった。革のジャケットに白いハイネックのセーターを着け、手もとのコントローラーで車椅子を操作している。頭蓋骨《ずがいこつ》に皮が貼りついただけではないかと思えるほど肉がない。落ちくぼんだ眼窩《がんか》に異様に鋭い目がはまっている。そこに熱に浮かされているような光があった。

「生きているのか」

その目がすわりこんだタケルを見おろした。

「はい。ダメージは見た目ほどはないようです」

男の薄い唇がゆがんだ。笑ったようだ。

「運がよかったな。待ち伏せが今日で」

タケルは投げだしていた両脚をひきつけた。

「何だ、あんたら」

「まだ戦意を失くしちゃいないようだな」

それを見て車椅子の男はくっくと笑った。

「立派なものだ。まあ、若いし、体もそれなりに鍛えているようだから、これくらいじゃへこたれんというわけだ。もっとも、頭のできは相当寒いようだが」

タケルはさっと立ちあがった。わずかにふらつくが、何とかなりそうだ。

「よせ」

車椅子の男はいった。

「相手をまちがえるな」

「何だ、あんたらって訊いているんだよ」

男は冷ややかにタケルを見つめ、それから車椅子に目を落とした。

「そうだな。私のことは、クチナワ、とでも呼んでもらおうか」

「クチナワ？」

「蛇のことだ。蛇には足がない」

いってから男は再び笑った。タケルは男を見つめた。男のパンツは、膝から下が折り畳まれている。

「お前のことは知っている」

見つめているタケルにクチナワと名乗った男はいった。そのときナイフの男が意識をとり戻した。中国語で何ごとかをつぶやきながら立とうとする。

スーツの男がさっと歩みよると、うなじを一撃した。そして手錠をつかみだし、うしろ手にはめて床に転がす。

タケルは目をみひらいた。

「あんたら、マッポかよ!?」

クチナワもスーツの男も、否定も肯定もしなかった。

「お前は、犯罪者と同じくらい警官を嫌っている。そうだろう？」

「俺をパクんのか」

クチナワはゆっくり首をふった。

「パクるだけならこんな手間はかけん。十歳のとき、お前は一夜で家族を失った。お前を除く一家が皆殺しにされ、犯人はまだつかまっていない。警察は、犯行の動機すらつかめずにいる」

タケルは黙った。スーツの男が動き、倒れている他の奴らにも手錠をかけていった。いったいいくつ手錠をもっていたのかと思うほどだ。それを見ていて、タケルは気づいた。

この二人は初めから今夜のことを知っていたのだ。タケルの狩りも、こいつらの待ち伏せも。

すべて承知でタケルが襲われるのを待っていた。

撃たれた中国人の男にも手錠がかけられた。銃弾は右肩を射貫《いぬ》いている。

「警察は無能だ。そう考えたお前は、自ら報復に乗りだすことにした。体を鍛え、格闘技を学び、街で犯罪者を見つけだしては血祭りにあげる。法を無視した野蛮な行為だ。野蛮な上に、ひどく効率が悪い」

「パクらないつっといて説教か」

「誰がパクらんといった？」

クチナワの声が冷たくなった。

「お前はほっておけば、殺されるまで狩りをつづけるだろう。しかもそいつはそう先じゃない」

「パクるんなら早くパクれよ」

タケルは吐きだした。クチナワの車椅子が動いた。タケルを壁ぎわに追いつめるように接近してくる。その機械音は、まるでクチナワ本人までもがモーターで動いているかのようだ。

タケルを追いつめたクチナワは、じっと目をのぞきこんだ。その瞳《ひとみ》の色は薄く、中央の瞳孔《どうこう》が小さい。

「もっと効果のある戦い方をしたいと思わんか。意味があるかどうかはわからん。だが、効果はある。いきあたりばったりに街で見つけた犯罪者を痛めつけるよりは――」

話している間に、スーツの男は手錠をかけた四人をまるで荷物のように抱えあげ、部屋の外に運びだしていた。

「何をさせたいんだよ」

「戦う気があるのか？」

タケルは黙った。こいつらがふつうの警官だとは思えない。第一、たった二人でやってくるなんてありえないことだ。

「考えろ」

　クチナワがいった。そして革のジャケットから紙切れを抜いた。名刺の大きさだが、携帯電話の番号以外、何も記されていない。

「明日、電話をしてこい。イエスでも、ノーでもだ。逃げるなよ」

　タケルは目を上げた。

「俺は逃げたことなんてないぜ。どんなにやられてもな」

「だろうな。それがお前の愚かさだ」

　クチナワは答えた。ジーッという音とともに車椅子が離れた。くるりと向きをかえ、シャッターをくぐっていく。

　ひとりきりになり、タケルは大きく息を吐いた。そして気づいた。背中は追いつめられたときのまま壁にはりついている。しかも、じっとりと冷たい汗に濡《ぬ》れていた。

　傷ついた場所は自分で治療した。額の傷は二センチほどあって骨が見えるほど深かったが、水で冷やして血が止まったところで絆創膏《ばんそうこう》を貼った。

　クチナワとあのスーツの男は、本当に警官なのだろうか。治療を終えたタケルはベッドに体を投げだし、息を吐いて天井を見上げた。

　タケルが狩りを始めて二年がたっていた。初めはオヤジ狩りをしていたガキ共を叩《たた》きのめしたのがきっかけだった。一度も吐きだすことなくたまりつづけていた体の中の怒りが、一瞬、霧が晴れるように消えるのを、そのとき感じた。それ以来、さらに体を鍛え、街をうろついては獲物を探すようになった。

そこで学んだのは、本当に警察はアテにならない、という事実だった。

警官は自分たちの方が数が多くて、相手がびびっていると見るや、かさにかかる。一方で、相手が数に勝っていたり、警官とわかっても刃向かってくるくらい気合いが入っていると、見て見ぬふりをしたりする。

結局は幻想なのだ。警官が正義の味方で、多勢に無勢でも悪い奴を叩きのめすというのは、テレビや映画の中のお話に過ぎない。同じ人間である以上、傷ついたり殺されたりすることへの恐怖からは逃れられないのだ。

だからこそ、クチナワとあのスーツの男が警官だとは思えなかった。警察バッジを見せもしなかったし、名前もいわなかった。

ただ、あのスーツの男の強さは異常だった。

あんな奴がいるのか。警官というより、特殊部隊の兵士のようだ。チンピラから奪いとったトカレフで中国人の肩を撃ち抜いたときの、流れるような動きは目に焼きついている。

トカゲ、とタケルはあのスーツの男を呼ぶことにした。蛇の連れで、動きが素早いからだ。

クチナワとトカゲは、自分にいったい何をさせようとしているのだろう。クチナワがもつ、独特の迫力は、タケルに逆らうことを許さなかった。車椅子から動けない体なのに、壁ぎわに追いつめられたタケルは、まさに蛇ににらまれた蛙だった。只者《ただもの》でない点では、トカゲに勝るとも劣らない。

わかっているのは、奴らがタケルの怒りを利用しようとしているということだ。それを拒否すれば、少年刑務所に送られる結果になるかもしれない。あの二人が警官でないとしても、これまでタケルがおこなってきた狩りのことを知っているのはまちがいない。たとえ相手がゴキブリだろうと、傷つけた犯人がわかれば、法の裁きは逃れられない。逃れられるのは、尻尾《しっぽ》をつかませない卑怯《ひきょう》な奴だけだ。たとえば、両親とミツキを殺した犯人のような。

やるしかない。それがゴキブリを相手にした戦いなら、自分にはやる以外の道はない。タケルは青みがかってきた天窓の向こうに目をやった。

どうせ自分には怒りしかなかった。十八年の人生のうち、半分近くの八年を怒りとともに生きてきた。だったらその怒りを思いきり使ってやる。

刑務所に入れられたら、きっとそこにいるゴキブリ共を、自分は殺されるまで痛めつけるにちがいない。そうして下手をすれば、ゴキブリ以下の人間になる。

ゴキブリを痛めつける奴が、ゴキブリより偉い人間とは限らないのだ。それがタケルにはわかっていた。むしろ人を傷つければ傷つけるほど、落ちていく。

怒りを吐きだすとき、そのことへの恐怖がタケルの中でふくらむ。クチナワは、もしかすると、タケルのその恐怖にも気づいているのではないだろうか。

怒りと恐怖は、タケルにとって、いつも背中合わせにある。

何もない部屋だった。壁も床もまっ白で、家具も何もおかれていない。まるでできたての病院の建物の中にいるようだ。

翌日、電話したタケルを、クチナワは芝大門《しばだいもん》に呼びだした。一階にコーヒーショップが入っている他は、何のテナントの看板もかかげられていない小さな雑居ビルの最上階へこい、といったのだ。

そこにはクチナワとトカゲの二人しかいなかった。トカゲはきのうと同じ紺のスーツ姿で、クチナワは喪服のような黒いスーツを着け、膝《ひざ》の上にノートパソコンを載せている。

トカゲが近づこうとするタケルを手で制し、無言でボディチェックをした。

「何もねえよ」

タケルは吐きだした。

「手つづきのようなものだ。この男は、私の指示にしたがう。私の身を守るのが、この男の最優先任務だ」

クチナワは穏やかな口調で告げた。ボディチェックを終えたトカゲは壁ぎわに一歩退き、うしろ手を組んでいる。そちらを見やり、タケルはひと言、

「トカゲ」

とだけいった。クチナワの表情がほころんだ。

「なるほど、トカゲか。確かにぴったりだ」

トカゲは無言だった。クチナワは車椅子を回し、タケルに開いたノートパソコンの画面を向けた。

群集と色とりどりの照明が写りこんだ写真だった。広くて暗い場所は、クラブのようだ。

クチナワがアイコンをクリックすると、ひとりの男がアップになった。デニムパンツにノースリーブのボア付Gジャンを着ている。Gジャンの下は素肌で、びっしりとタトゥが彫りこまれていた。

「知っているか」

タケルは首をふった。Gジャンの男は汗で濡れた胸を光らせ、マイクを手に大きく口を開いている。ニットのキャップをかぶり、キャップには「L」というロゴが入っていた。

「リンという男だ。人気のあるDJで、奴のイベントには、いつも千人からの人間が集まる」

「クラブに興味はねえ」

クチナワは小さく頷《うなず》き、写真を戻すと別の人物をクリックした。

カーゴパンツに「SECURITY」のTシャツを着た男がアップになった。長身でひどく暗い顔をしている。一刻も早くその場をでていきたがっているようだ。この男も腕にびっしりとタトゥが入っていた。

「こいつはホウ。リンの兄弟分で、彼のイベントには必ず個人セキュリティとしてついてくる。いってみればリンのボディガードだ」

「中国人か」

二人とも若い。リンは二十四、五。ホウは二十そこそこに見えた。

「中国人であり、日本人でもある。生まれたのは中国だが、小さいうちに日本に連れてこられた。彼らの祖父母が日本人だった。残留孤児という言葉を知っているか」

「聞いたことはある」

「六十年も前の話だ。日本は中国の一部を占領し、多くの日本人がそこで生活をしていた。日本が戦争に負けると、財産を奪われ、土地を追いたてられた。さらにソ連軍の兵士や匪賊《ひぞく》と呼ばれる略奪者たちに命までをも狙われた。命からがら日本へと逃げ帰る途中で、足手まといになったり、このままでは生きのびるのが難しいと思われた子供や赤ん坊が中国におきざりにされた。その子たちは中国人に育てられ、やがて結婚して子供を産んだ。日本に戻った彼らの親や兄弟は、何十年かすると生き別れになった肉親を捜した。見つけだされた人々の帰国を日本政府もうけいれた。だが帰国した人々すべてが幸福になれたわけではなかった。ことに生まれたときから自分を中国人だと信じこんできた二世、三世にとって、日本が生きやすい土地かというなら、微妙な問題だろう」

「だったら日本にこなけりゃいいんだ」

　タケルはいった。

「彼らの両親や祖父母は日本に帰りたがった。中国における生活環境が恵まれたものであったなら、中国に残るという選択肢もあったろう。だが日本でもう一度人生をやり直したいと考える人々にとっては、大きなチャンスだ」

「なるほどね」

「問題は、彼らの数が当初日本政府が予測したよりはるかに多く、彼らが期待したほどの援助を、政府や世間が彼らに与えなかった、という点だ。特に小さな子供たちにとって日本は、とうてい新天地とはいえなかった。言葉も通じない、生活習慣もちがう。異端者に対して、子供の社会はときとして大人の社会以上に厳しいからな」

「いじめにあったってことか」

「そういう子もいたろう。中国に戻りたくとも戻れない、そんな環境では日本の社会に対し敵意を抱くようになっても不思議はない」

「それがこの二人？」

　クチナワは頷いた。

「やがて二人は、自分たちに近いメンタリティをもった人間たちを見つける。留学や出稼ぎのため日本にやってきている中国人たちだ。だが彼らからすれば、二人は日本人だ。

仲間だと思って近づくと、利用されたあげく裏切られることもあった。日本人からは中国人扱いされ、中国人からは日本人だと罵倒《ばとう》される。そんな経験を経て、二人は絆《きずな》を深め、やがて自分たちのちいさな帝国を築いた」

「立派だね」

クチナワは小さく頷いた。パソコンの画面がかわった。

「彼らの帝国建設にひと役買ったのがこの男、塚本《つかもと》だ。イベント会社を経営し、オーガナイザーとして、リンのイベントを企画している」

チェックのスーツを着た、髪の長い男の写真だった。キザったらしい二枚目だ。年は三十くらいだろうか。

「リンがＤＪをこなすイベントはすべて塚本が企画している。塚本の資金源は、奴が〝本社〟と呼ぶ組織だ。そして塚本はそのイベント会場で、〝本社〟が卸したドラッグを売る」

「やくざなのか」

「そうは見えんがな。企業舎弟ともちがう、れっきとした組員だ。〝本社〟は関西に本部のある大組織だ」

タケルは、きのう狩ったプッシャーとスカウトの会話を思いだした。千人単位の人間が集まる「リンのイベント」と、スカウトがいっていた。

「俺は何をするんだ」

「この金曜日に、リンのイベントが開かれる。場所は、平和島《へいわじま》の『ムーン』だ」

まちがいない。金曜のイベント、とプッシャーはいっていた。

「すでに千枚以上のチケットがさばかれ、当日は二千人近い客が『ムーン』には集まるだろう。リンの認めたプッシャーだけが『ムーン』で商売をする。だがそこに警官は入れん。警官はひと目で素性を見抜かれる。そうなればプッシャーはひとり残らず消える」

クチナワの目がタケルを凝視していた。冷たい熱がこもっている。

「プッシャーを狩って、塚本とのつながりを暴くんだ。塚本をパクれば、奴のいう〝本社〟にも捜査をつなぐことができる」

「俺ひとりでか」

「恐いのか？」

「恐かねえ。だがプッシャーの他にセキュリティがいるんだろう。その場で狩ったら、あっという間に潰《つぶ》されちまう」

「セキュリティはいる。『ムーン』のセキュリティは当日、〝本社〟から派遣されたセキュリティと入れかわる。当然だな。ハコのセキュリティは通常、ドラッグや武器のもちこみを制止するのが仕事だ。だがそれじゃ商売にならん。〝本社〟からきたセキュリティは、自分らの息のかかっていないプッシャーを弾《はじ》くのが仕事だ」

「じゃどうしろというんだ」

クチナワはトカゲをふりかえった。トカゲがジャケットのポケットから封筒をとりだし、タケルに手渡した。重さがある。タケルは中身を見た。ジッポーのライターだった。

「煙草は吸わない」

「当日は吸うんだ。ライターを開けてみろ」

タケルはジッポーの蓋《ふた》をはねあげた。ヤスリをこすると火が点《とも》った。

「火を消して中身を抜け」

言葉にしたがった。スポッという感じで、ヤスリと油を染ませる綿のケースが抜けた。ケースは通常の半分しか厚みがなく、残り半分に黒いプラスチックの箱がとりつけられている。小さなつまみがあった。

「そのつまみを押してみろ」

いわれた通りにした。不意にクチナワのパソコンの画面がかわった。東京の地図が表示され、拡大していく。やがて芝大門のビルの立体画像に変化すると最上階の一画に点滅する輝点が浮かんだ。

「そこに我々が突入する。塚本の現場をおさえる、というわけだ」

タケルは息を吐いた。

「あんたおかしいぜ。こんなスパイ映画みたいな小道具で、本当にプッシャーをパクれると思っているのか」

「プッシャーに興味はない。売人などいくらでもとりかえのきく消耗品だ。私がやりたいのは、塚本だ」

「そいつが『ムーン』にくるとどうしてわかる？　下《した》っ端《ぱ》に商売させて、自分はどっか安全な場所にいるかもしれねえだろ」

「塚本は『ムーン』にくる。なぜなら、リンとの関係が危うくなっているからだ。リンがカリスマＤＪになり、塚本はそのイベントで荒稼ぎしてきた。だがリンはそろそろ塚本とは手を切りたいと考えている。いったように、塚本は日本人だが、リンは日本人じゃない。互いに利用しあってきた仲だ。リンを信用できないと考えた塚本は、ここでする大きなビジネスを失敗させないように、自ら監視監督しにくる筈《はず》だ」

タケルはクチナワを指さした。

「ずいぶん詳しいな。そこまで知ってるのなら、俺を使う必要もないのじゃないか」

クチナワはすぐには答えなかった。タケルを見つめ、訊《たず》ねた。

「やるのか、やらないのか」

「俺が殺されたらどうなる？」

「どうもならん。クラブイベントにケンカはつきものだ。頭に血が上ったガキが暴れて刺された、そんなところだろう」

「俺が関係ないところで、このライターのスイッチを入れたら？　マッポが駆けこんできたら、このライターでどっかの馬鹿がクサを炙《あぶ》ってるだけかもしれん」

クチナワは首をふった。

「当日の情報は他からも入ってくる。お前が私を裏切ればすぐにわかる」

「他？　他って何だ。マッポがいるなら、そいつにやらせろよ」

　クチナワは首をふった。

「いったろう。『ムーン』に警官は入れない。金曜日そこにいて私に情報を流してくるのは警官ではない。だがその人物ひとりの力では、塚本をパクるのは難しい」

「誰だい、そりゃ。『ムーン』の従業員か」

「危険なのは、お前と同等かそれ以上だ。正体を教えることはできない」

「俺がまちがってそいつをぶちのめしてもいいんだな」

「大丈夫だ。そうはならん。相手はお前のことを知っている」

「不公平じゃないか。向こうは俺を知ってる。じゃ向こうが俺を裏切ったらどうすんだ」

「裏切りはない」

　冷ややかにクチナワはいった。

「冗談じゃねえぞ。そこにいるのがたとえマッポだって信用できるかどうか怪しいのに、そいつが俺をチクらないって、どう証明できるんだよ」

「その人物は塚本に深い恨みを抱いている。塚本をツブすのが目的だ」

　タケルはクチナワを見つめた。

「もし塚本が自ら手を下してお前を殺すというのなら、話は別だろう。塚本の殺しの現場をおさえられたら、まちがいなく奴は終わる。そうなれば、その人物もお前を見殺しにするかもしれん」

「ふざけやがって。俺は捨て駒かい」

「場合によっては。だが刑務所に送られるよりはマシだ。ちがうか」

タケルは鼻を鳴らした。

「チャカくれよ。自分の身は自分で守る」

「できんな。第一、拳銃《けんじゅう》を都合したところで、〝本社〟の人間以外の武装は、すべてセキュリティがとりあげる。いったろう、当日『ムーン』のセキュリティは、すべて塚本の息のかかった者がつとめる」

タケルは天を仰いだ。

「やるのかやらないのか」

クチナワの声が厳しくなった。

「やったら俺はム所送りにならない、そういうことか」

「それだけじゃない。この二年以上に効果のある狩りをしたことになる。塚本の卸すドラッグは、末端で年間に三億円を上回る。お前が今まで潰したプッシャー全員のアガリをあわせたところでその十分の一にも満たん」

「俺は何もプッシャーだけを潰してきたわけじゃねえ」

「私もドラッグディーラーだけを狙っているわけじゃない。塚本にはその先がある」

「――わかった」

タケルは吐きだした。

「やるぜ。そいつらを潰してやる」

クチナワは小さく頷《うなず》いた。

「お前は今日から私のチームのメンバーだ。なった以上、任務が終わるまでは一切、指示に逆らうことは許さない」

「ふざけんな、何がチームだ。俺はマッポじゃない」

「だれが警官にしてやるといった。お前にはバッジも手錠もない。たとえ今夜パクられたって、誰も助けになどいかん。私の指示にしたがえというのは、現場で指揮系統に混乱がおきれば、命の危険にさらされる者がでてきかねないからだ」

「もうひとりの奴のことをいっているのか」

「そうだ。その人物も、私の指示にはしたがうことになっている。互いの安全のためだ」

確かにそれは理屈かもしれなかった。「ムーン」のイベントに潜りこんだら、そこはすべてが敵だ。お互いをのぞいては。しかも自分とそいつをつなぐのはクチナワひとりなのだ。その指示に逆らえば、計画はムチャクチャになってしまう。

タケルは無言で頷いた。

「摘発がうまくいけば、お前もその人物が誰かわかるだろう」

クチナワは厳しい口調のままいった。

「別に興味はねえ。ただ訊《き》きたいことがある」

「何だ？」

「俺とそいつ以外に、当日『ムーン』に入る、こちら側はいるのか。こちら側というのはつまり――」

「チームか？」

タケルはしかたなく頷いた。

「いない」

クチナワは即座に答えた。

「現段階で金曜のことを知っているのはこの三人と、その人物の四人だけだ。つまり、カルテットというわけだ」

「ならいい。まちがって俺がそいつをぶちのめす確率は、千何百分の一だろうから」

クチナワの頬に笑みが浮かんだ。クチナワはジャケットから紙切れをだした。

金曜日のイベントのチケットだった。

クチナワ

＞あの若者の中にあるのは怒りだけだ。それではたして目的をとげることができるかどうか、私には疑問だ。

＞私を信用して。

＞信用しているから、このような作戦を組んだのだ。本来ならありえない。

＞ありえないことが起こった。だから私はこうしてあなたと話している。

＞これは会話とはいわない。

＞私たちが面と向かって会ったらおかしいとは思わない？　思わないか。世間のヒトは親子だと考えるかも。

＞たぶんそうだろう。君と私とでは、まさに親子のようなものだ。

＞クチナワ、あなたの目的がパパだというのはわかってる。

＞ではなぜ私と組んだ？

＞復讐《ふくしゅう》。それだけ。

＞復讐をとげたら私は用なしか？

＞どうかな。ちょっとおもしろいじゃない。チームっていうのも。ドラマみたいでカッコいいし。

＞君に忠告するのも変だが、事態を甘く見ない方がいい。たとえ〝Ｔ〟をうまく潰《つぶ》せても奴には〝本社〟がある。

＞あなたの狙いはその〝本社〟でしょ。

＞その話はやめよう。ネットを私はそこまで信用できない。

＞そうね。今一番腕のいいクラッカーを使っているのはあいつらだものね。

＞新しい情報は？

＞〝H〟の本名がわかった。たいした情報じゃないかもしれないけど。

＞教えてくれ。

＞アッシ。らしくない名だよね。もしかして〝L〟と恋人なのかもって思っちゃう。それくらい大切にしてる。

＞〝L〟と〝H〟、どちらかをいずれチームに加えたいのだが。

＞どっちも無理じゃない？　二人とも日本と日本人のこと大っ嫌いだから。

＞二人の知識は私には魅力的だ。彼らが中国語を話せるのも強みだ。

＞もしかすると〝T〟は〝L〟を消そうと考えているかも。〝L〟が生意気になったってよくぼやいてる。〝T〟は、自分に逆らう奴は絶対許さないから。

＞〝T〟にとっては踏み台に過ぎないのだろう。

＞うん。あいつの中身は本物。とことん悪。

＞君にはそれがわかる。

＞訊いてるの？　確信してるの？

＞確信だ。君はふつうの人とはちがう。

＞それってリスペクト？

＞ある意味では。

＞笑える。

＞君はある部分で父親を超えている。

＞やめよ。パパのことは話したくない。今の私たちは互いを利用しあってる。それでいいじゃない。

＞君がそう思いたいのなら。

＞ちがうの?

＞たぶんちがわない。だが利用しあう関係は決して長くはつづかない。

＞こんなこと長つづきする筈《はず》ないじゃない。

＞私は古い人間だ。一度生まれた関係はなるべく大切にしたい。

＞それこそ信用できない。うまくいかなかったら、あなたは全部を切り捨てる。あなたが何といおうと、私はそう思ってる。

∨冷酷であるべきときにそうなれない人間には、どんな小さなものであっても組織をまとめる資格がないそうだ。

∨あなたの中で、冷酷になることと、生まれた関係を大切にすることは矛盾しないの?

∨今のところは。

∨いいわ。私にとって大切なのは、あなたがそういう人間だと知っておくことだから。

∨作戦がうまくいったら、君と会って話す機会をもとう。

∨いいよ。

∨もうひとりの彼も君のことを知りたがっている。まだいかなる情報も与えてはいないが。

＞必要なら私の方から接触する。

＞それは賢明ではない。

＞やめてよ。誰が今度のこの計画を立てたと思ってるの。私に指示はしないで。

＞指示ではない、忠告だ。

＞興味があるの。怒りしかない人生ってやつに。

＞君と仲よくなれるとは思えない。

＞笑うわよ。私が誰と仲よくなるの。それって何？　まさかヤキモチ？

＞言葉遊びを始めたな。ヒマなのか。

＞まあね。今日はもうエッチくらいしかやることないからね。

＞その挑発にはのらない。君に真意を訊《き》けば、それがまた私という人間へのテストになるのは見えている。

＞おりこうさん。つまんない。

＞最後に真面目な頼みだ。万一のときは、できる限り彼をサポートしてやってくれ。

＞できればね。

＞君のいい方を借りれば、興味を抱くことと利用することは、君の中で矛盾しない。そうだろう？

＞私の興味がつづけばね。つまんない奴だったらポイポイ。もういく。

＞わかった。金曜日に会おう。

＞正確には土曜だよ。

タケル

食いものはタコスだけ。飲みものはビールとコーラ、バーボンウイスキーの三種類しかおいていないバーだった。恵比寿《えびす》駅に近い、明治《めいじ》通りと駒沢《こまざわ》通りの交差点に面した小さな雑居ビルの地下にある。カウンターに五人もすわればいっぱいになってしまう店だ。ソフトダーツの機械がおいてあったが去年故障して、修理をしていない。機械が壊れてからますます客が減った。だが実は機械は壊れたのではなくて、ダーツ目当ての客が増えたのに閉口したマスターがコンセントを抜いているだけだった。

仕事が嫌いなんだ、別に客なんてこなくていい。それがマスターの口癖だ。三十代後半のひょろりとした体つきで、細い口ヒゲを生やしている。機嫌が悪いと、一時間でも二時間でも客と口をきかない。店が潰《つぶ》れないでいるのは、家賃を払わなくていいからだと誰かから聞いたことがある。マスターの親がその雑居ビルのオーナーらしい。バーの名前は「グリーン」といった。

嘘か本当か、マスターは元警官だという噂もあった。だが警官や刑事らしい人間が「グリーン」にいるのをタケルは見たことがない。

たぶんただの噂だろうと思い、確かめもしていなかった。

タケルはタコスをビールで流しこんでいた。マスターはカウンターの内側でクロスワードパズルの雑誌を広げている。

「お前、まだ、あれやってるのか」

タコスを食べ終えると、皿をさげながらマスターが訊《たず》ねた。他に客はいない。木曜の午後十時だった。外は雨が降っている。

「あれ？」

タケルは訊き返した。マスターは額の絆創膏《ばんそうこう》を指さした。半年ほど前、狩りの帰りに「グリーン」に寄ったことがあった。そのときは怪我もしていなかったが、マスターはじろりとにらみ、

「喧嘩《けんか》してきたのか」

と訊ねた。

「なんで」

「血の匂いがぷんぷんする。お前は見たとこ元気そうだ。とすりゃ、誰かに血を流させたのだろう」

いわれてタケルははいていたブーツを見おろした。潰したチンピラの血が爪先《つまさき》に染みこんでいた。

その夜も客はいなかった。

「喧嘩じゃない」

「じゃ何だ」

初めて狩りのことを人に話した。なぜ話そうという気になったのか、自分でもわからなかった。あの夜でなければたぶん話さなかったろう。ちょうどあの頃から、自分が落ち始めているのを感じていた。友だちも恋人もいない。初めて会った人間には、特に荒っぽく接しているわけでもないのに恐がられる。そんな生き方を楽しいとも思わないが、他の生き方が思い浮かばない。

聞き終えるとマスターは、

「ふうん」

といったきり沈黙した。恐怖も蔑《さげす》みもない。ただ、「ふうん」といったきりだ。新しいビールを一本抜いてくれ、

「他の人間には話すなよ」

とだけいった。

「誰にもいってない。人に話すのは、初めてだよ」

マスターは目をあげた。

「お前いくつだ」

「来月、十八」

「高校は」

タケルは首をふった。

「ここで酒を飲むな、とはいわん。だがここでどんな奴に会っても、そいつをお前の狩

りの対象にするな。それだけは約束しろ」

「する」

「ならいい」

会話はそこで終わっていた。以来、一度も話題にのぼったことはない。

「結構深いだろう、その傷。周りの肉の色見りゃわかる」

「もう痛くない」

タケルはいった。嘘だった。他の打撲などの痛みはおさまっていたが、額の傷はまだカサブタもはっていない。血がにじんだままだ。

「そういう傷はな、縫わないで治すと跡が残るぞ。ぼこっと抉《えぐ》れたみたいになって」

「別にいい。女じゃないし」

答えてから、ふと気になった。

「マスター、昔マッポだったって話あるけど本当？」

マスターはにやりと笑った。

「あるらしいな、そんな噂がよ」

「噂があるってことは、マッポがくるの、この店にも」

マスターは首をふった。

「警官に知り合いはいる？」

マスターは目を細め、タケルを見た。

「何だ、お前。誰かに追っかけられてるのか？」

「ちがう。たとえ追っかけられてるとしたって、マッポなんか頼りにしない」

「それが賢明だ」

マスターは扉の方を見やって答えた。

「車椅子に乗ってる私服、知ってる？　すごく痩《や》せてて、目が妙にぎらついてる奴」

マスターの目が動いた。

「年は？」

「おっさんだよ。四十過ぎてる。本名じゃないと思うけど、自分のことをクチナワっていった」

マスターの顔が一瞬険しくなった。

「そいつは――」

いいかけ、沈黙した。

「知ってるんだ」

タケルは残り少なくなった壜《びん》ビールの中身を喉《のど》に流しこんだ。

「なんでかかわった」

「家《うち》にきた。俺が今までやってきたことを知ってるっていった」

「それで？」

「それで、とは？」

「警官は、ただお前のことを知っているぞ、というだけのために家まではこない」

　タケルは空になった壜をもてあそんだ。マスターが新しいビールをとりだし、栓を抜いてタケルの前においた。

「そいつに協力しろっていわれたよ」

「お前はマッポが嫌いだったのじゃないか」

「嫌いだ」

「だが断わらなかった。そうだろう。ム所に入れると威《おど》されたからか」

「ちがう」

　新たなビールをひと口飲み、タケルは答えた。

「そいつは、クチナワは、俺のやってきたことも、その理由も知ってた。そしてこういったんだ。『もっと効果のある戦い方をしたいと思わんか』」

「『意味はあるかどうかわからんが、効果はある』か？」

　タケルは目をみひらいた。

「知ってるんだ!?」

　マスターはめったに吸わない煙草をとりだした。火をつけ、深々と煙を吸いこんだ。やがて吐息とともに煙を吐きだした。

「まだやってたのか」

　とつぶやいた。

「まだやってた、とは？」

マスターは床の一点を見つめ、いった。

「とっくに警察をやめたものと思ってた」

「やっぱりマッポなんだ」

「ああ。だが奴は警官であって警官じゃない。警察ってのは、役所の最たるもののような組織で、異端者をひどく嫌う」

「異端者？」

「皆とひどくちがっている奴のことだ。そういう奴は弾《はじ》きだされるのが運命だ。だが奴はそうされずにいる。なぜかといえば、その頭だ」

「頭って？」

「警察は軍隊といっしょで、まず求められるのは体だ。頑丈で潰《つぶ》れない奴。どんなにキツい仕事でも、命じられたら文句をいわず黙々としたがう。考えるのは必要ない。上にいわれたことを素直にやる。現場の一兵卒が将軍のたてる作戦をいちいち妙だの、まちがってるだのといっていたら、戦争にならない。といって、能なしばかりじゃ、もっと戦争にならん。そこで、特別に頭のいい奴を少しだけ幹部候補生として入れる。ところがどんなに優秀な奴でも、ガチガチの軍隊組織に入りゃ、それなりの頭しか使わなくなっちまうものだ。あれこれちがうことを考えたって、若いうちは聞き入れてもらえない。前線の兵隊との間には、古参の叩《たた》きあげがいて、前例のないやり方をしようとすりゃつっぱねる。そんなやり方をしたって効果はない、現場は混乱するだけだ、とか何とかいってな。階級は高くとも実権はないんだ。そのかわり不祥事があっても、めったなことで責任は問われない。問われるのはたいてい叩きあげの副官だ。責任をとらなくていい奴に実権は与えられない。そうしてるうちにどんなに頭のよかった奴も、組織なりの考え方が身についちまい、人とちがったことはできなくなってしまう」

「じゃ何のために頭のいい奴を入れるの」

「役所ってのは、ごくひと握りの上澄みに浮かんでいる奴らが、横のつながりでもって世の中を動かしているんだ。役所は警察だけじゃない。法律や予算、外交といった問題を専門に扱う役所がいくつもあって、その現場は上澄みじゃなく、下の泥々の部分だ。横つながりで役所どうしの関係を調整し、足並みを揃えておかなけりゃ、おカミは何をやってるんだってことになる。そうならないように、お勉強のできた頭のいいのを各役所に散らばせるわけだ。元は皆、机を並べて勉強した仲だからな。何かありゃ、話をつけるのも、そう難しくない」

「クチナワもそういうののひとりなのかい」

「そうだ。だがあの男はふつうじゃなかった。天才って奴だ。優秀な連中の中にあっても、図抜けて頭がいい。そしてそのぶん、変わり者だった。上のいうことにも下の忠告にも耳を貸さないで、自分のやり方を通した」

「そんなことできるの」

マスターは首をふった。

「ふつうではできない。第一、いくらこうしたいといったところで、実際に動いてくれる兵隊がいなきゃ、何もできやしないのが軍隊だ。あいつはまず、自分のために動いてくれる兵隊を探した。頑丈で、戦闘に強くて、あいつの考える理想の警察のために命を張るような兵隊だ。その一方で、自分のやろうとしていることを潰されないよう、上層部の支持を集めていった。あいつの狙いは出世じゃない。理想の警察を、自分だけの特殊部隊を作ることだった。出世のために上役を利用したのだとしたら、よってたかって奴は潰されていただろう。だがそうじゃなかった。警察の成績がどんどん落ち、マスコミからも叩かれまくっているときだったので、もしかすると起死回生の策になるかもしれん、と上の連中も考えた。うまくいけば、手柄は警察全体のものだ、失敗したらそのときは奴に責任をとらせればいい」

言葉を切り、マスターは苦い表情になって煙草を灰皿に押しつけた。

「それでどうなった?」

「そのことはもちろん公にはされなかった。精鋭だけを集めた刑事の特殊部隊なんて、ひどく馬鹿げてる、マンガみたいだと思われるのが恐かったのだろうさ。だがとにかくやらせてみようという意見が大勢を占めていた。ところが――」

「ところが?」

マスターは口をつぐんだ。不意に投げだすようにいった。

「とにかくうまくいかなかった。集められた部隊は解散させられ、刑事たちは元の部署に戻るよう命じられた。その後、あいつがどこで何をしているか、ごくひと握りのお偉いさん以外は知らないことだった」

「何があって？」

「さあな」

「でもマスターは知ってるんでしょ。そこまで話すのなら。マスターももしかすると、その部隊のメンバーだったの？」

「お前には関係ない」

断ち切るようにマスターはいった。

「待ってよ。それじゃ俺には――」

「お前はお前の判断で、奴に協力するかどうか決めればいい。もともとロクな生き方をしてこなかったんだ。ロクなくたばり方もしないだろうし、奴と組んだからって、これ以上お前の人生が悪くなるってことはない」

つき放すような口調だった。タケルは息を呑《の》み、マスターを見つめた。マスターの表情は硬かった。怒っているようでもあり、悲しんでいるようでもある。ただ、クチナワと自分のかかわりについて、これ以上は何があっても話す気がないことだけはわかった。

「わかったよ！」

タケルは吐きだし、ビールを呷《あお》った。

「確かにこいつは俺の問題だ」

マスターは無言だった。タケルはポケットから金をだし、カウンターにおいた。

「ひとつだけ教えてほしい」

「駄目だ。喋《しゃべ》りすぎた。もうお前には何も話さん」

「マスター！」

「金はいらん。今日は奢《おご》っとく。帰れ」

クチナワの本名が知りたかった。本名さえ知っていれば、何かあったとき使える、そう思ったのだ。

だがマスターは先回りした。

「奴の名か？　教える気はない。知りたければ本人に訊《き》け」

タケルはマスターをにらんだ。やられた。

「かわりにひとつだけ教えてやる。その特殊部隊が発足しそうになったとき、奴にはまだ足がついていた」

「それって――」

「理由は勝手に考えろ。帰るんだ、帰れ！」

タケルは立ちあがった。勝手に話を広げておいて、今度はいきなり帰れというマスターの気持がわからない。おきざりにされたような気分だった。

「帰るよ。でもいつかちゃんとつづきを聞かせてくれ」

「お前にそんなチャンスがあったらな」

マスターはぞっとするほど冷たい声で告げた。

クチナワ

「もしもし――」

「君か。そろそろかけてくる頃だと思っていた」

「驚きました。まだこの番号がつながるなんて……」

「部屋も同じ階にある。少し狭くはなったがな」

「そんなことより、何を考えているんですか」

「あの少年のことか。たぶん君には話すだろうと思っていた」

「計算されていたのでしょう。警視正なら当然――」

「あの子が住居以外で時間を過す場所は、君の店しかない、偶然だな。それを知って私も驚いた」

「いったい何をなさろうというんです」

「正規部隊でできなかったことを、非正規部隊でやってみる。実験のようなものだ。特に今回は」

「なぜ」

「なぜかは君も知っている筈だ。あのとき何が起こったのかを考えてみれば、すぐにわかるだろう」

「今度はうまくいくと?」

「うまくいくかどうかはやってみなければわからない。だが一定の効果はあげられるという自信はある。もちろん理由はあってのことだが」

「かわってませんね」

「かわる必要があるか。体重は少し軽くなったがな」

「警視正——」

「趣味が悪い、か。あれから、人間の感情について私は学んだ。怒りや悲しみ、絶望、いずれも負の感情だ。もちろんすべて自分の内部に生まれたことがきっかけだったが。その負の感情を利用できないかと考えたのだ。あのとき、私は経験と戦闘能力を重視した部隊編制を試みた。今回はそうしたものをすべて外し、心の部分、抱える負の感情を重視した編制をおこなったらどうなるか、と思ってね」

「じゃあ、あいつひとりではないのですね」

「もちろんだ。彼ひとりに任すのは無謀だ。ひとりで戦えば経験は一度に積めるだろうが、私の求めているのは、負の感情の強さだからな。経験値が上がっても、負の感情が弱まれば、むしろ彼の能力は落ちるだろう。それでは私の隊員として使えない」

「あなたはあいつを人間として見てやらないのですか」

「見ているとも。ただし、正規、非正規を問わず、兵士というのは消耗品だ。それをまず前提においている。それに君は反発するか」

「私は――」

「反発するとして、それが個人的に彼を知っている、という理由であるなら、公平を欠いた感情論だな」

「あいつは恐がっているんです。人を傷つけずにはいられない自分と、傷つけることで少しずつ駄目になっていく自分とを」

「私はそれにイクスキューズを与えることができる。それによって彼の崩壊を遅らせられるだろう。いっておくが私の関与がなかったら、いつか彼が立ち直ると考えているのなら、それはちがう。同じような状況を経験しても、怒りの発露は人によって異なり、それによる自己破壊もまた千差万別だ。彼の自己破壊を現段階で食い止められるものは何もない。その理由を君は知っているか」

「聞きました。犯人はまだつかまっていない」

「そうだ。従来の彼の破壊行為と、私の隊員となってからの破壊行為には、似て非なるものがある。それは、彼が私の隊員である限り、いつか家族を殺害した犯人とめぐり会うかもしれないという希望だ」

「可能性は？」

「ゼロではない。彼らの能力が増していくなら、いずれそういう事案を隊が手がけるときもくる、と私は見ている」

「私は──。私はどうすればいいんです」

「君は君のしたいようにするがいい。君はもう、私の隊員ではない。ただし、彼のことを考えるなら、与える情報は最小限にすべきだな」

「彼のこと？　私の身の安全のまちがいじゃないのですか」

「君を危険視していたら彼を選んだ時点で、その行動範囲から君の店を排除していた。私は危険だとは思っていないよ。むしろ、必要に応じた助言者となってくれると信じている」

「結局、私も無関係ではいられないということですか」

「失望はしたが、理想は失っていない。君を私はそう見ている」

「失望なんかじゃありません」

「では何だ？」

「絶望です。警視正の言葉を借りるなら」

アツシ

「ホウ！　何してる!?　どこにいる？」

怒鳴り声で目をさました。この二十四時間、リンは寝ていない。たぶんイベントが完全に終わる十四時間後まで眠らないだろう。そのために炙《あぶ》りではなくポンプでエスを流しこんでいる。

「ここにいる」

ホウは標準語で答えた。二人でいるときはたいてい中国語で会話する。二人が生まれた黒竜江省《こくりゅうこう》は華北方言の地域だが、華北方言は比較的標準語に近い。

日本人には中国語というとひとつだと思っている阿呆《あほう》が多いが、実際は何通りもの言葉があって、ただの方言とはわけがちがう。福建《ふっけん》の連中が使う閩《びん》方言など、ホウにはまったくわからない。同じ文字でも発音がまるでちがうからだ。

ホウの標準語はきれいだ、とよくいわれる。それは祖父のおかげだった。母方の祖父はホウがようやく言葉を話し始めた頃から、正しい北京音をだすよう厳しくしつけた。祖父の前で方言を使うと、火箸《ひばし》で叩《たた》かれることもしばしばだった。

なぜそんなに恐いのだろう、と思っていたが、今はよくその理由がわかる。

祖母が日本人だったからだ。そのことをホウは、祖父が死んだ六歳のときに教えられた。その一年後、祖母と父母とホウの四人は日本に移り住んだのだ。母はホウが九歳のときに家をでていって、それきり帰らなかった。働くのが嫌いな父に愛想をつかしたにちがいなかった。

黒竜江省にいた頃から父親は怠け者だった。そんな父親を甘やかしていたのが祖母だ。祖父は父親の教育に失敗した、とよくいっていた。そのぶん孫のホウには厳しく接したのだ。なのに自分が死んですぐ一家が日本に移住したことを知ったら、あの世で何と思うだろう。

「ホウ、俺たちはクソったれ日本人のクソったれガキどもを大喜びさせてやるんだ。『ムーン』のオトは最悪だが、俺が腕でカバーする」

リンはパソコンの前にいた。ファンがリンのために立ちあげたサイトを開いている。今夜のイベントのことが大々的に扱われていた。

スタートは午後十一時。品川駅から客を「ムーン」に運ぶ臨時バスが運行される。

「少し寝た方がいいんじゃないか。さもなけりゃ何か食えよ」

ホウはいった。

「ふざけんな。ダイエットコークもってこい。ダイエットコークさえありゃ、あとは何もいらねえ。それとお前、これもってろ」

リンはパソコンのかたわらにおいてあった革のケースをつきだした。中身は見なくともわかっている。皮下注射器とエスのアンプルだ。アンプルは今夜のために塚本が特別に用意させたという代物だ。極上で、一発でぶち飛ぶといっていた。

リンはDJブースでこいつを射《う》ちつづける気だろう。ツバを飛び散らせながら、曲をかける。日本語と英語、中国語の混じったマシンガントークは、とてつもなくきたない言葉づかいだが、それがファンにはたまらないのだ。

ＤＪとしてのリンは本物だ。天才としかいいようがない。リンが音楽を聞くようになったのは、来日した五歳くらいのときからだ。両親といっしょに帰国したリンは、だが両親とともには暮らせず、スナックをやっていた叔母《おば》のもとに預けられた。その叔母が音楽好きで、ビートルズやリズム＆ブルースを教えたのだ。特に七〇年代にディスコではやったソウルナンバーが叔母のお気に入りだったらしい。

急にエスの効き目が切れてきたようだ。リンの喋《しゃべ》り方が億劫《おっくう》そうになった。

「いいか、あいつらにでかいツラさせせんな。このイベントで奴とは手を切るんだ。あいつらはもういらねえ。自前のハコをもつんだからよ」

「わかってる、わかってるって。少し寝ろよ、まだここをでてくまでに二時間ある」

「駄目だ、今寝たら起きられねえ。それに、あの『ムーン』のクソオトをチューニングしてやんなきゃ」

よく回らない舌を動かしてリンはいった。

「大丈夫だ。『ムーン』の音響は最高だって」

「最高だ？　お前の耳はどこについてんだ？　ケツの穴か、それとも足の裏か？　あんなクソオト、冗談じゃねえぞ。本当にいいオトってのはな、今度俺が新宿でやるハコのことだ。ぶっ飛ぶぞ。設計図見ただけでこりゃすげえって思うからな」

「わかった、わかった」

リンにクラブを任せるといってきたのは、ITでぼろ儲《もう》けした名古屋の事業家だった。三十そこそこのおたくで、クラブのオーナーになれば東京の女を入れ喰《ぐ》いできると信じこんでいるのだ。そのためには、リンの要求したサウンドシステムも呑《の》むといっている。

問題はそいつにうるさい弁護士がついていることで、リンがクスリをやってるとわかったら、契約を一発で反故《ほご》にすると威《おど》しているのだった。

今夜のイベントにもきたいといったのを、おしとどめたのだ。表向きの理由は、これまでつきあってきたイベンターとの仁義を通したい、というものだった。リンはこのイベントを最後に塚本と縁を切る。

ただ塚本は何というかわからない。イベントは奴の懐ろに、入場料だけで一回何百万という稼ぎを転げこませる。さらに〝本社〟から奴が呼んだプッシャーのクスリのアガリが約一千万だ。リンのイベントには上物を扱うプッシャーが集まることは、好きな奴らには周知の事実だ。それだけに、塚本も警察には神経を尖《とが》らせ、セキュリティもすべて自分の息のかかった人間に総とり替えさせるほどだ。

今夜セキュリティのTシャツを着けていて、〝本社〟と関係のないのはホウひとりだ。つまりリンを守ってやれるのは自分しかいないということだ。

それを考えると、夜まで少しでもホウは眠っておきたかった。睡眠不足は何より注意力を低下させる。

ヤバい事態をひきおこすのはいつも、ほんのささいなキッカケが原因なのだ。そいつを見落としたら、セキュリティとして失格だ。

今夜ホウは、リンを守るため、ふたつの敵に神経を尖らせなければならない。警察と塚本だ。自分の独立話を、塚本は知らないとリンは思いこんでいる。リンの悪い癖で、どこかで日本人を馬鹿にしているからだ。だが、塚本の情報収集力は半端じゃない。つかんでいる、とホウは信じていた。なのに今に至るまで何もいってこないのは妙だ。

イベントが無事終了するまでは、知らぬふりをするつもりなのか。それとも何か別の魂胆があるのか。

日本人を嫌いなことにかけては、ホウもリンに勝るとも劣らない。だがリンのようにナメてはいない。

リンには才能がある。だから日本人を馬鹿にしてもしかたがない。ブースでエスを射ち、馬鹿女にしゃぶらせながらＤＪをしたってかまわない。才能のある奴はそれだけで許されるからだ。

だが自分には何がある？　たった四分の一、日本人の血が流れているというだけで、こんなムカつく国に連れてこられ、「日本人」として生きることを強要され、そのあげくがリンの用心棒だ。そんな自分には、誰も馬鹿にする資格はない。日本人の犬どもにハメられないように、目をみひらいて、神経を尖らせ、ツブされるより先にツブすことを心がける以外の道はないのだ。

Tシャツの上に着るライダースには、今夜二挺《ちょう》のトカレフを忍ばせていく。万一のときは塚本を撃ってでも、リンを助ける。

カスミ

冷たい雨の下、連絡バスを待つ行列がずらりと連なっていた。

バスを待つ連中は、てんでに足踏みをしたり、体をぶつけあって暖をとっている。寒そうにしていないのは、すでにクスリをキメて何も感じなくなっている奴だけだ。目を見ればわかる。瞳孔《どうこう》がひらいているし、黒目が白目の中に宙吊《ちゅうづ》りになっているからだ。

カスミはゆっくり走るメルセデスの助手席から行列を見ていた。

そこに彼がいた。白い息を吐きながら、何かに耐えるように地面を見つめている。背は高い。怒った猫のように背中を丸め、両手をデニムジャケットのポケットにつっこんでいた。

クチナワから送られた写真を見ていなくとも、彼だとわかったろう。暗い目の中に、周囲の人間たちとはまるでちがう、青白い炎が点《とも》っているのが見える。この世界のすべてと、今ここにいる自分自身に対して、彼は怒っている。

ブーツの上からのびた素足の太股《ふともも》に、ハンドルを右手で操る塚本の左手がのせられた。

まるでムカデのようにざわざわとミニの奥へと這《は》いあがってくる。

カスミはわざと腰をずらし、足をわずかに開いて、塚本の手を入りやすくしてやった。

くっくと塚本が笑った。

「本当にお前、スケベだな。もう濡《ぬ》らしてるんだろう」

「馬鹿」

鼻にかかった、舌足らずな声でいってやった。塚本の指がショーツのすきまに這いこんだ。

「ほおら、俺のいった通りだ」

カスミは一瞬、目を閉じた。塚本を喜ばせるために、でがけに炙《あぶ》ったエスを吸った。全身が敏感になっていて、ちょっとした刺激でもびくんびくんと反応してしまう。

目を開けると、メルセデスはとっくに彼を通り越していた。

「いい感じだな。この時間でこの行列なら、二千はこえそうだ」

塚本はいって顔をほころばせた。

「また儲かっちゃうね」

「お前、フランク・ミュラー、欲しいっていってたな。買ってやるよ。今夜のイベントでがっつり稼げたら、〝本社〟への払いを引いても、一千がとこは入ってくるだろう」

「嬉《うれ》しい」

かすれた声でカスミはいって、塚本のパンツに手をのばした。ふくらんだ股間《こかん》をまさぐり、ファスナーをおろす。

「こら、運転中だぞ」

「いいじゃん。ね、舐《な》めていい？」

ハンドルと塚本の下半身のすきまに顔を寄せ、カスミはいった。

「何だい、それならもう一周するか。しょうがねえ、ちゃんとイカせろよ」

塚本は腰をずらしていった。返事のかわりにカスミは口を開いた。これが最後だ。今夜が終わったら、こいつはもう二度とこんないい思いのできない体になっている。

塚本が止めるのも無視し、カスミは激しく舌と首を動かした。「ムーン」への連絡バスを待つ行列を一周し戻ってきたときに、もう一度、あの男の顔を見たかったからだ。塚本を潰《つぶ》すために、カスミが選んだ男。

自分の勘がまちがっていなかったことを、この目で確認したい。

そのためには、塚本を早くイカせる必要があったのだ。

アツシ

「ムーン」に着いてからのリンは別人のようだった。きたない言葉づかいはなりを潜め、厳しい目で音響機材をチェックしていく。「ムーン」の担当者二人が、リンのチェックにひどく緊張した表情で応じていた。〝音〟が気に入らないと、リンは担当者をぼこるという伝説があった。
それはたった一度だけ、あったできごとのせいだ。明らかにおかしなつなぎ方をしていたのに、自分のミスを認めようとしなかった、渋谷のクラブの担当者だ。
そいつはDJ志望で、しかも音響のことを何ひとつわかっていなかった。
イベントがはねて、無人になったフロアで、音がおかしかったと指摘したリンに、首を傾げていった。
——そうすか。うちはずっとこれでやってきたし、客から文句でたことないすけどね
ヒップホップ系のアホがたまる店だとは聞いていた。音よりもカッコだけの連中だ。
——とにかくもう、俺はここでは二度とやらない
リンがいうと白眼でにらんできた。態度も悪かった。
——いこうぜ
ホウに背を向けたリンに、聞こえよがしにいって、床に唾《つば》を吐いた。
——偉そうに。中国人が
ホウが向き直るより早く、リンが動いた。とって返すとそいつの顔を殴りつけたのだ。
——痛《い》ってえ
リンは右手を振った。
——よせ。お前が拳《こぶし》を傷めてどうする

ホウはいうと、何すんだこの野郎、と怒号をあげたそいつを、二度と口がきけないほど痛めつけたのだった。

その一件以来、どのクラブでも、リンが回すときは担当者がきちんとやるようになった。

ホウはブースを離れ、金属製のらせん階段を降りた。「ムーン」のDJブースは、床も含めたガラス張りで、フロアを見おろす空中に浮かんでいる。ブースの下半分のガラスはマジックミラーになっていて、フロアにいる連中からはDJの上半身しか見えない仕組だ。それ以外にもステージタイプのDJブースがあり、今夜のイベントでは、リンは二カ所で回すことになっている。盛りあがってきたら、ブースを降り、ステージに移動するのだろう。

フロアは、天井までの高さが一〇メートルもある巨大な空間で、二千人くらいまでなら軽く入れるだけの広さがある。「ムーン」ではロックバンドのプライベートコンサートもよくおこなわれていた。

階段を降りてフロアに立つと、壁ぎわのボックスシートに五十人ほどの男たちがたまっているのが見えた。ひとりをのぞき、全員が「SECURITY」のTシャツを着けている。

ひとりだけ、スーツにネクタイ姿だった。ホウはその男に近づいた。男がふりかえった。ワイシャツの胸がはちきれそうなほどふくらみ、首がほとんどない。ボディビルのやりすぎで、首と肩がくっついてしまったらしい。

「上はどうだ」

男は訊《たず》ねた。細い口ひげをたくわえていて、話し方がまるでおかまのように優しい。実際、おかまだという噂もあった。だが本人の前でそれを口にする者はいない。その男、嶋《しま》は、塚本にとって、リンにとってのホウ、つまりボディガードだ。〝本社〟がよこした、イベントのセキュリティを束ねる責任者なのだ。

「ぼちぼちやってますよ。塚本さんは?」

ホウは答えた。

「入りの確認をしにでかけている。けっこうな行列らしい。うちのイベントは外れなしだな」

嶋はにやりと笑った。何がうちのイベントだ。ホウはいい返したいのをこらえた。

「前売りで千五百はいってるらしいすね」

「千八百だ。当日も千、用意した。二時頃にはここが満タンになる」

嶋はいって、いずれもガラの悪そうなセキュリティをふり返った。ホウも知っている顔がいくつもある。

「こちらは、リンさんのボディガードでホウさんだ。覚えとけ」

ホウは無言で両手を合わせた。別に拳法《けんぽう》をやっていたからではなかった。日本人に頭を下げるのが嫌なだけだ。

見下したような視線を感じ、腹の底が熱くなる。お前らやくざはいつまでたっても、すべての中国人を違法滞在者のこそ泥だと思いこんでいるのだろう。

イベントの入場料は前売りで八千円。当日なら一万だ。チケットの売り上げだけで二千五百万円近い。他に「ムーン」からのドリンクバックもとるだろう。塚本はその点、抜け目がない。「ムーン」への会場費、リンへのギャラを払っても、一千万以上の金が塚本の懐ろには流れこむ。

さらにここにはまだいないが、こいつらセキュリティと同じ数くらいのプッシャーが「ムーン」にはやってくる。その売り上げも一千万ではきかない。

「いいか、お前らが目を光らすのは、マッポとプッシャーだ。うちの許可を得たプッシャーは全員左手にピンクのミサンガを巻いている。それをしていない奴はモグリだ。もしそういうのが商売してるのを見つけたら、とりあえず俺のところに連れてこい。その場でぼこったりするんじゃないぞ。いいな」

セキュリティは、おっす、と答をそろえた。

「それからマッポだ。マッポに見えないような奴であっても、とにかく写真つきの身分証を見せろというんだ。三十代、四十代の大人で、男どうしのようなのがきたら、チケットは完売だといって追い払え。バッジをちらつかされたって入れるんじゃないぞ。令状がなけりゃ、有料のイベントには立ち入れないとつっぱねろ。プッシャーには、外では絶対に商売をするなといってある。この建物の中でやる限り、マッポには手をだせないんだ」

塚本の用意したプッシャーは、イベント開始後すぐ、別便で「ムーン」にやってくる筈《はず》だった。ひとりひとりだと、行列相手に商売をしようという色気をだす馬鹿がいるかもしれない。もし路上で商売しているところを警官に見咎《とが》められたら、踏みこむ格好の口実を与えることになる。それを防ぐためだ。

プッシャーは、イベントの終了予定時刻である午前六時よりも一時間早く、「ムーン」を引きあげる予定になっていた。「ムーン」の外で、所轄署の警官が点数稼ぎをしようと待ちかまえている可能性もあるからだ。売れ残ったブツは、すべてこの嶋が回収し、職質や検問にひっかからない形でもち帰る。

セキュリティは交代でトイレをチェックし、炙《あぶ》りに使ったアルミホイルやポンプを見つけたら、素早く回収する。

「ムーン」がオープンしたのは一年半前だった。最初は高級志向を売りものにして、ドラッグがからみそうなイベントには貸さない、と経営者も強気だった。だが内装に金をかけすぎたせいで、一年めに回転資金がショートした。そこへ即座に融資したのが、〝本社〟系の金融会社だ。結果、塚本の仕切るイベントだけは、「ムーン」もうけいれざるをえなくなった。

おそらく〝本社〟はじわじわと「ムーン」の経営を乗っとっていくのだろう。「ムーン」を自前のハコにしてしまえば、息のかかったプッシャーを常駐させられるようになる。

塚本は、そのためにはリンを絶対に手離したくない筈だ。だからリンが独立する計画に気づいたら、どんな妨害をしかけてくるかわかったものではない。

一番簡単な解決策は、塚本を消すことだ。だが、中国人殺し屋の手配師も、さすがに〝本社〟をバックにもつ塚本を消す手配はしたがらなかった。

塚本が〝本社〟の人間でも、まだくすぶっているのなら、受け手はいたかもしれない、と手配師はいった。だが今の塚本はいけいけの昇り竜で、〝本社〟にも大きな儲《もう》けをもたらしている。そんな奴を消したら、報復の嵐が吹き荒れることになるというのだ。

――考えてもみろ。〝本社〟のいけいけに手をだすような日本人がいると思うか。もし塚本が殺《や》られたら、どんな阿呆《あほう》でも中国人の仕事だと気づく。その日のうちに、俺はさらわれて拷問だ。誰が塚本を殺った、雇った奴は誰だ、吐くまで痛めつけられて、あげくに頭に一発さ
そういわれては、ホウもあきらめるより他なかった。あとは自分の手で塚本を消すことだが、成功しても失敗しても、〝本社〟の報復は自分だけでなく、リンにも及ぶのが見えている。

それでは駄目なのだ。

ホウは背骨の横にさしこんだ二挺《ちょう》のトカレフの存在を痛いほど意識した。

タケル

満員のバスに揺られているうちに、吐きけがこみあげるのをタケルは感じた。

こいつら皆んな脳ミソが溶けてやがる。

バスの中は、香水と、すでにエスをキメてきた奴らの甘酸っぱい口臭で頭が痛くなるほどだった。

目の前のシートでは、ついこの間までランドセルを背負っていたようにしか見えない少女二人が、化粧に余念がない。タケルの視線に気づくと、一人前に意識してそっぽを向く。

お前らに性欲なんか感じるわけないだろう、そう吐きだしたいのを、こらえた。

やがてコンパクトを閉じ、バッグにしまったひとりが、連れの少女を肘《ひじ》でつつき、中をそっと見せた。

正面に立っていたタケルの目にも、見せたがったのが何であるか、とびこんできた。

ＭＤＭＡの錠剤だ。

息を吐き、曇ったガラス窓に目を向ける。

クチナワがどんな手を使ってでも、「ムーン」にガサをかけたがる気持が少しだけわかったような気がした。

不意にバスが停止し、すし詰めの車内で小さな悲鳴があがった。

「着いた？」

「まだだよ、あと一〇〇メートルくらいあるもん」

囁《ささや》きが聞こえた。シュウッという機械音をたてて、自動扉が開いた。

「何だよ、まだ先じゃん。こんなとこで降ろすのかよ」

「SECURITY」のTシャツを着けた若い男が開いた自動扉の向こうに立った。小型のハンディスピーカーを手にしている。

「恐れ入ります。イベント会場に入られる前に、こちらでIDとセキュリティのチェックをおこなわせていただきます。皆さん顔写真つきのIDをご用意になって、二列に並び下さい」

タケルは目の前の少女たちを見おろした。IDチェックは十八歳未満の子供をしめだすためのものだろう。とうていこの子たちが入れるとは思えない。

だが少女二人は落ちついていた。ひとりがバッグから、写真つきのカードをとりだした。「専門学校」と印刷されているのがちらりと見える。

ありえない。偽造のIDだ。

そんな仕事をする奴の話を以前、渋谷で聞いたことがあった。都の条例で、十八歳未満の深夜徘徊《はいかい》が規制されるようになり、クラブなどでIDチェックが強化された。当然、規制の対象になる中高生は、入れない。そこで、偽の学生証などを作る〝ID屋〟が現われたというのだ。三分間写真などを用意してもっていけば、一通五千円で学生証を作ってくれるという。

結局、条例による規制も、頭のいいワルの金儲《かねもう》けの材料になっただけのことだ。偽造の学生証は飛ぶように売れている。クラブ側も、IDチェックはするが、それが本物かどうか確かめるまでの責任は負えない、といい逃れをするだろう。

専門学校など腐るほどあるのだ。架空の校名かもしれないと思っても、いちいち確認などしていられない。うまくすれば、少年係の補導だって、それで切り抜けられてしまう。

役人の考えることなど、しょせんその程度だ。

バスの乗客に混乱はなかった。セキュリティにうながされるまま、バスを降りていく。仮設テントによるゲートが、「ムーン」へつづく道路に設けられていた。空港にもおかれている金属探知機が用意され、IDチェックを終えた客がそれをくぐって、ぞろぞろと、巨大な体育館のような「ムーン」への道をたどっている。

ゲートの周辺には、およそ十人からの制服ガードマンが立っていた。セキュリティも五、六人いる。その背後にインカムを耳につけた男もいた。

ゲートから「ムーン」への道の途中にも、何人かのセキュリティが立っていた。制服のガードマンはゲートだけに限定されているようだ。

セキュリティはなにげなく立っているようで、しっかりと客のようすをうかがっている。

連中が最も警戒しているのは、私服の刑事と息のかかっていないプッシャーの侵入だろう。

インカムをつけた男は、テントの下でノートパソコンを広げていた。その画面と行列に並ぶ人間を交互にチェックしている。

クチナワの言葉がよみがえった。

――奴らのチェックは相当のレベルだ。警察官以外にも麻薬取締官や在日米軍の犯罪捜査官のガンクビ写真を用意して、イベントへの潜入を阻んでいる
つまりはそれだけ、塚本という男のバックにいる連中の情報収集力が高い、というわけだ。

行列の年齢は、上限で二十七、八といったところだ。それ以上の年齢の大人は、いるだけで目立つ。

とうてい私服刑事など入ってはこられない。

自分の番がきて、タケルは、バイクの免許証をかざした。ガードマンはチェックし、かたわらに立つセキュリティをふりかえった。セキュリティが小さく頷《うなず》いて、タケルは前へ進むことを許された。次は金属探知機だ。

タケルは丸腰だった。特殊警棒ももたず、スチール入りのエンジニアブーツもはいていない。万が一、乱闘になったときは、素手で戦う他なかった。

馬鹿野郎。タケルは腹の中でクチナワを罵《ののし》った。こいつらセキュリティ全員を相手に素手で戦うことなど不可能だ。嬲《なぶ》り殺しにされる。

不意に鳴りだした信号音に我にかえった。金属探知機が反応したのだ。

「こっちへ」

セキュリティがタケルを呼んだ。頭をつるつるに剃《そ》りあげた大男だった。歩みよると、おうような態度で、タケルの衣服を探る。

その手がデニムジャケットのポケットで止まった。とりだしたのは、クチナワから渡されたジッポーのライターだった。それを手に、無言でゲートを示した。もう一度くぐれ、ということらしい。

態度のでかい奴だ。むっとしながらも、タケルはゲートをくぐった。今度は音は鳴らなかった。

タケルは眺めていたスキンヘッドの前に戻った。無言で右手をさしだした。

「待てよ」

スキンヘッドがいった。緊張がこみあげる。スキンヘッドはジッポーを左手にもったまま、右手をはいているカーゴパンツのポケットにさしこんだ。そこからラッキーストライクの箱が現われた。一本抜きだしてくわえ、タケルから奪ったジッポーの蓋《ふた》をはねあげる。点《とも》した炎で、煙草に火をつけた。

「ほらよ」

ジッポーを返した。

タケルはスキンヘッドをにらみながらうけとった。

「何だよ」

スキンヘッドがタケルにいった。

「何か文句あんのか」

人のライターを勝手に使うんじゃねえ、という文句が喉《のど》もとまでこみあげた。このセキュリティのTシャツを着た奴らは、どいつも犯罪者の匂いがぷんぷんする。別の場所で会ったら、容赦なく潰《つぶ》したくなるような連中だ。

だがタケルは怒りをおさえこんだ。

「別に」

てのひらのジッポーを痛いほどきつく握りこみ、「ムーン」への道を進んでいった。

アツシ

「いい感じだぜ。期待の波が押しよせてきてる。今夜は盛りあがるぞ」

フロアに大声が響いた。塚本が到着したのだった。残っていたセキュリティが整列し、いっせいに声をそろえる。

「ご苦労さまです！」

「おう」

にこやかに塚本は答え、ホウに目を向けてきた。

ノーネクタイで、黒のピンストライプのスーツを着けている。足もとはブーツだ。色が黒いのは、のべつゴルフをやっているせいだ。

やくざには見えない。流行《はや》りのＩＴ関連企業の経営者といったところだ。少し離れた位置に塚本の女が立って携帯電話をいじっていた。

女の名は確かカスミといった。十七で、二、三カ月くらい前から塚本とつきあっている。

塚本は、二十を過ぎた女には興味がないと広言していた。十五から十九までで、セックスにとりつかれたようなガキが大好きだというのだ。カスミの前に塚本は、セーラという日米ハーフの娘とつきあっていた。きれいだったが、ある日を境に姿を見せなくなった。

噂では、容姿にひと目惚《ぼ》れした〝本社〟の大物に上納されたということだった。しゃぶ漬けにされ、さんざん慰みものにされたあげく、国外に売り飛ばされたと聞いた。

カスミは、そのセーラの後釜《あとがま》にすわった女だ。セーラとも遊び友だちだったらしい。奇妙な女だった。誰とでも親しげにしたセーラとちがい、皆がいる場所ではほとんど口をきかない。といって何にも無関心なのかというとそうでもない。ときおり、強い光を宿した目でじっとこちらを見つめていることがあり、どきっとさせられる。
塚本は今のところこのカスミに夢中だった。舌の使い方が抜群にうまいというのだ。

「リンの調子はどうだ？　栄養は足りてるか？」

「大丈夫です。気合い、入ってますから」

ホウは塚本を見つめ、いった。今この瞬間、トカレフを抜いてこいつを撃ち殺せたらどんなにかすっきりするだろう。

「そのわりにはお前、元気ないじゃないか。お前が栄養足りてないのじゃないか」

塚本がにやつきながらいったので、どっと笑いが起こった。

「俺は大丈夫です。リンのために、いつもクリアにしときたいんで」

ホウは首をふった。

「そうかい」

頷いて塚本は笑みを消した。

「リンは確かに天才だ。奴のかえはいない。お前がついていてくれるなら、俺も安心だ。ただし、俺は裏切る奴は許さない。たとえかえのいない人間であってもな」

ホウは肩をすくめた。

「リンはうまくやりますよ。今日のイベントだって成功させます」

塚本は歩みよってきて、ホウの肩を抱いた。

「そんなことは疑っちゃいない。俺がいってるのは、別の話だ」

「別の話？」

驚いたようにホウはいってみせた。

「そうさ。つまんねえ噂かもしれないがな。俺が気が小さいこと、よく知ってるだろ。つまんない与太話でも、つい、くよくよしちまうんだ。胃が痛くなってくる」

ホウを抱きよせ、塚本は耳もとでいった。

「何のことです」

「知らなけりゃいいんだ」

塚本は息を吐き、首をふった。

「もしかするとお前は関係なくて、リンだけがこそこそやっているのかもしれん。なにせ天才だからな。俺らふつうの人間には、想像もつかないようなことを考えるのさ」

緊張で体が硬くなりそうなのをこらえ、ホウは塚本の目を見返した。

「いったい何をリンがするっていうんです？」

塚本の目が鋭くなった。

「本当に知らないのか」

「教えて下さい」

「奴は俺と縁を切りたがっている。ここまで人気者になれたのは、俺の力があったってことを忘れちまったみたいだ」

「そんなことはありませんよ。リンはいつだって塚本さんに感謝してます。ただああいう奴だからうまくは——」

ホウの頬を塚本がワシづかみにしたので、言葉が止まった。ふり払い、つきとばしたくなるのをホウはこらえた。

「嘘はよくねえな、ホウ。リンの野郎がこれっぽっちもそんなことは思ってないって、俺は知っているんだ。それどころか奴は日本人が大嫌いだ。それはお前もかわりはねえ」

フロアがしんと静まりかえっていた。ホウは頬の裏側の肉が奥歯にくいこむ痛みに耐え、無言で塚本を見返した。

「いいか、ホウ。俺は、お前やリンにいくら嫌われたってかまわねえ。リンの奴が俺のところに銭を運んでいるうちは、目をつぶってやる。だが、もしお前らが俺を裏切るようなことがあったら、絶対に許さねえ。リンの耳と目を潰し、舌をひっこ抜く。そうなったら奴に何が残る？　何も残らねえ。ただのゴミだ。お前はリンにそうなってほしいか？」

頬をつかまれたまま、ホウは首をふった。

「だろう。お前はリンにくっついているだけの、ケチな用心棒だ。奴が使えなくなったら、そのへんでこそ泥をやるくらいしか能のねえガキだ。お前なんざ、何百、何千といる、モグリの中国人野郎と何らかわりがねえ。頭に一発ぶちこまれて転がっていても、警察《サツ》も知らん顔だ。お前らみてえな中国人は、ひとりでも減ったほうが喜ばれるくらいのもんだ。ここはどこだ？　中国か？　日本だろう。お前らがナメた真似をしたら、しっぺ返しは必ずくる。そいつを忘れるな。わかったか？　わかったか!?」

ホウの顔を塚本は揺さぶった。頬の裏の肉が切れ、口の中いっぱいに血の味が広がる。

塚本はようやく手を離した。

「リンが裏切ったときは、お前を殺す。そいつを覚えておけ」

ホウは無言で塚本をにらみつけた。背中に差したトカレフが痛いほど存在を主張している。

「死にたくなけりゃ、リンを裏切らせるな」

塚本はいって、くるりと背を向けた。そのままフロアの出入口の方角へ歩いていく。

ホウの右手がトカレフのグリップをつかんだ。

塚本にしたがってぞろぞろと歩いていくセキュリティも今は背中を向けている。こいつら、皆殺しだ。

「ねえ！」

不意に耳もとでいわれるまで、ホウはカスミがすぐそばまできていたことに気づかなかった。塚本だけを見ていたからだ。

ホウは我にかえった。無言でカスミをにらむ。

「あいつを殺したいのはわかるけど、今じゃないよ」

早口でカスミがいったので、手が止まった。

「なんだって……」

かすれた声でホウはつぶやいた。

「今あいつを殺したら、あんたもリンも終わりだ。待ってなよ。今夜、もっといいチャンスがくる」

ホウはカスミを見直した。

「何いってるんだ」

「あたしを信じて」

カスミが小声でいった。

「あいつを殺したいのはあんたとかわらない。ううん、あんた以上かもしれない」

「お前、何なんだ」

「だからすぐにわかる。今夜」

「お前なんか信用できるか。日本人のお前なんか――」

「あんただって四分の一、日本人じゃん」

「ふざけんな。俺は――」

「そうじゃなきゃここにいない。日本にきたのはあんたの意志じゃないかもしれないけど、今ここにいるのはあんたの意志だ。ちがう？」

カスミの言葉に力がこもっていて、目には強い光が宿っていた。

「お前に俺の何がわかるっていうんだ」

「あんたの絶望。毎日毎日、あんたは自分に生きる資格があるかどうかを問いかけている」

驚きが体を貫いた。どうしてそんなことがわかるのだ。ホウは何もいえず、ただカスミの目を見つめた。カスミはホウの目を見返し、囁《ささや》いた。

「今夜、あんたの人生はかわるかもしれない。もし、あんたにかえようという気があるのなら」

「お前、何者だ」

ようやくでた言葉を、カスミはあっさりと無視した。

「あたしがタイミングを知らせる。待ってて。それまでは何もしないで」

急ぎ足で塚本のあとを追おうとした。その腕をホウはつかんだ。

「答えろよ。お前、何者なんだ」

カスミはホウをふりかえった。そのときホウは初めてカスミの美しさに気づいた。切れ長の鋭い目は、これまで見たどんな女たちより澄んでいる。

「塚本の敵。あんたの敵じゃない」

「それだけで信じろっていうのかよ」

カスミはホウの手をふりほどいた。

「あたしが嘘をついたら、まっ先にあたしを殺せばいい。別に死ぬのはあたしだって恐くない。あんたには中国があるけれど、あたしにはないもの。帰る場所なんかどこにもなくて、いられるのがこの地獄だけなら、いつ死んだって平気だから」

「わけわかんねえ。お前、あいつの女だろうが」

カスミはうっすらと笑った。ぞっとするほど冷たい笑いだった。

「あいつを殺すためにね」

「はあ？」

「あたしん中には悪魔がいる。そいつがいいやり方を教えてくれるんだ。塚本を一番苦しめて、地獄につき落とす方法を」

「ラリってんのかよ」

カスミは首をふった。

「あたしは正気。だからあたしを信じて」

ホウは混乱し、何が何だかわからなくなった。ついさっきまで、ペットだとしか思っていなかった猫が人間の言葉を喋《しゃべ》りだしたような気分だ。

カスミが不意にホウの手を握った。

「待ってて」

手を離すと、走っていった。ブーツをはいた細い脚がリズミカルにフロアを蹴《け》っていく。

突然、巨大な音量で音楽が降ってきた。フロアの扉が開かれた。イベントが始まったのだった。

タケル

どうしろっていうんだ、くそ。タケルはダイエットコーラのグラスに入っていた氷を噛《か》み砕き、クチナワを呪った。「ムーン」のフロアはふたつの巨大なうねりがうごめく異世界になっている。千人からの人間が、体を揺らし、叫びをあげ、酒に音楽に、ドラッグに酔っていた。

残りの千人は、もう少し醒《さ》めていて、フロアの壁ぎわに立ったりすわったりして、踊っている連中を眺めている。踊り疲れたり、ナンパに励む奴ら、そしてプッシャーと客たちだ。

ざっと見渡しただけでも五、六十、いやもっと多くのプッシャーがイベント会場には入りこんでいた。フロアのそこここで、耳打ちが交され、拳《こぶし》に握りこんだ金とクスリがすばやく交換されている。出入口や四隅に立つセキュリティから売り買いのようすが見えていない筈《はず》はない。だがセキュリティは知らん顔だ。

中には踊りなど無関心で、買えるだけクスリを買い、洋服やウエストポーチに押しこんでいる客がいた。そいつにとって「ムーン」はイベント会場ではなく、クスリの仕入れ場所のようだ。

実際そういう奴もいるかもしれない。ＭＤＭＡやエスは、田舎にいけばもっと高く売れるという話をプッシャーがしているのを聞いたことがある。地方都市のクラブでは、クスリがまだ品薄なところがあって、地元のやくざも仕入れのルートを確立できていない。素人でもブツさえもっていけば、飛ぶように売れるというのだ。フロアでクスリを買いまくっている奴は、このイベントにくれば仕入れができると踏んで上京してきた田舎者かもしれなかった。

仕入れるだけでなく、この場でキメてぶっとんでいる者も、腐るほどいた。トイレに一歩入れば、炙《あぶ》ったエスの匂いで頭が痛くなりそうだし、個室の中でクサを回し呑《の》みしている奴らもいる。

トイレの出入口にもセキュリティがいて、ときおり中をのぞきこんでは、捨てられているポンプやアルミホイルを回収して、専用のゴミ袋につめこんでいた。

イベントが始まってから一時間が過ぎていた。頭上からは、英語と中国語と日本語の入りまじったＤＪの叫び声がひっきりなしに降ってくる。そのＤＪ、リンの姿をタケルもフロアの端っこから見ることができた。

リンのトークには聞くに堪えないような卑猥《ひわい》な言葉や、まともにうけとめればカッとくるような罵《ののし》りが混じっている。なのにそれを頭上から浴びている客たちは、むしろ罵られれば罵られるほど喜んでいるように見えた。

タケルはＤＪブースとつながる金属製のらせん階段のかたわらに立っている男と目が

合った。

やばそうな奴だ、そう思ってから気づいた。その男の顔を、クチナワのパソコンで見ていた。確かホウという、リンのボディガードだ。

ホウはひどく不機嫌そうな表情を浮かべ、フロアのあちこちに視線をとばしていた。タケルと目が合ったとたん、すごみのこもった表情でにらみ返してくる。

やる気なのか。

タケルは背中が熱くなるような緊張を味わった。これが街だったら、すぐにでも殴り合いになっている。このくそ暑いフロアにいるというのに、革のライダースを着こんでいて、セキュリティのロゴの入ったTシャツはわずかしかのぞいていない。それでもかまわないようだ。他のセキュリティといっしょにするな、ということか。

タケルは背中で燃えあがった火をそれ以上大きくしないよう、ホウから目をそらした。どうせ腐った犯罪者野郎だろうが、今はこいつひとりを潰《つぶ》すことより他にしなければならないことがある。

まずは塚本を捜すのだ。だがこの人ごみの中で、塚本を捜しあてるのは容易ではなかった。それにこのイベントの頭を張っている男が、ごったがえすフロアの中にいるとも思えない。

タケルは頭上を見あげた。

空中に吊《つ》るされたDJブースと同じ高さ、フロアを見おろす位置に、オペラボックスのような小部屋がいくつも設けられている。「ムーン」のＶＩＰルームだった。二階からいくのだろう。塚本がいるとすれば、きっとあのＶＩＰルームのどれかにちがいない。ＶＩＰの数は、大小あわせて六部屋くらいある。

そのうちのひとつ、最も大きなＶＩＰルームにタケルは目をつけた。横長の大きなガラス窓がはまっていて、その外側にバルコニーのような張りだしがついている。中のようすは照明の反射でよくうかがえない。

タケルはフロアを移動した。もっとそのＶＩＰルームが見える位置に立とうと思ったのだ。

ＶＩＰルームの扉が開いた。シャンペングラスを手にした若い女がひとり現われ、バルコニーの手すりによりかかって下を見おろした。ミニスカートにブーツをはいた、十七、八の女だ。髪をかきあげると、切れ長の瞳《ひとみ》をライトがまぶしいというように細め、シャンペンを口に運んだ。ＶＩＰにいてシャンペンを飲むには若すぎる。だが落ちつきはらっていて、周囲を気にするようすもない。よほど大物の女か、大金持の生意気なお嬢さまなのだろう。

そんなことを上を見ながら考えて歩いていると、不意につきとばされた。

「どけっ」

タケルはふりかえった。セキュリティのＴシャツを着けた男が二人、小走りで人ごみの中を進んでいた。そのうちのひとりにタケルはつきとばされたのだった。

何かトラブルが起こったのか。タケルは二人のあとを追った。踊っている連中の大きなうねりを回りこむように二人は、フロアの反対側に向かっていた。ひとりがインカムに話しかけているが、頭上から降ってくる大音響のせいで、相手とうまく話せていないようすだ。

不意に二人が立ち止まった。揺れている人波の中で、動かない二人はかえって目立つ。ひとりが仲間に話しかけ、右手をのばした。タケルはその指先の示した方角を見た。壁ぎわの、比較的静かな一角だった。立ったりすわったりして、休憩がてら喋っている連中が集まる場所だ。ケンカなどは起きていない。

もうひとりが指さした仲間に頷《うなず》くと、二人のセキュリティは再び動きだした。左右に分かれ、フロアの隅に近づいていく。

二人が見つめているのが、フード付のスウェットを着た男であることにタケルは気づいた。かたわらに立つ二人の若い女にべらべら話しかけている。少女たちは、バスの中で見かけた、偽専門学校生だった。

二人の娘は頷きあい、ひとりがバッグを開いた。中から折り畳んだ五千円札をとりだす。もうひとりも五千円をだした。フード付のスウェットを着た男は、デニムパンツのヒップポケットから、錠剤のシートをひき抜いた。手で折って四錠分を少女たちに手渡した。

ただのプッシャーだ。だがセキュリティ二人が狙っていたのはそいつだった。

客の少女たちが離れるのを待って、セキュリティはプッシャーを両側からはさんだ。プッシャーの顔色がかわった。駆けだそうとするのを、ひとりが押さえつけ、もうひとりがすばやく腹を殴りつける。さらに殴ろうとして、その手が止まった。右耳にはめたインカムのイヤフォンを押さえ、頭上を見上げた。

さっき少女のいたバルコニーと隣り合わせのバルコニーに、スーツにネクタイをしめた、異様な感じの男が立っていた。胸と肩の筋肉が大きく盛りあがり、背広がはちきれそうなほどふくらんでいる。細い口ひげを生やしていて、その男もやはりイヤフォンを片手で押さえながら、インカムに話しかけていた。見おろすその視線の先に、二人のセキュリティとつかまったプッシャーがいる。どうやらセキュリティに指示を飛ばしているようだ。

これだけ多くのプッシャーがいるのに、なぜその男だけが見咎《とが》められたのか、タケルには謎だった。

セキュリティ二人は両側からプッシャーの腕をしっかりつかみ、フロアの外へとひきずっていった。タケルはあとを急いで追った。

六カ所あるフロアの出入口のひとつを三人はくぐったところだった。プッシャーのわめき声が聞こえた。

「かんべんしてくれよ。あいつらは知りあいでさ、頼まれて譲っただけなんだよ。商売じゃねえって！」

扉をでようとすると、目の前に男が立ち塞《ふさ》がった。さっきの二人とは別の、出入口を監視する役目のセキュリティだ。

「どちらまでいかれます？」

「この先」

タケルは扉をさした。

「VIPパスをおもちですか」

タケルは首をふった。

「ちょっと見にきただけなんだ」

「パスをおもちでない方の出入りはお断わりしております」

セキュリティはいった。潰すか。タケルは息を吸いこんだ。だが一〇メートルと離れていない位置に別のセキュリティが立ち、こっちを見つめていた。ひとりを潰しても、あっという間に仲間が駆けつけてくるだろう。

「VIPって、あのことか」

バルコニーを指さした。セキュリティは無言で頷いた。

「金を払ったら入れるのか」

「本日は貸し切りになっています」

そのとき、うおおというどよめきがフロア全体を揺らした。タケルは背後をふりかえった。

ヘッドセットマイクをつけたリンがトークを炸裂《さくれつ》させながら、DJブースをでてらせん階段を降りてきたのだった。喚声があがり、

「リンーッ」

という悲鳴のような呼びかけがいくつも起きた。リンは、ノースリーブのGジャンを着て、肩から下にびっしりと入ったタトゥをむきだしにしている。

階段の途中まで降りて、踊りながらヒップポケットに手をつっこんだ。ジンのボトルをとりだす。キャップを口で外すと、らっぱ呑《の》みし、さらに中身を下の客にぶちまけた。悲鳴と歓声が交錯する。

「見てろおーっ」

ボトルを空中高く放り投げた。くるくると回転するジンのボトルにライトが浴びせられた。ボトルと開いた口からとび散るジンが、きらきらと光線を反射する。

どよめきが再び起き、落下するボトルから逃れようと、人波がうねった。一瞬、フロアが静まりかえる。ボトルはゆっくり回転しながら落ちていき、フロアに叩《たた》きつけられると思った瞬間、腕がのびて受けとめた。

ホウだった。客が逃げだす中、階段のかたわらにたったひとり残り、落ちてくるボトルを待ちうけていたのだ。

喚声があがり、口笛が鳴った。だがホウは無表情で、何ごともなかったかのような顔をしている。

「サンキュウ、謝謝《シェシェ》、ありがとよ」

リンは歌うようにいって、らせん階段から見て正面のステージに設けられたＤＪブースを指さした。

「あとでこのリン様から重大な発表がある。そいつはあっちのブースに移ってからだ。まだしばらくお前らは、おっ立ってろ！」

おおーっという叫びとともに何百もの拳《こぶし》が突きあげられた。

タケルはホウに視線を戻した。ホウはジンのボトルを階段の下にそっとおいている。その横顔はひどく憂鬱《ゆううつ》そうだった。

カスミ

「いいから早く連れてこいっ。売ってたクスリを捨てさせるんじゃねえぞ。クロークチケットをもってたろ、クロークに寄ってそいつが預けた荷物もいっしょにもらってくるんだ」

隣りあったバルコニーから嶋がインカムに叫んでいる声が聞こえた。見ていると、嶋はこちらを向いた。蔑《さげす》みきった視線が、自分の体を貫くのをカスミは感じた。

嶋は再びフロアを見おろした。その口もとが動いた。ビッチ、というのだけは読みとれた。

カスミはシャンペンを流しこんだ。クリスタルのロゼが甘ったるい。

一瞬だけ、彼を見つけた。怒ったような、途方に暮れたような表情で、フロアの隅っこに立っていた。そのあとすぐに動きだし、人波に呑みこまれて見えなくなった。

何をするのだろう。それとも何もできないのか。

できなかったのなら、自分の勘はまちがっていたことになる。クチナワが用意した、何十人というデータの中から選んだのは、ただのカスだったというわけだ。

「あっついな、おい」

声がして、肩に手がのせられた。塚本だった。ジャケットの前をはだけている。カスミは塚本の手をとり、掌《てのひら》を愛撫《あいぶ》した。

「熱気がむんむん昇ってきてやがる。はっ、こいつらの息吸ってるだけでとんじまいそうだな、え」

「おもしろいよ」

塚本は鼻先で笑った。

「お前は気楽でいいよな。上の口か下の口に何かが入ってりゃ幸せなんだろ」

「そういう女が好きなんでしょ」

塚本は目を丸くした。

「おいおい、なんでそんなに俺のこと知ってんだよ。まさか惚《ほ》れてるとか」

カスミはこっくりと頷いた。

「セーラから聞いたし」

「セーラ？」

塚本は誰だっけというように顔をしかめた。

「ああ、あのハーフか。あいつも好きもんだったが、お前ほどじゃあなかった」

「今どこにいるか知ってる？　セーラ」

「知らねえよ。タイだかどっかで、ぶっとんでんじゃねえの。クサが大好きだったからよ」

塚本は手をひらひらと動かした。

「クサさえ吸えりゃ、どこのどんな男に股《また》開いても、ぜんぜんオッケーって女だろうが」

「塚本さんに惚れてるっていってたよ、前」

気持の変化を悟られないように、カスミはいった。

「阿呆《あほ》らしい。妬《や》いてんのか、お前。大昔の女のことなんかもちだして」

カスミは肩をすくめた。

「ほんの半年前だよ」

「半年っていや、お前――」

塚本がいいかけたとき、ＶＩＰのドアがノックされた。

「おう」

塚本が返事をすると、VIPの外で張り番をしていたセキュリティがドアを開け、嶋を通した。塚本は部屋に戻った。

「どうだ?」

「今んとこ問題はありません。さっきリタをさばいてたモグリの野郎を見つけましたが、バックはなさそうです」

「どうした、そいつは?」

「クスリを全部とりあげて、ほうりだしました」

「本当にどっかの組じゃないんだな」

アイスバケットからシャンペンのボトルを引き抜き、使っていないグラスに注ぎながら塚本はいった。

「ええ。クスリをどこで仕込んだか吐かせましたから。兄貴が大学の薬局につとめているそうで」

「ならいい。そいつの住所と電話番号は?」

「控えてあります」

「次のイベントでうちの仕事をやる気があるようなら、ミサンガをくれてやれ」

「承知しました」

塚本はシャンペングラスを嶋にさしだした。

「飲めや」

「ありがとうございます。いただきます！」

嶋はグラスをおしいただくと、シャンペンを一気に飲み干した。

「それより問題はリンだな」

塚本がいった。

「さっきのですか」

グラスをおろした嶋が訊《たず》ねた。カスミは静かにバルコニーから室内に戻った。

「あのガキ、ここで喋《しゃべ》って、独立を既成事実にしようとか思ってるんじゃねえのか」

「ホウをひっぱってきますか」

塚本は自分のグラスをとりあげ、考えていた。嶋はつづけた。

「ホウをこっちの部屋に入れといて、つまんねえことほざいたらぶっ殺すって、リンに威《おど》し入れときます」

「それも手だ」

塚本がカスミをふりかえった。カスミは無関心を装って、自分のグラスにシャンペンを注いだ。

「おい、あんまり飲みすぎて、そっから落ちんなよ」

「大丈夫。こんなの、サイダーじゃん」

「奴が下に降りてブースに移るのはいつだ？」

「一時です」

嶋はいって腕時計に目を落とした。

「その前に一回休憩をとることになってます。たぶん、ポンプ使うと思いますが」

「そのときに話をつけるか」

「逆らったらどうします？」

「目の前でホウを殺《や》れ。それからスピードボールでも食わして、仕事をつづけさせろ」

塚本はいって、シャンペンをあおった。

「サツは入ってないだろうな」

「大丈夫です。ゲートに、所轄の少年係がきたらしいんですが追っぱらいました」

「ならいい。リンは威せば折れる。厄介なのはホウの方だ。ああいう、失くすもののねえガキは強い。金やクスリじゃ転ばねえ。威しても折れねえ。リンを囲いこむには邪魔なんだ。いずれにしても片づけなきゃしょうがねえ。今夜殺らなくとも、近いうちには殺る。そいつを頭の片隅においといてくれ」

「了解しました」

カスミはグラスを唇にあてた。自分はまちがっていなかった。あとはホウが自分を信じてくれるかどうかだ。

アツシ

その手があったか。ＤＪブースに戻っていくリンの背中を見上げながらホウは思った。ここに今いる二千何百人かは、皆、リンの〝信者〟だ。リンがどこにいこうと、どんなにセコいクラブで回そうと、あとを追っかけてくる。こいつらを味方につけられれば、塚本など恐くない、リンはそう考えたのだろう。

だがリンは引きかえにこの俺が殺されるかもしれないってことに気づいていない。あるいはリン自身もヤバいってことに。

リンの悪い癖だ。日本人をなめ過ぎている。やくざだろうが、日本人である限り、最後はケツを割ると信じているのだ。

さっきの演説は、塚本も聞いた筈《はず》だ。リンがやろうとしていることに気づかないほど塚本も愚かではない。

おそらくリンの休憩前に自分はつかまるだろう。そしてリンを威す材料に使われるにちがいない。

そのときのリンの対応が、ホウには見えるようだった。

――やれるもんならやってみろよ

エスと酒、それにイベントの興奮で完全にいってしまっているリンならいうにちがいない。

ホウは、リンと塚本のあいだにはさまれるように正座させられている。その頭に嶋が拳銃《けんじゅう》をつきつけている、といった具合だ。

――いいんだな、リン。ホウはお前が殺したのと同じだぞ

塚本が念を押す。リンが床にツバを吐く。次の瞬間、嶋が引き金をひいて、ホウの頭は吹きとぶ。

――ガッデム、くそったれ、何すんだよっ

転がったホウの死体を見て、ようやくリンは気づく。あわててホウに駆けよって標準語で叫びかけるが、ホウは返事ができない。

――お前ら、何てことを

嶋がリンの目に銃口を押しつける。

――お前も死ぬか。リンさん、クスリのやりすぎでおかしくなっちゃいましたって、俺がマイクで放送してやるよ。お前ならありえるってんで、皆んな大笑いして許してくれらあ

塚本がリンの耳に囁《ささや》きかける。

――や、やれるもんならやってみろよ

酔いがようやくさめ、リンは震えながらいうだろう。

――いいんだな。さっきも同じことをお前にいったよな。いいんだな

塚本はリンの髪をつかみ、血だまりにつっぷしたホウの死体に顔を向けさせる。

――わかった、やる。やるから撃たないでくれ
リンは最後に折れる。

それでいいのだ。こんなところで殺されるには、リンには才能がありすぎる。才能があって、プライドが高くて、そして日本人を馬鹿にしている。その結果、才能はなく、プライドもない、ただ日本人を嫌っているだけの自分が死んでいくのだ。

ホウは頭上を仰いだ。DJブースの中では、惚《ほ》れ惚《ぼ》れするような軽やかなステップをリンが踏んでいた。

天才だ。リンは、何万人、いや何十万人にひとりという天才なのだ。自分のようなカスが何人死のうと、リンの命にはかえられない。

塚本を殺すしかない。そしてリンと自分とが無関係になるしかない。〝本社〟の報復はこのホウが一身に負う。だからリンは、リンだけは、その才能を殺されないようにするのだ。

タケル

ミサンガだ。なぜあのプッシャーだけがセキュリティにつかまったのかを、ずっと考

えながらフロアを動き回っていて、ようやくタケルは気づいた。

セキュリティが見逃しているプッシャーたちは、どいつも左手にピンクのミサンガを巻いていた。それが目印になっているのだ。

そうとわかったとき、タケルの頭にアイデアが浮かんだ。

あたりを見回した。

五メートルほど離れたところにプッシャーがひとり立っていた。商売も一段落して自分もキメたのか、目がすわっている。素肌にレザーブルゾンを着て、首からシルバースプーンを吊《つ》るしていた。頭上から降ってくるサウンドに合わせ、小さく体を揺らしている。

タケルはその男の左手首にミサンガが巻かれていることを確認して、視線をとらえた。小さく頷《うなず》いてみせる。

プッシャーの口もとがだらしなくゆるんだ。体を揺らしながら近づいてきた。

「よー、ひとりかよ。寂しいじゃねえか」

「ナンパしようと思ってきたんだけどさ。人が多すぎちまって」

「度胸だよ、度胸。がつーんとキメていきゃ、こんだけいるんだ。ひっかかるのが必ずいる」

プッシャーはタケルに顔を近づけた。

「何が欲しい？」

「何がある？」

「バツ、エス、リタ、何でもあるぜ。ひっかけるならバツ、それでもって始まったらエス、こいつが定番だ」

「じゃ、両方くれよ。いくら？」

プッシャーは値踏みするようにタケルを眺めた。素人だと判断したようだ。

「二万だ」

「高いな」

「よせよ、こいつは指定価格なんだ。ただしうちのは上物だ。あとで頭痛くなることもねえ。これでもスプーンブランドっていや、渋谷じゃ有名だぜ」

「スプーン？」

プッシャーは首から吊るしたスプーンを振ってみせた。

タケルは頷いた。

「オッケー、もらうよ。そうだ。二回分もらっておこうかな」

スプーンと名乗ったプッシャーはくっくと笑った。

「いいねえ。準備万端でいきたいか。じゃ四万だ」

「わかった」

タケルはいってヒップポケットに手をのばした。

「そうだ。財布はクロークに預けてあったんだ。前にイベントでスられたことがあってさ」

「とってこいよ」

スプーンは首をふった。

「キャッシュオンリーだからよ」

「いいけど、ここに戻ってこられるかな。あんたを見失っちまうかもしれない」

スプーンは舌打ちした。小さく、イナカモンが、とつぶやいた。

「わかったよ、そこの通路にでて待っててやる」

「大丈夫かな。つかまったりしないか」

タケルは付近に立っているセキュリティを見やった。

「大丈夫だよ」

「じゃ、こうしようよ。クロークカウンターの先にトイレがあったろ。あそこの前で」

「わかった、わかった。早くゼニをとってこい」

タケルは頷き、出入口をくぐった。トイレに向かう。トイレは混雑していたが、一階だけで数カ所あるので行列ができるというほどではない。

個室のひとつが空いていた。そこに体をすべりこませ、スプーンがやってくるのを待った。トイレの中はフロアのサウンドが嘘のように静かだった。

やがてスプーンがトイレの出入口の前に立った。

「スプーン」

小声で呼ぶとスプーンはふりかえった。タケルは手招きした。スプーンは苦笑いした。

「おいおい、そんなクセえところじゃなくても平気だよ」

「いいから」

タケルは手招きをくり返した。スプーンは舌打ちしながらトイレに入ってきた。

「何びびってんだよ――」

タケルは個室のドアを大きく開き、スプーンを迎え入れた。スプーンは手をさしだした。

「ほらゼニが先だ」

タケルは頷き、まだ傷の痛む額をスプーンの額に叩《たた》きつけた。ぐっと呻《うめ》いたスプーンの体をくるりと向きなおらせ、背後から首に腕をかませる。一瞬スプーンは暴れたが、すぐに失神した。柔道でいう絞め落としだ。

ぐったりしたスプーンの体を便器の上にすわらせ、ジャケットを探った。輪ゴムで留めたキャッシュと、MDMAの錠剤や覚せい剤のパケがでてくる。それらを奪ってデニムジャケットのポケットにしまった。それからスプーンの左手首にはまったピンクのミサンガを外した。それもしまう。

トイレをでようとしてふりかえった。このままではすぐにセキュリティに見つかるだろう。奪った覚せい剤のパケをポケットからだし、スプーンの足もとに散らばした。スプーンのブルゾンに入っていた百円ライターとアルミホイルの筒も落としておく。

これでたとえ見つかっても、初めのうちは、しゃぶの吸いすぎでのびていると思われる。

個室をでると、ちょうど専用のゴミ袋を手にしたセキュリティがトイレをのぞきこむところだった。

タケルは何ごともなかったかのように、セキュリティとすれちがってトイレをでた。その足でフロアに戻る。

まずは客探しだ。プッシャーたちがどう自分の存在を客にアピールしているか、タケルは観察して気づいていた。

まず踊りには加わらない。フロアの壁ぎわ、たまっている客たちの近くに何げなく立つ。拳《こぶし》を握りしめるのがサインだ。それをときおり口もとにもっていく。そうするとクスリの欲しい客の方から見つけて近よってくるという寸法だ。

パンツのポケットに奪ったミサンガが、ジャケットのポケットにはクスリが入っている。タケルは拳を口もとにあて、壁によりかかった。

スプーンはそう長くはのびていないだろう。セキュリティに頬でも張られれば、すぐに息を吹きかえす。ミサンガがない以上、顔見知りでもない限り、セキュリティはスプーンを正規のプッシャーだとは思わない。だが少し話せば、スプーンが〝強盗〟にあったと知る。

時間との勝負だ。

そのとき踊りの集団から二人の男がぬけでた。どちらもヒップホップ系のなりをして、ひとりはベロベロに酔っているように足もとがおぼつかない。もうひとりがうしろから手で支えているありさまだ。

　その酔っぱらいがタケルに目をとめた。よたよたと歩みよってくる。

「おーい、バツ。バツあっかよう」

　大きな声で叫んだ。タケルは小さく頷き、あたりに目をやった。一〇メートルほど離れた出入口に立つセキュリティがひとり、こちらを見ていた。

「やめろよ、お前。キメすぎだって。死んじまうぞ」

　仲間が止めた。

「馬鹿、大丈夫だよ。ほらっ」

　酔っぱらいはずり落としたカーゴパンツから金をとりだした。

「よこせよ、早く」

　タケルはジャケットからMDMAのシートをとりだした。視界の隅でセキュリティがこちらに向かって動きだすのが見えた。

　タケルは酔っぱらいのつきだした千円札を払いのけた。

「足りねえな」

「何だあ」

「上物なんだ。一錠一万」

「ふざけんなよ、どこの世界にそんな高《たけ》えバツがあるんだよ！」

酔っぱらいはわめいた。仲間がいった。

「だからお前は飲みすぎなんだよ。すいません、あとでまたきますから」

仲間はタケルに頭を下げ、酔っぱらいをひっぱって離れていった。タケルは手にしていたシートをポケットにしまった。

「ちょっと――」

気づくと三人のセキュリティに囲まれていた。

「今、クスリ売ってませんでした?」

「売ってねえよ、見てたろ」

「でも、もってますよね」

別のセキュリティがいった。

「皆んなもってんじゃん」

タケルは肩をそびやかした。

「こちらへきてもらえますか」

タケルの両腕が左右からつかまれた。

「何すんだ、離せよ」

セキュリティのひとりが顔を近づけた。

「手前《てめえ》、死にたくなかったらいうこと聞けや」

タケルは二階の階段へとつながる出入口へひっぱられていった。

アツシ

そろそろだろう。腕時計をのぞき、ホウは思った。リンが新たなエスを射《う》つ時間だ。エスが切れると途端に疲れがでて気分が落ちる。そうならないよう、早め早めにエスを射つ筈《はず》だ。

案の定、それから五分としないうちにホウのインカムが鳴った。リンとだけつながったチャンネルだ。標準語でリンはいった。

「降りるぞ、休憩だ」

ＤＪブースのマイクはオフになっているので、客には聞こえない。

「ディスクをセットしたら降りる」

「了解」

ホウはマイクに声を吹きこんだ。リンの声にはわずかだが疲れがにじんでいた。ホウは頭上を見あげた。休憩のあいだ流すディスクをセットしているリンの姿があった。

いよいよだ。

体がかっと熱くなり、頭は逆に冷めてくるのをホウは感じた。

事前の打ち合わせでは、リンが休憩に入る時刻をホウはインカムで嶋に伝えることになっていた。降りてくるリンをガードし、VIPルームまで連れていくのがホウの役目だ。

だがそれをやったら確実にリンへの威《おど》しが入る。塚本はリンが休憩に入るのを待っているのだ。

ホウは階段を離れた。降りてきて、ホウの姿がないことに気づいたリンは激怒するだろう。ガードなしでフロアをよこぎるような無茶はできない。ファンにもみくちゃにされるからだ。怒り狂い、結局、DJブースに戻る他ない。新たなエスは射てないが、塚本が威しを入れるチャンスはなくなる。正面ステージで「独立宣言」をするまでは、リンと塚本を会わせてはならないのだ。

さすがにイベント中は、塚本の部下もリンをDJブースからひっぱりだせないだろう。自分は今のうちにやるべきことをやる。インカムのチャンネルを嶋とセキュリティがつかっている周波数に合わせ、ホウは動いた。

フロアをよこぎりながらVIPルームを見上げた。塚本とカスミがいるファーストVIP、セキュリティ本部になっているセカンドVIP。今はどちらのバルコニーにも人の姿はない。

そのときふとイベントが始まる直前にカスミが告げた言葉がよみがえった。

――あたしがタイミングを知らせる。待ってて。それまでは何もしないで馬鹿げてる。そんなものを待っていたら、自分もリンも破滅だ。信じられるわけがない。

股《また》を開く以外にあの日本人女に何ができるというのだ。

ホウはごったがえすフロアの人波をかき分けて進んだ。ほんの数十メートルがとてつもなく遠い。真夜中を過ぎ、イベントは最高潮に達しようとしていた。客にはまだ体力があり、しかも多くはクスリが効いた状態だ。リンは「独立宣言」の前に一度、イベントのピークをもってこようとしている。

インカムが音をたて、ホウはイヤフォンから流れる声を聞きとろうと耳をおさえた。

「――ら、エスファイブ、モグリをキャッチしました。本部どうぞ」

「こちら本部、モノは何だ？」

「バツです、どうぞ」

「連行しろ」

嶋の声が命じた。

エスファイブとは、セキュリティ五番の略だ。モグリのプッシャーを取締るセキュリティは、それぞれ会場内での持ち場があり、番号をふられている。

チャンスだ。モグリのプッシャーがセキュリティ本部に連行されれば、嶋《や》たちの注意はそっちにひきつけられる。その間にファーストＶＩＰにいる塚本を殺れるかもしれない。

だがVIPルームのある二階階段とつながった出入口はフロアのちょうど反対側で、そこまでいくのが大変だった。イベントの盛りあがりで踊りに参加する客が増え、フロアの中心部はまるでラッシュの電車なみの密度となっている。なのに内側へ内側へと、入りこもうとする者ばかりだ。まるで中心部に近づけば近づくほど、より飛べると思っているかのように。

フロアをつっきることをあきらめ、ホウは踊りの集団の外側を迂回《うかい》して進もうとした。だがステージに近い場所では、いずれ降りてくるリンに一センチでも近づこうと壁ぎわまで踊りの輪がふくらみ、思ったようには移動できない。出入口から外通路にでても、ステージ周辺の出入口は封鎖されているし、二階階段の手前は壁で仕切られているので、フロア内を進む他ないのだ。

踊りの中心部でどよめきがあがった。叫びや口笛がつづく。おおかた盛りあがった馬鹿女が、クスリの効果もあって、ストリップでも始めたのだろう。

ホウは立ち止まり、頭上を見た。リンはまだディスクのセットに手間どっているようだ。

もう引き返せない。ホウの胸に痛みが走った。二階にあがり塚本を殺ったら、自分がリンのセキュリティをつとめることは二度とないのだ。

だがこれは裏切りではない。断じて裏切りではない。すべてはリンのため。リンの才能を塚本のようなハイエナから解き放つのが目的だ。

何としてもやりとげる。この身と引きかえても塚本は殺す。

ホウは新たな覚悟を決め、踊りの集団をかき分けていった。

カスミ

「ホウはどうした？　そろそろリンが休憩をとる頃じゃないのか」

塚本がいった。ＶＩＰルームの中に炙《あぶ》ったエスの匂いがたちこめている。塚本が吸ったのだ。

――だれちまうからよ
というのが理由だった。お前もやるか、といわれ、カスミは首をふった。

セーラの話をして、塚本の答によっては、自分の心に痛みが生まれるかもしれないと思っていた。

だが塚本の答は、想像した以上に冷ややかだった。

この男にとっては、自分以外の人間はすべてゴミなのだ。利用できるゴミと利用できないゴミがあるだけで、ゴミはゴミでしかないというわけだ。

セーラは利用できるゴミだった。そして利用し終われば、きれいさっぱり忘れてしまう。

強がっているのでもワルぶっているのでもなく、本当に気にとめていなかった。他人をゴミとしか見ない奴。それはもうゴミ以下の存在だ。ただのゴミならそこらへんに放置していても、せいぜいが悪臭をふりまくぐらいだろう。

だがこの塚本は、ゴミどころではない。有毒な廃棄物のようなものだ。この男がいるだけで、周囲が腐り、病人が続出する。どうしてこんな人間が作られたのか。生まれつきこうだったのか。それとも裏切られ傷つけられ、他人からゴミ扱いされるうちに、こんな人間になってしまったのか。

塚本はだが、その毒性の強さでここまでのしあがってきたのだ。何人もの人を傷つけ、ときには殺し、その何倍もの人間を踏みつけにすることでここまできた。

こんな男に惚《ほ》れたセーラの愚かしさを思うと、腹立ちを通りこして悲しくなる。セーラは確かに頭が悪いくらい、誰にでも優しい子だったが、何もこんな毒のような男に惚れることはなかったのだ。

セーラと最後に話したのはいつだったろう。この男に売りとばされて〝本社〟のじじいとこれから寝るというホテルの部屋から電話をしてきたときだっただろうか。

そんなに落ちこんではいなかった。しかたないよ、そう笑っていたような気がする。いや、そのあともう一度話した。タイのホテルからだった。あのときは泣いていた。

自分のせいかもしれない。自分が馬鹿だったからこうなった。でも日本に帰りたい、そう泣いていた。

あたしが彼を怒らせちゃったんだよね。それがいけなかったんだ。

そういったセーラに、何をしたの、とカスミは訊《たず》ねた。

セーラはすぐには答えなかった。まだすぐそばに塚本がいて、責められるのを恐れているかのようだった。

クスリ売るのって、本当はいけないことなんだよね。塚本さんならそんなことしなくたってきっと大物になれるよって……。

馬鹿なことを。それを聞いてカスミは思ったものだった。塚本にクスリを売るな、といったことをではない。塚本を信じたことを、だ。

セーラは塚本との未来を夢見たのだ。塚本が自分の体を求めるのを愛情だと勘ちがいして。

結婚とかそんなことではないにせよ、来年か、もしかするとその先まで、塚本といっしょにいる自分を想像したのだ。そして頭の悪いなりにけんめいに考え、達した結論が、塚本にクスリを売らせたくない、だった。

そしてそれをセーラなりに塚本に伝えた。

塚本は腹を立てたろう。毒虫に、毒をまき散らすなといったところで他の生き方などできる筈《はず》がない。

塚本の怒りはある意味、理解できる。理解できなかったのは、セーラの、もしかしたら塚本が自分のために毒をまき散らすのをやめてくれるかもしれないと一瞬でも考えた、その愚かさだ。

愚かしさとはつまりやさしさだ。〝本社〟のじじいにセーラを売るとき、塚本はこういったのだ。

――俺もクスリなんか売りたくないさ。でもな、〝本社〟にいわれたらやらざるをえない。俺だってサラリーマンみたいなものなんだよ。なあ、セーラ、お前が〝本社〟のお偉方を喜ばせてくれたら、もっと別の仕事を俺もできるかもしれない

そんなでまかせをセーラは信じたのだ。そのあげくにタイへと売りとばされた。売りとばしたのは〝本社〟のじじいではない。塚本本人だ。

セーラをさんざん好きにしたじじいが、「返す」といってきたとき、塚本が手配したのだ。

――お前も嫌な思いしたろう。少し南の島で楽しんでこいや

愚かな上にも愚かなセーラは、またしても塚本の嘘にだまされた。そしていわれるままにタイツアーに参加した。そのツアーは、借金のカタに売られる女たちの団体旅行だった。

セーラには借金などなかった。塚本はセーラを売ることで一円も稼いではいない。セーラを売ったのは、セーラがただ「うざかった」からに過ぎない。

なのにセーラは売られた女たちとかわらない扱いをうけていた。逃げないようにパスポートを奪われ、客をとらされ、楽しみは一日の終わりに射《う》つヘロインだけ。

セーラはもう帰ってこられない。クスリか性病か、その両方がセーラの心と体をぼろぼろにするまで、セーラには終わりのない地獄がつづく。

この男を生かしてはおけない。セーラからの最後の電話をもらったとき、カスミは決心した。

たとえどんなことがあっても、この男を破滅させる。どんな嘘をつき、どんなにつらい芝居をしなけりゃならなくとも、この男の息の根を止める。それもこの男にとって最悪の形で。

「どうした」

カスミの視線の冷たさに、あるいは憎悪の熱さに、気づいたかのように塚本がふりかえった。

カスミはすばやく瞼《まぶた》を閉じ、口もとに手をあてた。今の目を見られてはならない。

「別に。何だか眠くなってきちゃった」

「その辺に横になってろ。嶋、で、リンはどうしたんだ」

ファーストＶＩＰのこの部屋には、さっきから嶋が待機している。

「リンが休憩に入るときには、ホウから連絡があります。上のＤＪブースからここまでくるにはホウのガードが必要ですから」

嶋は答え、立ちあがった。ＶＩＰのバルコニーとつながったガラス扉の前に立つ。

「まさか休憩をとばして、ステージにいこうってのじゃないだろうな」

「それはないですよ。リンのクスリが切れます」

嶋がガラスごしに足もとのフロアに目をこらすのをカスミは見つめた。

「あれっ」

嶋がつぶやいた。

「どうした」

「リンが階段をうろちょろしてます。でもホウがいないんです」

「何だと」

塚本が立ちあがった。嶋がガラス扉を開き、バルコニーに立った。ホウの持ち場だった、ＤＪブースとフロアをつなぐ階段のあたりに目をこらしている。

そのときインカムが鳴ったらしく、嶋はフロアに背中を向け、マイクを口に近づけた。

「こちら本部」

相手の声に耳を傾け、訊ねた。

「モノは何だ？」

返事を聞き、

「連行しろ」

と短く命じた。

「何だ」

塚本が不機嫌そうに訊《き》く。

「モグリの売人をセキュリティがつかまえました。バッを捌《さば》いていたようです」

「そんなのはどうでもいい。ホウはどうした、ホウは？」

嶋は再びフロアを見おろした。

「持ち場にいません」

「どういうことだ」

嶋はインカムのチャンネルに触れた。

「こちら本部、ホウ、応答しろ」

塚本を見やり、説明した。

「リンとホウが使ってるチャンネルとセキュリティ全体のチャンネルは別なんです」

ホウからの返事はなかったようだ。

「ホウ、嶋だ、応答しろ」

珍しく嶋の顔にあせりが浮かんでいる。

「リンを連れてこい！」

塚本が怒鳴った。

「奴がこのままステージにあがったら大損害だ。あそこからひきずり降ろしてでも、奴を連れてくるんだ」

「承知しました」

嶋がVIPルームをとびだしていく。入れかわりに塚本はバルコニーに立ち、フロアを見回した。

「あの中国人のガキ。何考えてやがる」

動きだした。カスミは怒りを露《あら》わにフロアを見おろす塚本を見つめ、心の中でつぶやいた。

ホウは動いた。仕方のないことだった。あんな短いやりとりで、ホウが自分を信じてくれる筈はなかったのだ。

それはいい。問題は彼だ。カスミが選んだ男。塚本という毒虫を叩《たた》き潰《つぶ》すために、クチナワがこの「ムーン」にもぐりこませた男。

あの男はどこで怒りの炎を燃やしているのか。その炎はここまで届くのか。

それともこの巨大なイベント会場と何千という人波に、炎が吹き消されてしまったのか。

塚本と並んでバルコニーに立ち、あの男を捜したい誘惑を、カスミはけんめいにこらえた。

タケル

出入口を抜けたところでさらに二人のセキュリティが待ちうけていた。

「こっちへこい」

タケルは五人のセキュリティに囲まれた。関係者しか通れない廊下の先に、二階のVIPルームへとつづく階段がある。

「持ちもの、調べさせてもらうぞ」

タケルに最初に声をかけたセキュリティがいった。モヒカン刈りをして、さらにグリースで立たせている。ボディビルでもやっているのか、異様に胸板が厚く、短い首が肩の筋肉に埋まっていた。

「何の権利があってそんなことするんだよ」

タケルは両腕をおさえられたままいった。素手でこの五人とやりあうとなると、かなり分が悪い。三人まではどうにかなりそうだが、このモヒカンともうひとり、廊下で待っていたニットキャップに鼻ピアスを入れた奴が手強《てごわ》そうだ。ニットキャップは一九〇センチ近い身長があるのだ。

「俺たちはこのイベントのセキュリティなんだよ。クスリを売ってる奴を見かけたら、ぶちのめして叩きだすことになってるんだ」

モヒカンがいった。

「冗談じゃないぜ。他にいくらでも売ってる奴はいたろうが。なんで俺だけをつかまえるんだよ」

「知らねえな。お前以外のプッシャーなんて見てねえ。調べろ」

モヒカンは答えて、手の空いている二人のセキュリティに命じた。

「ふざけんな！」

タケルは身をよじった。モヒカンがタケルの喉《のど》をつかんだ。

「暴れるんじゃねえ。俺たち相手に勝てると思ってんのか、馬鹿が」

タケルは動くのを止めた。こいつらが二階まで連れていってくれると思っていたが、そう簡単にはいかないようだ。

デニムジャケットのポケットを探られた。スプーンから奪ったMDMAが見つかり、引き抜かれた。

「他のクスリはどこだ」

「ねえよ、そんなもの」

「クロークに預けてあるんじゃないのか。預け札がないか見てみろ」

タケルのパンツにも手がのびた。ポケットにさしこまれた手が、ジッポーとミサンガを探りあてた。

「なんだよ」

とりだしたミサンガを見つめ、モヒカンは顔をしかめた。

「なんでお前、このミサンガしてねえんだよ」

「忘れてたんだよ」

「とぼけんな。ちゃんといわれてた筈《はず》だ。誰だ、お前にミサンガ渡した奴」

「知らねえよ」

「知らないわけねえだろうが。このミサンガは、うちが許可を与えた人間だけに渡してるんだ。いえ、誰からこのミサンガ、預かった？」

タケルは汗が噴きだすのを感じた。ミサンガを処分しなかったのは失敗だった。かえって怪しまれる材料になっている。

「俺は連れに紹介されただけなんだ。そいつもここで商売やるっていうから。ミサンガはそいつからもらった」

「連れって誰だ」

「スプーン」

「スプーン？」

「渋谷系の奴です。このイベントにも入ってます」

タケルの背後にいたセキュリティが答えた。

「捜して連れてこい」

モヒカンが命じた。その手には、ミサンガとともにクチナワから渡されたジッポーがある。

二人のセキュリティが廊下からフロアに戻った。ドアを開け閉めする一瞬、巨大なサウンドが廊下にも流れでた。

モヒカンは手にしたミサンガとMDMAのシートを見比べている。

そのとき正面の階段からあわただしい足音が響いた。全員がふりかえった。

あの男だった。VIPルームのバルコニーから指示を飛ばしていたスーツの大男だ。背後にゲートのところでジッポーをチェックしたスキンヘッドのセキュリティを従えている。

「嶋さん――」

モヒカンがいった。どうやらこのスーツの男はセキュリティの親玉らしかった。

「何やってる」

嶋と呼ばれた男は階段を駆け降りながら訊《たず》ねた。

「さっき連絡したモグリです。今検査したら――」

モヒカンがいいかけると嶋はいった。

「そんなのはあと回しだ。お前ら、俺といっしょにこい。それとお前はホウを捜せ」

「ホウがどうしたんです」

「持ち場にいない。リンを上に連れてこなきゃいけないのに行方不明だ」

「行方不明って――」

「いいから捜せ。ホウを見つけて本部に連れてくるんだ」

「こいつはどうします」

モヒカンが訊ねると、嶋は初めてタケルを見た。

「放りだせ」

「でもこいつ妙なんです。ミサンガもってたくせにしないで商売してやがって」

嶋は足を止めた。タケルをにらんだ。

「ミサンガはしろという通達をしてあった筈だ」

「聞いてなかったんだ」

いった瞬間、嶋の拳《こぶし》がタケルの腹に打ちこまれた。突然のことで腹を固める暇がなかった。それでもタケルの腹筋に気づいた嶋の表情がかわった。

「敬語を使え。それとお前、やけに腹が固いな。ボクシングでもやってるのか」

「別に」

体を折り、腹をおさえてタケルは答えた。効いたふりをしていたのもあるが、実際、嶋のパンチは重かった。

嶋はモヒカンに命じた。

「こいつを本部に連れていって見張ってろ。あとで俺が調べる。他の連中はホウを捜せ。場内にいる全員にも伝えろ」

「了解しました」

その場にいたセキュリティのうちモヒカンをのぞく二人が嶋らとともにフロアにでていった。モヒカンだけが残ると、タケルの右腕をつかんだ。

「こっちにこい」

タケルはいわれるまま階段に向かった。階段を登ると二階の通路にでる。ふたつのVIPルームの扉が並んでいた。

モヒカンは手前の扉を引いた。足を踏み入れたタケルはがっかりした。塚本がそこにいると思っていたのだ。

VIPルームの内部は無人だった。テーブルとソファがおかれ、テーブルの上には飲みものや食いものが散らかっている。

塚本がいるのはもうひとつのVIPルームかもしれない。

「そこに正座しろ」

モヒカンは横柄に床をさした。タケルは怒りをこらえた。何かが起こっている。それがわかるまではこいつを潰《つぶ》すのはあと回しだ。

ただ、ジッポーだけは回収しなければならない。

「煙草吸ってもいいかよ」

「駄目だ」

モヒカンはにべもなくいった。

「じゃライターだけでも返してくれ」

「ライター？」

「さっきあんたがとりあげたろうが」

モヒカンはジッポーをとりだした。

「これか」

タケルは無言で頷《うなず》いた。

「あとだ、正座しろ」

「返してくれよ」

タケルはくいさがった。そのときモヒカンのインカムに連絡が入った。モヒカンは左手でタケルを制し、イヤフォンを押さえた。

「エスファイブだ。何？　トイレで潰れてる？」

スプーンが見つかったのだ。

「ミサンガは？　もってるのか。もってないだと？」

モヒカンの目がタケルを見た。もう駄目だ、タケルは腹をくくった。回し蹴《げ》りをモヒカンの腰に放った。不意を突かれ、モヒカンの体が壁に叩《たた》きつけられた。インカムがその手と耳から吹っ飛ぶ。

体勢をたて直す暇を与えず、タケルは尻《しり》もちをついたモヒカンにつめ寄ると側頭部めがけて爪先《つまさき》をとばした。

が、モヒカンは尻もちをついたまま左腕でそれをブロックした。

「手前《てめえ》、何しやがる」

「ライターを返せ」

「ふざけんな！　何者だ、お前っ」

モヒカンは立ちあがるとタケルにつかみかかった。

組み合ったらとうてい腕力では勝てそうにない。タケルはモヒカンの腕をかいくぐり、腰にタックルした。そのまま勢いをつけて壁に突進する。

VIPルーム全体が揺れるような衝撃があって、背中を打ちつけたモヒカンがうっと息を詰まらせた。さらに腰を落とし、タケルはモヒカンの両足首をつかんで引いた。

モヒカンは仰向《あおむ》けに倒れこんだ。今度はブロックする暇を与えず、その喉《のど》もとに肘《ひじ》打ちを見舞った。

モヒカンは呻《うめ》き声をたて、体を丸めた。立ちあがったタケルはモヒカンの落としたジッポーを拾った。

そのとき、背後の扉が開かれた。ふりかえったタケルの目に拳銃《けんじゅう》をもったホウの姿がとびこんできた。

アツシ

撃ちそうになった。知らない男の足もとでモヒカン刈りのセキュリティがうずくまっている。ここではなかった。塚本はこの部屋にはいない。だがふりかえった男の気迫に、ホウはあやうく引き金をひきそうになった。

いきなり男の体が回転した。回し蹴りだ。頭では動きを読めたが、ブロックできるほど早くは、体が動かなかった。

男の左足がホウの右腕に命中した。スピードがあり、体重ものった蹴りだ。こいつはたった今まで戦っていた。だからエンジンがあたたまっている。だが俺は――。

トカレフがふっとんだ。ＶＩＰルームの反対側の壁にぶちあたると、ガチャンと音をたてて落ちた。

ホウの体がようやく反応した。次の蹴りをくらわないよう、身を低くして部屋の中に滑りこむ。

男がうしろ手でＶＩＰルームのドアを閉じた。

「手前《てめえ》、何だっ」

ホウは怒鳴った。塚本の新しいボディガードなのだろうか。だがそうなら、セキュリティをぶちのめしている理由がわからない。ただヤキを入れていただけなのか。

男は答えなかった。じりじりとにじりよってくる。本気だ。ホウの背中が熱くなった。やるしかない。塚本を仕留める前によぶんな戦いは避けたかったが、こいつを倒さない限り、外にはいけそうになかった。

懐ろにはもう一挺《ちょう》のトカレフがある。だが今銃声をたてるのはまずい。

そのとき男が口をきいた。

「リンのそばにいてやらなくていいのか」

「ホウだろう、お前。嶋とかいったやくざ者がさっき命令していた。お前を見つけて、本部に連れてこい、と」

「そういうお前は何なんだ」

男は足を止めた。

「お前には関係ない。邪魔をするな」

ホウは思いだした。こいつはさっきフロアにいて、眼《ガン》を飛ばしてきた奴だ。およそイベントになど縁がなさそうなのに、ひとりでつっ立っていた。

「邪魔をしてるのは手前だ。何してやがった」

ホウは床にのびているセキュリティを見おろした。けっこうやれる奴の筈《はず》だ。こいつをぶちのめしたとなると、並みの腕じゃない。

「塚本を潰す」

男が低い声でいった。ホウは耳を疑った。

「何だと」

「塚本を潰しにきた。邪魔するのなら、お前も潰す」

男の目はホウから蹴りとばしたトカレフを見ていた。

そのときホウの耳にはまったイヤフォンからリンの怒鳴り声が流れでた。

「ホウ、どこにいやがる!? 迎えにこい!」

リンもインカムのチャンネルをかえたのだ。

「お前がこなけりゃ降りられねえじゃないか」

返事をした者がいた。

「ホウはいなくなった。かわりに俺が迎えにいく」

嶋の声だった。ホウは思わずバルコニーをふりかえった。

そのすきを逃さず、男が動いた。ホウの喉をつかみ壁に押しつけてくる。男は長身だった。おまけに馬力がある。ホウの両足は爪先立ちになった。

たちまち視界の隅がじわりと黒ずみ、耳の奥で血が轟音《ごうおん》をたて始めた。ホウは暴れ、何とか男の腕をふりほどこうとした。だが男の腕はびくともしない。

このままでは失神する。ホウはもう一挺のトカレフを引き抜き、男の眉間《みけん》に押しあてた。

男は目をみひらいた。ホウの体をつきとばした。

ホウは背中からバルコニーとの境にあるガラス扉にぶちあたった。

ガラス扉は砕けこそしなかったが、大きな音をたてて、ヒビが走った。ホウは息を詰まらせ、床に尻もちをついた。それでも銃口は男から外さなかった。撃たなかった理由はひとつしかない。

塚本を潰す、とこいつがいったからだ。

「お前、何なんだ」

耳からとびでたイヤフォンを戻そうとしながら、ホウはいった。

「ホウ！　どこにいるっ、すぐに返事をしろっ」

イヤフォンを耳に戻したとたん、リンの叫び声がとびこんだ。ホウはインカムのマイクに口を寄せた。

「リン、そこにいろ。降りるんじゃない」

「ホウ！」

男が動こうとした。ホウはトカレフをつきだした。男の足が止まった。

「ホウ、お前どこにいるんだ」

嶋の声が加わった。

「どこだろうと、お前の知ったことじゃない」

「誰に向かって口きいてるんだ、この野郎」

「お前だよ、嶋、このオカマ野郎が」

イヤフォンの向こうが凍りついた。だが次の瞬間、くっくっくという笑い声が聞こえてきた。リンだった。

「最高だな、ホウ。やっぱりお前は最高だ。早く俺を迎えにきてくれよ」

ホウは標準語に切りかえた。

「リン、俺は今、手を離せない。大事な仕事の途中なんだ。悪いがそこで待っていてくれ」

リンも標準語で応答した。

「何いってるんだ。お前の仕事は俺のガードだろうが」

「そうさ。だからこそしなきゃいけないことを、俺はこれからするんだ」

「手前ら何を中国語でごちゃごちゃいってやがる！」

嶋の怒声が炸裂《さくれつ》した。

「ホウ、すぐに戻ってこい。リンを本部に連れてくるんだ」

「断わる。俺はもうお前らとは手を切るぜ。おさらばだ」

「ふざけんな、この野郎。そんな理屈が通ると思ってるのか」

「ホウ、お前、俺を捨てるのか」

リンが日本語で訊《たず》ねた。

「捨てやしない。捨ててたまるか。あんたはそのままでいい。そこにいてくればいいんだ」

「何だよ、いったい何だっていうんだ」

リンの声に不安が混じった。

「ホウ、お前、何をする気なんだ」

ホウは再び標準語に切りかえた。

「それ以上訊《き》くな。あんたに迷惑がかかる」

「ホウ、いい加減にしておけよ。手前がふざけた真似したら、リンにも落とし前つけさせるからな」

嶋がいった。

「やれるもんならやってみろよ。その前に手前ら皆殺しだ」

ホウはいって、イヤフォンを耳から引き抜いた。

カスミ

バルコニーに立った塚本が携帯電話をとりだすのをカスミは背後から見ていた。

隣のVIPルームのようすが変だった。さっきからドスン、バタン、と大きなものが倒れるような振動と音が壁ごしに伝わってくる。まるで殴りあいでも始まったような騒ぎだが、バルコニーに立つ塚本には聞こえていないらしい。

だが携帯を耳にあてたままふりむいた塚本の表情がかわっていた。

バルコニーの扉を開け、静かなVIPルーム内部に入ってくるなり怒鳴った。

「いいか、リンをひきずり降ろせ。セキュリティを何人か連れていって、有無をいわせずひっぱってくるんだ。ホウのことはもういい。あんなガキは見つけしだい、ぶち殺せ」

カスミは立ちあがった。

「どこへいく」

塚本が険しい口調で訊ねた。

「トイレ」

塚本は不機嫌そうに顎《あご》をしゃくった。

「しばらく下にいろ。俺は忙しい」

カスミは無言でＶＩＰルームの扉を開いた。予感があった。隣のＶＩＰルームの騒ぎは、塚本の逆上と無関係ではない。

ＶＩＰルームの扉を閉め、廊下にでるとセカンドＶＩＰの扉に歩みよった。ここはイベント中はセキュリティ本部で、嶋が詰めていることになっている。だがその嶋は今、フロアにいる筈だ。となると騒ぎを起こしているのは、セキュリティの関係者ではない。

セカンドＶＩＰの扉の前に立ち、耳をすませた。だが扉の向こうからは何も聞こえてこなかった。扉が厚いせいもあるが、足もとから突きあげてくるサウンドがＶＩＰルーム内とでは比べものにならないほど激しいからだ。

カスミはノブを握った。扉をそっと押す。視界がじょじょに開けていった。

最初に目に入ったのは、拳銃《けんじゅう》を握って立つホウの姿だった。こちらに背を見せている男に銃口を向けている。

すぐにその背中が誰であるかをカスミは悟った。

彼だ。カスミが選んだ男。

気づくや否や、すばやくカスミは扉の内側に入りこんだ。背中を押しあてて扉を閉める。

カチリ、という音に二人が気づいた。

「でていけ」

ホウがいった。もうひとりの男は不審げにカスミをふり返った。

「タケル」

カスミがいったので、男の目が広がった。

「何で俺の名前を知ってる」

「聞いて」

カスミは二人の男を交互に見た。

「塚本は隣にいる。嶋がリンを連れてくるのを待ってるわ」

ホウが背後のバルコニーをふり返った。ひび割れたガラスの向こうから、DJブースへの階段を登っている嶋と手下の姿が見えた。

ホウは無言で足を踏みだした。VIPルームをでていこうとする。カスミは立ち塞《ふさ》がった。

「待って」

「どけ」

カスミは首をふった。

「あたしのいうことを聞いて。そんなものを使わなくとも、塚本を破滅させられる」

　ホウはだが耳を貸さなかった。

「どかなかったら、お前もぶっ殺す」

「どかない。今日のことはあたしがお膳立《ぜんだ》てした。だからあたしを信じて」

「何を信じろってんだ。お前はいつも塚本とやってる女だろうが」

「あいつを憎むことにかけては、あんたに負けない。あいつを殺すんだったら、あたしがやる」

「何いってんだ、お前――」

　カスミはタケルを見た。

「クチナワにもらったものがあるでしょう」

　タケルはすっと息を吸いこんだ。

「お前なのか。クチナワがいってた、『もうひとり』って」

「そうよ」

「お前らそこでくっちゃべってろ。俺は関係ねえ。どけよ」

　カスミは首をふった。ホウがのしかかるように迫ってくる。

「タケル！」

　タケルが握りしめていた手を開いた。そこにジッポーのライターがあった。

「見て、アッシ」

カスミはいった。ホウの形相が一変した。

「手前《てめぇ》、どこでその名前を!」

「いいから見て。全部あとで教えるから」

カスミはタケルのもつジッポーを指さした。ホウがふりかえった。タケルはライターを分解していた。ケースから中身をひきだした。

「あれは発信器なの。スイッチを入れると、マッポがとびこんでくる」

「何だと!?」

「あたしはマッポと取引した。塚本を破滅させるため。このタケルもそう。タケルがここにいるのも、あたしが塚本と寝たのも、全部、塚本を破滅させるため」

「わけわかんないことといってんじゃねえ。マッポがきたら、塚本が殺《や》れなくなる」

「大丈夫。どうしても殺りたいのなら、殺らせてあげる」

「ふざけたことというな。マッポが俺らのいうことを聞くわけないだろうが」

「聞くわ。あたしたちは特別なの」

「お前、ラリってんじゃねえのか」

「タケル、説明してあげて」

カスミの口調にタケルはむっとしたような表情を浮かべた。

「俺はあんたの手下じゃない」

「わかってる。でもあなたを選んだのはあたし。チームを作ろうってクチナワをそそのかしたのも。そして、このアッシにもチームに入ってもらいたいと思っているの」

タケルは顎をあげた。まじまじとホウを見つめる。

「アッシっていうのか、お前」

「今度それをいったら殺すぞ」

ホウが異様に低い声でいった。

「お前のことはクチナワから聞いた。中国人と日本人のハーフだろう」

「クォーターだ。俺はクソったれの日本人とはちがう。クチナワって誰だ」

「足のない警官だ。もうすぐここにくる」

「その人とあたしは昔から知り合いなの。わけがあってね。あたしが提案したのよ。チームを作ることを」

「お前ら、マッポの犬か」

タケルはホウに指をつきつけた。

「今度そういったら、殺す」

タケルはずっと怒りに生きてきた。そうでしょう」

タケルは息を吸いこんだ。目を細め、カスミを見た。

「俺のことも聞いたのか、あいつに」

「あなたたち二人のことは知ってる」

「だから何だってんだ。何様のつもりだ。偉そうに命令すんじゃねえ。アレしか能のねえ女が」

ホウが怒鳴った。

「今ここであたしのことを説明したってしかたがない。大切なのは三人全員の目的が同じだってことだよ」

「俺とお前らは関係ねえ。俺は塚本をぶち殺してここをでていく。それだけだ」

「塚本を殺したって、リンは自由になれない。あいつは〝本社〟のために働いてる。塚本が死ねば、別の誰かが〝本社〟からやってきて、リンを縛る。もしかするとそれは嶋かもしれない」

カスミはいった。その言葉に思いだしたように、ホウはフロアをふり返った。

「マズい……」

ホウがつぶやいた。DJブースの内部で、リンと嶋がもみあっていた。嶋がリンを殴りつけるのがカスミの目にも見えた。DJブース内のいざこざは、フロアにいる人間たちからは見えない。

「本当にリンを大切に思うのなら、塚本ひとりを殺しても駄目。塚本の会社を潰《つぶ》さなけりゃ」

「それでマッポにタレこんだのか。俺は関係ないね。マッポの力なんか借りたくねえ。ましてや日本人のマッポの力なんか」

リンがひきずりだされるのが見えた。嶋ともうひとりのセキュリティにはさまれ、階段を降りてくる。

目ざとい客がその姿に気づいた。叫びや口笛があがった。リンがそれに手をふった。

さらに歓声があがった。

不意にリンが身をひるがえした。うしろから階段を降りていたセキュリティをつきとばし、ＤＪブースに戻ろうとする。

嶋が追いすがった。

「リン！」

ホウが叫んだ。

ＤＪブースに逃げこもうとしたリンの襟首を背後から嶋がとらえた。ひき戻そうとする。

あらがったリンが嶋を蹴《け》った。その足を嶋がつかんでひっぱった。

そして次の瞬間、リンの体は宙に浮かんでいた。

「リン！　くそっ」

ホウは息を呑《の》んだ。バルコニーにとびだす。カスミとタケルもあとを追った。

まるでスローモーションの映像のようだった。つかのま、リンは空中に静止しているように見えた。だがその間にも、フロアの客たちが、たった今までぎっしりと詰めかけていたのが嘘のように壁ぎわに散っていく。

リンの体がフロアに落下した。サウンドは鳴りひびいているのに、ぐしゃりという音が聞こえた。

「リーン！」

ホウが絶叫した。床に大の字に横たわったリンを人波が囲んだ。嶋が階段からバルコニーをふり返り、こちらを指さすのが見えた。

タケル

やばい、と思ったときは遅かった。ＤＪの姿が宙を舞い、一瞬後、真下の客が逃げたフロアに叩《たた》きつけられた。そして横たわったままぴくりとも動かなくなった。

フロアはパニックになった。ＤＪを囲み、叫びや悲鳴、泣き声が渦巻いている。

そんな中で、嶋がインカムに向かって何かを叫び、自分たちを指さしているのがタケルには見えた。

セキュリティが押し寄せてくるにちがいない。

「くるぞ」

タケルがいったそのときだった。

「つかもとおっ」

ホウが血を吐くような叫び声をあげた。隣りあったもうひとつのＶＩＰルームのバルコニーをにらみつけている。そこにノーネクタイでスーツを着けた男の姿があった。眼下のフロアを見おろし、携帯電話で指示をとばしている。塚本だった。

ホウの叫びにこちらをふり返った。その目がみひらかれた。

「カスミっ」

塚本はタケルのかたわらに立つ女に叫んだ。

「塚本、手前《てめえ》っ」

ホウがトカレフの銃口を塚本に向けた。だが引き金をひくより早く、塚本はＶＩＰルームにとびこんだ。

フロアではセキュリティがけんめいになってパニックを抑えこもうとしていた。それをかきわけて、嶋とその手下が二階へと向かっている。

「塚本が逃げる。止めなきゃっ」

女がいって、ＶＩＰルームに戻った。ホウはそれより早く、ＶＩＰルームの扉に向かっていた。

ホウが扉を開けた瞬間、セキュリティが二人とびこんできた。

「ホウ、手前っ」

叫んだセキュリティの横面《よこつら》にホウはトカレフの銃身を叩きつけた。呻《うめ》き声をたてて倒れこむ。

「おいっ」

もうひとりはいって息を呑んだ。ホウがトカレフを向けたからだ。

「ぶっ殺す」

今にも撃ちそうで、セキュリティは蒼白《そうはく》になった。

「やめて、こいつじゃないっ」

カスミが叫んだ。

タケルはホウの横をすりぬけ、廊下にとびだした。嶋たちに邪魔される前に塚本をつかまえなければならない。塚本に逃げられたら、今までの苦労が水の泡だ。

隣のVIPルームへ向かう。扉を開けた瞬間、轟音《ごうおん》が響いて、タケルは首をすくめた。拳銃《けんじゅう》を手にした塚本が部屋の中央で仁王立ちしていた。いきなり撃ってきたのだ。弾丸はタケルをかすめ、扉をぶち抜いた。

「何だ、お前」

目を細め、塚本はいった。

「どけっ」

いきなりタケルはつきとばされた。ホウがとびこんできたのだった。塚本が再び撃った。ホウの体が壁に叩きつけられた。トカレフを落とし、へたりこむ。

ホウは憎しみのこもった目で塚本を見上げた。その顔に塚本は銃口を向けた。

「イベントをめちゃくちゃにしやがって。ぶっ殺してやる」

タケルは目の前のガラステーブルを蹴った。テーブルは塚本が引き金をひく直前にその膝《ひざ》に命中した。銃口がそれ、弾丸がテーブルを粉々にした。

タケルは踏みこむと、塚本の胸を蹴った。塚本の体が吹っ飛び、壁に叩きつけられた。

「ホウ、大丈夫か」

タケルはホウをふり返った。どこを撃たれたのかわからないが、ホウのTシャツが血に染まっていた。

ホウは目をみひらき、荒い息をしている。

「アッシ！」

カスミの声がした。ＶＩＰルームの入口で立ちすくんでいる。

「塚本に撃たれたんだ」

カスミは尻《しり》もちをついている塚本を見おろした。無言でホウの落としたトカレフを拾いあげ、塚本に向けた。

塚本が目をみひらいた。

「な、何だよ、カスミ」

カスミは深々と息を吸いこんだ。

「あんたを殺す」

「はあ？　お前、気は確かか。なんで俺を殺す、俺の女だろうが」

塚本はじりじりと右手をのばしながらいった。その指先から三〇センチのところに、
塚本が落とした拳銃があった。

「冗談じゃないわ。あたしの願いはあんたを破滅させること」

塚本は顔をゆがめた。

「俺とやってあんなによがってたお前が、か。笑わせるな」

塚本はタケルに目を向けた。さらに指が動く。

「こいつは何だ、お前の新しい男か」

「話したのは今日が初めて。でもあたしたちはチームなの。あんたを潰《つぶ》すために、タケルとアツシとあたし。チームを作った」

「何だ、そりゃ」

塚本は笑い、呻いた。

「アバラに響くぜ。俺のアバラを折りやがって。手前《てめえ》、必ず殺してやるからな」

タケルをにらんでいった。タケルは足を踏みだした。塚本の指が拳銃に届いていた。その手をタケルは踏んだ。塚本は驚いたように目を広げ、手を離した。

「お前ら犯罪者を潰すのが俺の役目だ」

タケルは告げた。

「何だと？　何、世迷《よま》い言《ごと》をほざいてやがる。俺が何をした」

「クスリを売り、あのＤＪを殺させた」

「よせよ。クスリは遊びだ。リンが落ちたのは事故だろうが。まだ死んだかどうかもわからねえ」

「セーラは？　セーラも遊びだったの」

カスミがいった。

「セーラ？　あの馬鹿女が何だっていうんだ？　男とやることしか頭にない女だろう」

いってからくっくと笑い、アバラが痛んだのか、顔をまたしかめた。

「そうか、お前もそうだったな。男とやることしか頭にない」

「あんたにそう思わせたのは確かよ。そうじゃなけりゃ近づけなかったから」

「何？」

「あんたがどうやってクスリを売らせていたか。その金を〝本社〟に送ったやり方。全部あたしが警察に話す。もうじき、くるから」

塚本の顔が一変した。

「どういうことだ」

「あたしたちのチームは警察と組んでるの。あんたを破滅させるために、あんたに近づいた。あんたはそれをわからずに、大喜びであたしとやってたのよ」

塚本が身を起こそうとした。タケルは左足を塚本の肩にかけた。

「やめとけ。この女のいってることは本当だ。もうすぐ警察がくる」

「お前ら、デカなのか」

VIPルームの扉が押し開かれた。セキュリティをしたがえた嶋が立っていた。

「社長！」

「嶋、こいつらを何とかしろっ。サツの手先だ」

「何ですって――」

ふりむいた嶋にカスミが銃口を向けた。

「動かないで」

「ふざけんな、このガキがっ」

嶋は大またでカスミに踏みだした。カスミが引き金をひいた。銃声が鳴ったが、弾丸は嶋には命中しなかった。嶋が裏拳《うらけん》をカスミの頬に放った。カスミは床に倒れこんだ。

「野郎っ」

タケルは向き直ると嶋の腹に前蹴《げ》りを放った。だがレンガの壁を蹴ったような衝撃が返ってきただけだった。それどころか嶋はがっちりとタケルの足首をつかみ、大きくはねあげた。タケルは仰向《あおむ》けに倒れこんだ。

嶋が踏みだした。タケルの顔めがけて蹴りを放つ。体をひねってそれをかわしたタケルは、嶋の膝を蹴った。だが嶋はびくともしなかった。

立ちあがったタケルは嶋の顔に正拳を打ちこんだ。嶋の唇が切れ、血が飛んだ。

嶋のうしろにいたセキュリティが部屋になだれこんできた。ひとりがタケルに組みついた。

タケルは腰を押され、よろめいた。セキュリティの首すじに倒れながらも肘《ひじ》打ちを叩《たた》きこんだ。

飛んできた別のセキュリティの蹴りをかわし、そいつの胸ぐらをつかんで立ちあがると、頭突きを顔に見舞う。

鼻の折れる感触が頭蓋骨《ずがいこつ》に伝わった。セキュリティが崩れ落ちた。嶋に向きなおった瞬間、とてつもなく重いパンチが腹にめりこみ、タケルの膝が砕けた。

嶋がタケルの髪をつかみ、立たせた。

「殴り殺してやる」

耳もとでいった。

アツシ

昔、まだ中学生の頃、バットで殴られたことがあった。それ以来の衝撃だった。撃たれたのだということは気づいたが、どこを撃たれたのかがわからない。

とにかく右腕が指一本動かせず、右肩から胸にかけてが痺《しび》れていた。

後悔が腹の中で燃えていた。下らないやりとりなどせず、さっさと塚本を撃ち殺しにくればよかったのだ。カスミの言葉に耳を傾けたのがまちがいだった。

それというのも、カスミが、死ぬほど嫌いなホウの日本人名を口にしたからだ。思わず我を忘れた。

その結果がこのザマだ。

タケルという日本人は結構やるが、嶋の敵ではない。素手で嶋に立ち向かえる奴など、現役のボクサーを探しても何人といないだろう。

宣言通り、タケルは殴り殺される。

床に倒れたカスミは脳振盪《のうしんとう》でもおこしているのか、ぴくりとも動かない。

嶋の二発目のパンチがタケルの腹に入った。タケルの口から胃の中身がとびだした。もう半分、気を失っている。

塚本がセキュリティにかかえ起こされた。手に拳銃《けんじゅう》を握っている。ゆっくりとホウに歩みよった。

「お前もサツとグルだったのか、ホウ」

「知らないね」

ホウは吐きだした。殴りかかりたいのに、体が異様に重くて、身動きできない。

「まあいい。お前もこいつらもぶっ殺すさ。サツは簡単にはここまでこられない。お前らを殺した罪は、〝本社〟の若い者にかぶってもらう。今までさんざん貢献してきたんだ、〝本社〟も何とかしてくれるだろう」

銃口がホウの目に押しつけられた。ホウは覚悟を決めた。だが塚本が固まった。倒れていたカスミがいつのまにかトカレフを塚本の腰に押しあてていたからだった。

血まみれの顔で塚本をにらみつけている。

「嶋――」

　タケルを殴りつけていた嶋がふり返った。

「社長……」

「外さないわよ、この距離なら」

　腫《は》れた唇を動かし、カスミがいった。

「カスミ、やれるものならやってみろ」

　塚本はカスミを見おろし、いった。次の瞬間、カスミが撃った。

　銃声とぎゃっという塚本の悲鳴が同時に響いた。

「撃ちやがった、本当に撃ちやがった」

　塚本が尻《しり》をおさえ、わめいた。そして銃をカスミに向けた。

「このクソ女がっ」

　銃声がした。塚本の首がガクンと揺れた。膝《ひざ》を床につき、VIPルームの入口の方角をふりかえった。胸に赤い染みが広がっている。

　見たことのない車椅子の男が、拳銃を手に、そこにいた。

　塚本は床に倒れこんだ。そして二、三度痙攣《けいれん》すると動かなくなった。

「手前、何だあっ」

　嶋が怒号をあげた。

「警視庁組織犯罪対策部特殊班だ。銃刀法違反、覚せい剤取締法違反、殺人未遂の現行犯でお前たちを逮捕する」

車椅子の男はひどく痩《や》せていて、その声もようやく聞きとれるほど低かった。

「ふざけんな、このガキがっ」

嶋がとびかかろうとした。車椅子のうしろにいた男がさっと前にでた。スーツにネクタイ、眼鏡という、典型的なリーマンにしか見えない男だ。

そのリーマンの拳が嶋の腹に打ちこまれると、嶋の体がまるで爆発にあったかのようにのけぞった。信じられないという表情で目がみひらかれている。

リーマンは片手を嶋の首に回し、その体をくるりと裏返した。嶋が暴れ、腕を外そうとしたが、まるで歯が立たなかった。一瞬後、嶋は泡を吹き、白目をむいてぐったりした。

他のセキュリティは凍りついている。

「抵抗すれば、こうなる」

車椅子の男が冷ややかに告げた。

タケル

ホウの怪我は、右肩の貫通銃創だった、とクチナワに教えられた。塚本は死亡したが、カスミの情報をもとに、塚本のイベント会社と〝本社〟の関係が明らかになったらしい。警察は百人近い人間を逮捕した、とテレビのニュースはいっていた。

リンは病院に運ばれたが助からなかった。脳挫傷《のうざしょう》で、二日間、意識不明ののち、そのまま死んだ。

タケルはリンの葬儀にでた。わずか十数人しか参列者のいない寂しい葬儀だった。右腕を吊《つ》るしたホウと、顔にアザを作ったカスミ、そしてクチナワとトカゲがきた。他は皆、中国人ばかりだった。

アツシ

抜け殻になった。ホウは逮捕され、刑務所に入れられるものと覚悟していた。それでもかまわない。いっそ死刑にされてもいい。今度こそ、この手で塚本を殺すことができるのなら。

だがそうはならず、簡単な取調べをうけただけで釈放された。

釈放されたといっても、リンの葬式のとき以外は、ホウは病院に縛りつけられていた。入院費用をだしたのは、あの車椅子の男だった。クチナワとしか自分のことをいわないマッポだ。

何か魂胆があるようだが、ホウには興味がなかった。リンが死んでしまった今、ホウは自分が生きている理由がわからなかった。

カスミ

そこを訪ねるのは二度目だった。最初に訪ねたのは半年前だ。塚本を破滅させたくて、目の前のこの男を訪ねた。

考えてみるとこの男と初めて会ってから、もう二年になる。この男は突然、カスミの前に現われたのだ。そしてずっと捜していた、といった。

その理由は訊《き》かなくとも、カスミにもわかっていた。

「満足したかね」

クチナワが訊《たず》ねた。カスミは息を吐き、白い壁を見つめた。家具も何もないまっ白い部屋は、クチナワが、クチナワだけに許される特権を使って芝大門に手に入れたオフィスだった。

「半分半分。塚本が死んだのは当然だけど、本当は一生刑務所で苦しめてやりたかった」

「そんなに長くは入ってなかったろうな。せいぜい、十年か十五年だ。その間に奴は、君を殺す指示を中からだせたろう」

カスミはさっとクチナワを見た。

「じゃ、あたしのためにあいつを殺したの」

「それもある。今、君を失うわけにはいかない」

カスミはふん、と笑った。

「パパの手がかりが切れるから？」

クチナワはすぐには答えなかった。膝においたパソコンの画面を見つめていたが、やがていった。

「ホウは、どうかな」

「今はまだ駄目。立ち直ってない」

「ああいう人間が立ち直るとは私には思えない。彼をこちら側につなぎとめていたのは、リンへの友情と尊敬だけだった。リンがいなくなった今、ホウは糸の切れた凧《たこ》だ」

カスミはクチナワを見つめた。

「その糸にあたしたちがなればいい」

「あたしたち？　君ではなくて？」

「ホウに今、セックスしようっていったら、きっと殺される。彼に必要なのは仲間」

クチナワはパソコンから目を上げた。

「君たちが仲間になるのか」

カスミは答えなかった。考えていたが、やがていった。

「なれたらいいって思ってる」

「なってどうするね」

「仲間ができて、次に必要なのは、やるべきことを見つけること」

クチナワはカスミを鋭い目で見つめた。やがて唇をゆがめた。笑ったのだった。

「そのときは私も協力できるかな」

「そのときがくればね」

カスミはいった。そしてひっそりと白い部屋をでていった。

クチナワ

ひとり残ったクチナワはパソコンのキーボードをずっと叩《たた》いていた。

「活動は停止するが、チームの解散は延期するものとする。次回任務については、摘発に潜入捜査を必要とする、青少年がらみの組織犯罪に限定して案件を絞りこみ、チームの訓練に当面は専念する」

最後の文面がそう液晶に表示されると、クチナワはエンターキィを叩いた。

文書がどこかに送られ、それを確認したクチナワはパソコンを閉じた。小さく息を吐き、目をつむった。それから、白い部屋におかれた唯一の家具のように、じっと動かなくなった。

生贄のマチ

アツシ

　ホウが退院する日、あの男が現われた。わずかな荷物をもってくぐった病院の玄関に、おもしろくもなさそうな顔でつっ立っていた。

「いくとこあんのか」

　ホウは無言で男を見つめた。自分と同じ年くらいだろう。長身で鍛えあげた体をしている。「ムーン」のVIPルームで闘ったとき、半端じゃない強さだったのを思いだした。とっさにトカレフをつきつけなければ、まちがいなく落とされていた。

「日本人のマッポにゃ関係ねえ」

　ホウは吐き捨てた。いくところなどあるわけがなかった。リンとホウは一心同体だったのだ。リンが死んだ今、ホウに帰る場所はない。あてもなくさまよい、野垂れ死にをしたところで、悲しむ人間もいない。ホウ本人を含めて。

「誰がマッポだ、この野郎」

　男の顔が赤くなった。革のライダースジャケットにデニムパンツを着けている。

「ちがうのかよ」

男の目をにらみ、ホウはいった。医者の制止をふりきってでたリンの葬儀にもこの男はきていた。あと、塚本の女だったわけのわからないカスミと、塚本を撃ち殺した車椅子の刑事も。こいつらは全部、仲間にちがいなかった。

「ちがうな。俺はワルを潰《つぶ》してるだけだ」

ホウは手にしていた荷物の入ったビニール袋を地面に落とした。にらみあっている二人を病院を訪れる人々が薄気味悪そうに避けていく。

「じゃ、俺も潰すってか」

塚本に撃たれた肩の傷は完治していない。抜糸まであと四、五日かかる、と医者はいっていた。だがかまわなかった。どうせ生きていてもしかたがない。

男は首をふった。

「お前なんか潰したってしょうがない」

「それなら何だってんだよ。あのときつけられなかった決着をつけたいのか」

「お前は俺に勝てない」

男は馬鹿にしたようにいった。ホウの体がかっと熱くなった。男はホウが吊《つ》るした右腕を顎《あご》でさした。

「その怪我が治ったってな。素手じゃお前は俺に勝てないよ」

そうかもしれない。だがその気になれば、そのへんの棒きれを使ってでもぶっ殺すことはできる。

「俺はお前をひきとりにきたんだ。いくところがねえだろうと思ってよ」

「ふざけんな！　なんで俺がお前の世話になんなきゃならねえんだ。お前みてえなくそったれ日本人の」

ホウは怒鳴った。男は動じなかった。

「お前は日本と日本人が嫌いだ。だがこの日本にしかいる場所はねえ。本当はアッシって名前があるくせに――」

もう我慢できなかった。ホウは左手で男に殴りかかった。だが男はそれをあっさり外し、ホウの腹にパンチを打ちこんだ。ホウの膝《ひざ》が砕けた。倒れかかったホウの胸を自分の肩で支え、男は耳もとでいった。

「俺を潰したかったら、もっと鍛えろよ」

「この野郎。殺す！」

喘《あえ》ぎ喘ぎ、ホウはいった。

「いい加減にしてっ」

叩《たた》きつけるような声が浴びせられ、二人は同時にふり返った。病院の出入口にカスミが立っていた。濃いサングラスをかけ、ブーツをはいた脚を大きく広げ、腕を組んでいる。

「二人ともバッカじゃないの。ここをどこだと思ってるのよ。病院よ！」

「お前には関係ない」

「お前に関係ねえよ」

異口同音に、ホウと男がいった。

「関係なくないわ。あんたたち、あたしのおかげで塚本を潰せたことを忘れてる」

ホウと男は体を離した。カスミに向き直る。

「お前のおかげだあ？」

「誰がお前に頼んだよ」

二人は同時にいった。カスミは動じるようすもなく、男を見た。

「タケル。あなたはホウを迎えにきたんでしょう。なのになんで殴りあうわけ」

そうだ、確かこいつの名はタケルといった。ホウは思いだした。

「こいつがいきなりとびかかってきた。第一、お前こそ何の用だ。クチナワにいわれてきたのか」

タケルがいい返した。

「ちがう。あんたと同じことを考えたの。ホウは退院してもいくとこがないのじゃないかって。クチナワは何も知らないよ」

「お前がひきとる気だったってのか。だったら預けるぜ」

「ふざけるな」

ホウは口をはさんだ。

「お前ら勝手に何いってやがる。誰がお前らに世話してくれなんて頼んだ」

カスミがホウに向き直った。

「世話をしようっていうんじゃない。あたしはあんたに仲間になってほしいだけ」

「仲間？　何の仲間だ。マッポの仲間か」

カスミは大きく息を吐き、あたりを見回した。

「とにかく、ここじゃ話もできないし。つきあってよ。ちょっとだけ。タケルも」

「気やすく呼び捨てにすんじゃねえ」

タケルがいった。が、嫌だとはいわない。

ホウは鼻を鳴らした。

「わけのわかんねえ奴らだな。俺はお前らとはちがうんだ」

「わかってるわ。でも今のあんたに急いでいかなきゃいけないところはない筈《はず》よ。リンのことを考えてるなら、お骨はあたしが預かってる」

カスミがいったので、ホウは目をみひらいた。

「お前が」

カスミは無言で頷《うなず》き、ホウの目を見返した。

あの目だった。塚本を皆の前で殺そうと決心し、もう少しでそれをやりそうになったとき、待て、とホウを止めたときの目だ。

『お前に俺の何がわかるっていうんだ』

『あんたの絶望。毎日毎日、あんたは自分に生きる資格があるかどうかを問いかけている』

切れ長の目は、鋭く、そしてこれまでに見たどんな女たちより澄んでいた。

『あたしん中には悪魔がいる。そいつがいいやり方を教えてくれるんだ。塚本を一番苦しめて、地獄につき落とす方法を』

その言葉通り、塚本は地獄に落ちた。もしカスミが止めなければ、ホウは塚本を殺せたとしても、確実にあの場で殺されていた。

自分は生き残った。だが、リンを失った。

リンが死んだ今、自分には生きている理由が何もない。日本人でも中国人でもない、ただのクズだ。

「リンは天才だった。ヤク中で日本と日本人が大嫌いで、自分のことしか考えない最低の奴だったけど、DJとしては天才だった。そのリンが無縁墓地に入れられるのはかわいそうじゃん。だからあたしがお骨を預かっている」

「お前、何なんだ」

あのときも発した問いを、ホウは口にした。

この女はまるでホウのことを何でも知っているような口ぶりだ。いや、ホウのことだけではない。世の中のことを何でも知っているような口をきく。

塚本の、最低なクソヤクザの女で、いつでもどこでも股《また》をひらき、しゃぶのためなら誰のもんだろうとくわえるような女が。

「あたしはカスミ。悪魔の血をひく女よ」

カスミは正面からホウの視線をうけとめ、答えた。

何いってやがる、そういい返したいのだが、なぜかカスミの目を見ているといえなくなった。

「勝手にしろ」

カスミ

カスミが二人を連れていったのは、病院から歩いて十分足らずの場所にある小さなビルの屋上だった。このビルを管理している不動産会社からは、三ヵ月に一度、賃貸料がカスミの預金口座に振込まれてくる。都内には同じようなビルが大小五棟ほどあって、それはカスミがひとり暮らしを始めた十五歳のときからつづいていた。

「何だ、ここは」

もっている鍵《かぎ》でカスミが屋上への扉を開けるとタケルが訊《たず》ねた。

「別に。他の人の迷惑にならない場所がいいと思っただけ」

「ここもクチナワのあの事務所と同じようなところなのか」

「ちがう。あの人とは関係ない」

「クチナワって誰だ」

ホウが訊ねた。屋上のネットによりかかり、床に脚をなげだした。

「車椅子のマッポだ」

タケルが答えた。屋上に立ってからは、カスミとホウに背を向け、下を見おろしている。

「塚本を殺した奴だな」

「あいつは最初から塚本を狙っていた。塚本と奴のバックにいる〝本社〟を潰《つぶ》すのが目的で、俺に『ムーン』にいけといったんだ」

「じゃあ、やっぱりお前はマッポじゃねえか」

「ちがう!」

タケルはホウをふりかえった。

「俺はマッポなんか信じちゃいない。あいつらは仲間がいなけりゃ何もできない」

「仲間がいなかったら何もできないのは、あたしたちも同じじょ」

カスミはいった。

「俺は別に仲間を必要としちゃいない」

タケルがカスミを見やった。

「俺もだ。俺にとって仲間といえるのはリンだけだった」

ホウがいった。タケルはホウに目を移した。

「お前、ゲイか」

ホウが立ちあがった。タケルに向かっていこうとする。

「ちがうわ。ホウは、リンがすべての希望だったの。自分はどうでもいい人間だけど、リンを守るためならこの世に存在する資格がある、そう信じていたのよ」

カスミはいった。ホウの足が止まった。

「だから今、ホウの心の中には絶望しかない」

タケルは冷ややかにカスミを見た。

「偉そうに。お前は何でも知っているつもりか」

「あなたの心の中には怒りしかない。十歳のとき、まだつかまっていない犯人に家族を皆殺しにされ、犯罪者すべてを憎んで生きてきた」

タケルの顔がこわばった。ホウがタケルを見た。

「よけいなお世話だ。クチナワの入れ知恵かよ」

「そういうお前は何なんだ。悪魔の血をひいているなんてほざいていたが」

ホウがいった。カスミは腕を組んだ。

「あたしの目的は塚本を破滅させることだった。そのために塚本の女になり、クチナワをひっぱりこんだ。そしてチームに必要なメンバーとして、あなたたち二人を選んだの」

「何だと」

「お前が選んだだと」

二人の男の視線がつき刺さった。

「クチナワとあたしの関係はとても複雑なの。あいつには目的があって、途中まではあたしといっしょ。だからお互いに協力しあうことにした」

「じゃ、マッポはお前か」

嘲《あざ》けるようにホウがいった。

タケルがいった。カスミはホウを見返したが答えなかった。

「俺がクチナワに協力したのは、もっと効果のある戦いができると奴がいったからだ」

「その通りだったでしょ」

カスミはタケルに目を移した。タケルは否定しなかった。カスミはホウに目を戻した。

「あなたにも同じ戦いに加わってほしいの。あたしたちには、あなたが必要なの」

「何いってやがる」

タケルが憤然としたようにいった。

「俺はそんなこと思ってもいねえ」

「じゃなぜ、病院まで迎えにいったの」

「こいつにいくところがないからだ」

「あなたいつもそんなに親切だった？　自分が潰したワルに」

タケルはそっぽを向いた。カスミは言葉をつづけた。

「あなたはホウに同じ匂いを感じたのよ。だからほっておけなかった」

「よせ！」

ホウがいった。

「俺はお前らとつるむ気なんかねえ」

「だからって何をするの。街に戻っても、あなたを憎んでいる人間はいても、迎えてくれる人間はいない」

「宗教の勧誘か、これは。俺に何をさせようってんだ」

「あなたの助けが必要だっていってるじゃない」

タケルが笑った。

「はっ。こいつに何ができる。てんで狩りの戦力にはならねえぜ。それともお前みたいに、誰かの股に顔をつっこんでネタを拾ってくるのか」

ホウが回し蹴《げ》りを放った。タケルは余裕でそれをブロックした。

「まだわかんねえのか、お前は俺に勝てねえ」

カスミはショルダーバッグを開いた。トカレフを二挺《ちょう》だし、屋上の床においた。二人の動きが止まった。

「タケル、あなた銃を扱える？」

タケルは無言だった。

「このトカレフにはそれぞれ一発ずつ弾が入っている。二人同時にこの銃をとって撃ちあったら、どっちが勝つと思う？」

「ふざけるな。負けてたまるか」

「じゃ、やってみたら」

カスミは一歩退いた。同時にタケルとホウが動いた。それぞれトカレフに手をのばす。無傷なぶん、タケルのほうが早かった。一瞬先にトカレフを握り、ホウに向けた。

「動くな」

だがホウは無視してトカレフを手にとった。タケルは引き金をひいた。何も起こらなかった。一方ホウは、手にしたトカレフのスライドをひいた。ガチャリと音がしてトカレフのスライドは後退した位置で止まった。ホウはカスミをにらみつけた。

「弾が入ってねえ！」

カスミはタケルを見た。

「わかった？　あなたは銃の扱い方も知らない。ホウはできる。他にもピッキングの技術があるし、中国語を喋《しゃべ》れる。あなたには全部できないこと」

「くっ」

タケルは歯がみをし、ホウの真似をしてスライドを引こうとした。だが手がすべり、トカレフを落とした。

「もし弾が入ってたら、今ので自分の足を撃ってるぜ」

ホウが冷ややかにいった。

「うるせえ」

「負けを認める？」

カスミはタケルを見つめた。タケルはカスミを見返していたが、

「知るか」

と吐きだした。カスミは息を吐き、タケルの落としたトカレフをバッグにしまった。ホウに手をさしだす。ホウは無言でトカレフを返した。カスミはマガジンを抜き、ロックされていたトカレフのスライドを戻して、起きあがったハンマーをおろした。ホウの目がわずかに広がった。

「お前も扱えるのか」

カスミは答えず、そのトカレフもバッグに入れた。かわりに煙草をとりだし、火をつけた。煙を吐き、それが青空にたち昇っていくのを見送った。

「この世界にはバカがいっぱいいる。お利口さんのふりをしているバカや、バカですって認めちゃえば楽だからってズルをしているバカ。本当はもっとまともにやりたいのだけれど、どうしたらそうなれるかわからないバカ。利口な奴らは利口な奴らで、薄汚なくって卑怯《ひきよう》で、そんなになるくらいならバカでいたほうがましだって思うようなのばっかり。ただひとついえることがあって、バカはバカなりに用心深くて、バカのふりをしているお利口さんを決して受け入れない」

「下らねえ」

ホウがいった。

「バカは皆、死にゃいいんだ」

「じゃお前も死ぬのか」

タケルがホウを見た。

「別に生きてたい理由もないんだろ」

「うるせえ」

「生きてたい理由がないのなら、あたしに貸してよ。その命を」

ホウがカスミを見た。

「嫌だね。お前ら日本人には反吐《へど》がでる」

「お前は何人《なにじん》なんだ？　中国人か？　だったら中国に帰れや。頼んでないだろう、日本にいてくれって」

タケルがいった。ホウがタケルをにらんだ。怒りと憎しみのこもった目だった。

「だいたいよ、中国人はムカつくんだよ。金稼ぎに日本にきて、悪いことばっかりしやがって。犯罪で銭を稼ぐなら、自分の国でやれっていうんだ」

「中国は日本以上よ。誘拐や強盗はあたり前だし、ブランド品だけじゃなく、医薬品の偽ものもでまわってる。そのせいで死んだ人間もたくさんいるわ。中国に比べれば、日本はまだまし」

「じゃ、こいつら中国人は全部犯罪者か」

「何人《なにじん》だろうと、犯罪者とそうでない人はいる。どれだけ苦労したって決して犯罪に走らない人もいれば、何ひとつ不自由ないのに、ただおもしろいからって理由で人を傷つけるような奴もいる。そういうのは、日本のほうが多いかも」

カスミはいった。ホウがタケルを見た。

「お前みたいにな」

「手前《てめえ》、俺がおもしろがってやってるっていうのか」

「悪い奴をぶちのめすのが大好きなんだろ。でも自分より強い奴には手をださない。弱い者いじめと何がちがう」

「俺はお前には手をだしてねえ」

ホウはタケルに歩みよった。顔と顔をつきあわせ、いう。

「俺は犯罪者じゃねえ」

「ヤクをやってたろうが」

「俺はやってない」

「リンがやってるのを止めなかった」

「リンのやることは、リンにしか止められなかった。奴は、俺やお前みたいなクズとはちがうんだ」

タケルが目をそらした。

「もういい。死んだ奴のことまであれこれいいたくねえ」

「チームにしたいの」

カスミはいった。

「この三人を」

「何をする」

「マッポには助けられない人を助ける」

「はあ？」

ホウがいった。

「なんでだよ」

「いったでしょ。バカしか受け入れてもらえない場所があるって。そういうところでひどい目にあっている人は、マッポには助けられない」

「そんなの知ったことか」

「誰かのために何かをするって、そんなに嫌なことじゃない。ちがう？　あなたはリンのために生きてきた。でもリンがいなくなって、さしあたり、誰かのためがない。だったら、どこかでつらい目にあってる人のためにやってみようと思わない？」

「それが何になる」

「別に。世のため、なんていわないわ。でもあなた自身が気持いいかも」

「よせ」

ホウは顔をしかめた。

「いいか、この世の大半はクズだ。俺みたいに、生まれたときからクズになる運命だった奴もいるし、自分が何を思い、どうあがいても、クズにしかなれない奴もいる。最悪なのは、自分がクズだと気づいてない野郎だ。クズのくせにいっぱしのことをいい、自分だけは玉だと思いこんでいる。クズはクズどうし潰《つぶ》しあうか、誰かの踏み台になるしかない。クズを助けてやったところで、何もいいことなんかない。そんなんでいいことしたつもりで満足するような奴は、クズの中でも最低のクズだ」

「それでもいいわ。そういうクズになりたいの。ホウ、あなたにもそうなってほしい」

「馬鹿なこというな」

「じゃあ、クズを集めて踏み台にする、塚本のような男が他にいても平気なの」

「俺には関係ない」

「おい」

タケルがいった。

「もう、よせよ。こいつは日本人が殺しあうのを見たいのさ。日本も日本人も全部潰れちまえばいいと思っているんだ」

「いっとくが俺は中国人だって好きなわけじゃねえ」

「じゃ自分が一番好きなナルちゃんか」

「よしなさい！　タケルはわかってる筈《はず》よ。ホウが自分のことを好きじゃなくて、それで苦しんでいるのを」

カスミはいった。

「いい？　あたしたちは皆、自分のことが好きじゃない理由がある。だからバカだし、クズなの。でも、バカでクズでなけりゃできないことがあって、それをクチナワが求めている。あいつも決して正義の味方じゃない。いっておくけど、あたしはあいつが大嫌いよ。あいつだって別の場所では、誰かを踏み台にしてきたの。その報いで脚を失ったともいえる。ただ、あいつが塚本のような奴を憎む気持は本物で、それは信じてもいい。その上あいつには金やいろんな権力がある。クチナワのいうことを何でも聞くわけじゃない。ギブアンドテイク。あいつが潰したい悪は、ふつうのマッポじゃ潰せない悪で、それをあたしたちが助けてやれば、どこかで誰かが救われる。そうしたら、あたしたちは、今より少しだけあたしたちのことを好きになれるかもしれない」

タケルとホウは無言だった。

「ねえ、ホウ。生きていてもしかたがないと思ってるなら、あなたの力を貸してよ」

タケルを見た。

「あなたの怒りは本物よ。弱い者いじめじゃない。それをクチナワに貸してやれば、いつか、あなたが一番ぶつけたいと思っている相手がわかるときがくるかもしれない」

「それはわかっている。奴は、クチナワは、俺の家族を皆殺しにした犯人の情報を集めてる、といっていた」

タケルは押し殺した声でいった。カスミは頷《うなず》いた。

「タケル、ホウに感じてたことをここで素直にいって」

タケルはとまどったような顔になった。

「何のことだよ」

「お願い」

カスミはタケルの目を見つめた。タケルはすぐに目をそらした。

「よせ」

「タケル」

タケルは空を見上げた。カスミは待った。

やがてタケルがいった。

「こいつはさ、ずたぼろだ。ずたぼろのときってのは、他人にやさしくしてもらってもしょうがねえ。ただ、穴倉みたいなところで、傷が治るまでこもってるしかねえ。他人はうざいし、甘ったるいセリフはよけい傷がつく。ほっとけ、ってやつだ。だが、ほっとくにもこもる穴倉がなけりゃどうにもならない。その穴倉を、俺が何とかしてやろうって思っただけだよ」

「なぜ、そう思ったの」

「——リンのことがあったから、かな。こいつがリンのことを命がけで守ろうとしてたのは伝わってきた。そのリンが死んじまったんで——」

「もう、いい」

ホウがいった。

「他人にがたがたいわれたくねえ。これは俺の問題だ」

「穴倉はあんのか」

タケルが訊《たず》ねた。ホウは答えなかった。タケルがいった。

「俺の知ってるバーがあるビルの地下に空き部屋がある。トイレは共同のが廊下にあって、風呂《ふろ》はねえ。他の部屋は皆、倉庫みたいになってて誰もこない。恵比寿駅のそばだ。バーはマスターひとりで、客も少ないし、そのマスターも愛想のない人だが、半年くらいなら使いたい奴がいたら使っていいっていわれてる。だから家賃はタダだ。条件は、廊下のトイレをよごさねえことだけ。今そこには、俺の寝袋がほうりこんである」

ホウは驚いたようにタケルの顔を見つめた。タケルはそっぽを向いて、ジャケットから紙きれをとりだした。よく見ると、鍵《かぎ》がくるまれている。

「これが地図と鍵だ。俺はそのバーにたまにいくが、いったとしても別に地下には降りねえ」

ホウに投げた。ホウはそれをキャッチした。タケルは怒ったようにいった。

「礼なんかいうなよ。そんなもん、聞きたくねえ」

ホウは受けとめ、握りしめた地図に目を落とした。無言だ。

タケルは息を吸いこんだ。

「じゃ、俺はいく」

「待って」

　カスミはいって、バッグを再び開いた。携帯電話をふたつだした。

「これをあなたたちに。番号を知っているのは、あたしとクチナワの二人。かかってきて、でたくなければ無視すればいい」

　タケルとホウに手渡した。タケルは大きな拳《こぶし》の中に握りこんだ。

「俺は、あのクチナワって野郎が何を考えているのか、さっぱりわからねえ。けど、あの野郎としばらく組んでもいい、と思ってる。理由は、カスミのいった通りだ。ただし、チームだからってべたべたするのはごめんだ。そういうのは大嫌いだ」

　カスミは微笑んだ。

「大丈夫よ。そんな人間、ひとりもいない」

　タケルもつられたように苦笑した。

「そうか。そうだな。じゃ、あばよ」

　タケルは告げて、屋上をでていった。ホウはしばらく無言だった。カスミはその間に新たな煙草を一本、灰にした。

「本当なのか」

　不意にホウがいった。

「何が」

「あいつの家族の話」

「本当よ。十歳のときにね。両親と妹。それから半年くらい、タケルは病院に入れられていた。何度も自殺しようとしたらしい」

「お前は昔から知ってるのか」

「まさか。『ムーン』で会ったのが最初よ。データはクチナワがもっていた。それを見て、あたしが選んだ。あなたは、あたしがそうしようと思った。きっと頼りになるメンバーになるから」

「何にもなりゃしない、俺は」

ぽつりとホウはいった。

「ちがうと思う。あなたにわからなくても、あたしにはわかってる」

ホウはあきれたようにカスミを見た。

「わけのわかんないことしかいわない女だと思ってるでしょう。でも、今はあたしを信じていい」

「それで塚本みたいに裏切られるのか」

「あたしは、あなたやタケルとは寝ない。だから裏切られることを心配しなくていい」

ホウは鼻を鳴らした。

「いっていいよ」

カスミは告げた。

「もう少しあたしはここにいる。それと、あたしのことはともかく、タケルは信用してあげて。そうすれば、あなたは、タケルのたったひとりの友だちになれるかも」

ホウは答えなかった。無言で背を向けると、屋上から立ち去った。

ひとりきりになると、カスミは息を吐き、ネットにもたれかかった。

クチナワ

＞その後、彼らはどうしている？

＞友だちみたいないいかたしないで。本当は仕事を見つけたのでしょ。私たちにしかできないことなの？

＞少なくともホウは必要だ。彼の参加が絶対条件になる。

＞ホウはずっと閉じこもってる。怪我はもう治った筈《はず》。タケルがこの前、バーにいったときに見かけたみたい。

＜あの二人は、会えば殴り合いになると、君はいっていたが。

＜似た者どうしなの。わかりあえたら、きっとすごい仲間になる。

＜わかりあえなかったら。

＜そんなこと世の中にはいくらでもあるよ。皆が皆、わかりあえる世の中なんて気持悪い。

＜来週中に会いたい。ホウが非協力的なら、君とタケルにだけでも。

＜三人いっしょじゃなきゃ駄目。いつでも必ず、三人は同じ情報を共有する。そうでなけりゃ、チームにはなれない。

＜なぜだ。ホウがひがむとでも？

＜平等にしたい。そうでなかったら、あなたのいう絶対条件は決してかなえられない。

＞では彼を連れてきてくれ。

＞タケルに頼む。

＞タケルに？　君のほうが適役じゃないのかね。

＞私じゃない。ホウを動かせるのはタケル。

＞不思議だ。君は、彼らのことをまるで母親のように理解している。

＞そんな話、したくない。あなたが欲しいのは結果だけでしょ。そんな奴とひとりひとりの人格についてなんて話したくないもの。

＞私の見るところ、君は自ら、私と彼らとのあいだに入ってプレッシャーを受ける立場を選んでいる。なぜなのか興味を惹《ひ》かれる。

＞そうやってまたパパの話にもっていこうとするのね。お断わり。遊んであげる気はないから。

∨残念だな。

∨それでも、あなたから見れば、私たちには利用価値がある。

∨この件に関しては、そうだ。やりかたは君に任せよう。ミーティングには必ずホウを連れてくるように。

∨連絡する。時間は、来週よりもう少し遅くなるかも。

∨本当はひと月早く、頼みたかったのだ。だが君の意見をいれて、二ヵ月待った。もう猶予はできない。このひと月で、またひとり犠牲者がでたのだ。

∨情報は平等に、といった筈よ。そんな余分な話は聞きたくない。じゃあね。

∨ベストを尽してくれると信じている。

タケル

ホウに鍵《かぎ》を渡してからふた月以上がたっていた。その間、バー「グリーン」にいったのは、先週の一度だけだ。監視していると思われたくなかったからだ。だから一カ月以上、「グリーン」には足を向けなかった。

「ムーン」の一件以来、狩りもやっていない。カスミやクチナワの話では、また〝戦い〟があるかもしれない。そのときに怪我とかで参加できなくなるのが嫌だった。だから、街で狩りをやるのはやめにした。肉体労働のバイトをして、あとはトレーニングの日々だ。

一度だけ「グリーン」を訪れたのは、バイトの帰りだった。トイレに立ったとき、ホウを見かけた。ちょうどトイレからでてくるホウとでくわしたのだ。もう腕は吊《つ》っていなかった。

一瞬にらみあい、だが互いにひと言も言葉を発さなかった。まったくの他人のようにすれちがい、遠ざかった。

トイレから戻って、マスターにいった。

「今、下で会ったよ」

「そうか」

マスターはあいかわらず無愛想だった。地下室を貸してくれといって鍵をもっていったのはタケルだが、そのタケルにすら、地下室の住人の話はしない。

「前より少し太ったみたいだ」

タケルはいった。

「頼んでもないのに、このビルの周りを毎朝掃除してる。それからランニングをしているみたいだな」

「ランニングを？」

「ああ。お前と同じで、鍛えるのが好きなのかもしれん。別に悪いことじゃないが……」

マスターはいいかけ、黙った。気づいているのだ。ホウも、クチナワの〝兵隊〟にされたことを。

それ以上、ホウについては話さず、タケルは「グリーン」をでた。わかったのは、ホウが生きる気を失ってはいない、ということだけだ。それで充分だった。妙な話だが、タケルはホウが嫌いではない。話せば腹が立つし、つっかかってきたらボコボコにするだろう。なのに、死んじまえばいいとは思わないのだ。

結局、自分と同じでホウも獣なのだ。生きてきた場所がちがうだけで、獣には獣の臭いがわかる。どんな敵に牙《きば》をむき、傷を負ったらどう癒《い》やすか、訊《き》かなくても知っている。エサを恵んでもらうのは嫌いで、群れるのも好きではない。

そう思える奴は、めったにいない。獣のふりをしている野良犬は山ほど見てきたが、本当の獣はホウが初めてかもしれなかった。

　だからといって獣どうしが仲良くなれるわけでもない。いや、仲良くなれないからこそ獣なのだ。

　なのにカスミは、仲良くなれというようなことをいう。病院近くのビルの屋上で別れたあと、カスミからはメールが二回、きた。返事はしていない。ホウについてどうしているか知りたそうな内容だったからだ。「グリーン」の下のトイレで会ったあと、短いのを送った。会った、元気そうだったが話さなかった、とだけ。

　タケルにはカスミのことがまるでわからない。感じるのは、クチナワとカスミのあいだには何かがある。それが何なのか、正直興味ない。カスミも獣だが、タケルやホウのような獣ではない。タケルやホウが虎やライオンだとすれば、カスミは毒蛇だ。毒蛇のことまではわからない。

　そのカスミから電話がかかってきた。

「あれから、例のバーにいった？」

　前おき抜きでいきなりカスミはいった。

「いってない」

「来週、クチナワのところに集まりたい。ホウを連れてこられる？」

「奴しだいだ。力ずくでというのなら別だが」

「ホウと話して。彼が必要だってクチナワがいってる」

「じゃあクチナワに迎えにいかせろよ」

「クチナワではホウを連れだせない。あたしでも駄目。あなたが連れてきて」

「あのな」

いいかけ、タケルは黙った。

「何？」

「俺たちはお友だちじゃないし、ましてや上司と部下ってわけでもない。なのに何で命令する」

「命令？」

「連れてきていったろう」

「じゃあ何ていえばいいの？　お願いします、連れてきて下さい？」

「もういい。明日《あした》にでもバーにいってみる。結果はメールで打つ」

「ありがとう」

ひどく素直な口調だった。タケルはどうしてか、どきっとした。

「別に」

ぶっきら棒にいって、電話を切った。その夜、なぜか、「ありがとう」という言葉だけがタケルの耳の中でこだまして、眠るのを邪魔した。

翌日バイトが終わると、タケルはその足で「グリーン」のビルに向かった。開店前で、マスターの姿はなかったが、店を通らなくとも地下には下りられる。階段を下り、地下のつきあたりの部屋の前に立った。

一瞬ためらった。今日はつっかかられても我慢しようと決めていた。だがこうして訪ねてきて、クチナワのところにつきあえ、ということじたいが恩を着せているように思われるかもしれない。もしそういわれたら、きっと腹が立つだろう。ホウにそう思われないような切りだしかたはないか、考えこんだ。

スティールドアの向こうから唸《うな》り声が聞こえた。歯をくいしばり、苦痛に耐えているような響きがある。

タケルは思わず身構えた。塚本の残党がホウを見つけ、仕返しにきたのだろうか。可能性はゼロではない。

また唸り声が聞こえた。バイト帰りでタケルは素手だ。だが得物をとりにいっていたら、ホウは殺されるかもしれない。ドアノブをつかむと勢いよく開いた。スキを突けば、二人くらいまでなら何とかなる。

三畳もない個室の壁ぎわに段ボール箱が積みあげられ、天井に吊るしたロープから洗濯物がぶらさがっている。畳まれておかれた寝袋は、ホウのためにタケルが放りこんでおいたものだ。部屋の中央にホウが腹這《はらば》いになっていて、他には誰もいない。

ホウは両足の爪先《つまさき》を段ボール箱に乗せ、負荷をかけた腕立て伏せをおこなっている最中だった。両腕に彫りこまれたタトゥが汗で光っている。

ホウがさっと顔をあげ、タケルを見た。

「何だ――」

思わずタケルはつぶやいていた。ホウは驚いたようすもなく、顔を伏せ、腕立て伏せに戻った。筋肉が盛りあがり、上腕部が小刻みに震えている。十回や二十回でないことは確かだ。床には滴った汗が光っていた。

タケルはしばらくようすを見ていた。ホウにはトレーニングを中断する気がないようだ。

しかたなくタケルはいった。

「上にいる、終わったらきてくれ」

返事はなかった。部屋をでて階段を上った。バーはまだ開いていない。タケルはビルの入口に立ち、待った。

二十分ほどすると足音が聞こえた。Tシャツ姿のホウがあがってきた。タケルがふり返ると、二メートルほど離れた位置で足を止め無言で見つめてきた。

「腕はもういいのか」

ホウは小さく頷《うなず》いた。何もいわない。タケルは言葉を探した。でてきたのは下らない質問だった。

「何回やってんだ、腕立て」

「二百」

ぼそりとホウが答えた。

「あと、片手で五十ずつ」

「腹筋は？」

「三百」

タケルは頷いた。あの器具もない部屋でできるとすれば、あとはスクワットくらいのものだろう。

「走ってるのだって？」

「ああ」

廊下の奥にいるせいでホウの表情はよく読みとれない。「グリーン」が開店するまで照明が点《つ》かないのだ。

「何か用か」

ホウがいったのでタケルはほっとした。

「クチナワが呼んでる」

「俺を？」

「全員だ。俺とお前とカスミ」

「パクるのか」

「パクるのだったらとっくにやってるだろう。たぶん別のことだ」

「別のこと？」

「だから、狩りだ」

「狩り」

今度は訊き返す口調ではなかった。

「塚本みたいな奴が他にもいて、そいつを潰《つぶ》すのに俺らを使いたいんだろうな」

タケルはいった。ホウは黙った。タケルもいうことがなくなり、黙った。

やがてホウが訊《たず》ねた。

「いつだ。今か」

「ちがう。来週だろう。たぶん、カスミが電話をしてくる」

ホウは頷いた。タケルはほっとした。

「じゃあな」

いって、踵《きびす》を返した。そのとき「グリーン」のマスターがビルの玄関に立っているのに気づいた。手に紙袋をさげている。ホウからは見えていたのだろうが、タケルは背をむけていた。

「お前ら」

マスターがいった。

「こんちは」

タケルは頭を下げた。まずいところを見られたような気がした。すぐにもでていきたかったが、そうすると逃げたように思われる。特にホウにはそうとられたくなかった。

「飯、食ったか」

マスターが訊ねた。

「まだ」

「ステーキ肉を仕入れてきた。食わしてやる」

「金がない」

ホウがいった。

「金なんか要らん。奢《おご》りだ」

「ただで部屋を使わせてもらってる。その上奢られるのは――」

「がたがたいうんじゃねえ。年上が奢ってやるといったら、年下はご馳走《ちそう》様ですというんだ」

マスターがいった。タケルは驚いてマスターを見つめた。こんないい方をするマスターは初めてだ。

「それにお前の部屋代ならもらってる。だから好きなだけいてかまわない」

「誰から」

訊《き》いたのはタケルだった。そんな話は初耳だ。

「誰だっていいだろう。お前には関係ない」

マスターはいって鍵《かぎ》をだし、「グリーン」の扉にさしこんだ。扉を開け、中に入る。

あとに残されたタケルとホウは見つめあった。

「先、入れよ」

タケルはいった。ホウは無言で動いた。

アツシ

「お前ら似てるな。食い方までそっくりだ」

バーのマスターがいった。ステーキはうまかった。塩とコショウをふってバターで焼いただけだが、分厚くて、食ったそばから血や肉になっていくような気がした。

迷ったあげく、ホウはここを訪ねた。他にいくあてなどなかった。転げこむ先がまるでなかったわけではないが、リンのことを知っている奴らばかりだ。自分と同じで、リンの腰巾着《こしぎんちゃく》だったのしかいない。クスリや女にありつけるというだけの理由でリンに群らがっていたような連中だ。そいつらの世話になどなりたくなかった。それにいつ、塚本の仲間に売られるかもしれない。殺されるのはかまわないが、腕が不自由なせいで道連れのひとりも作れないのでは情けない。

「タケルって奴にもらった。ここにしばらくいていいっていわれて」

バーに入っていき、鍵を見せ、いった。マスターは頷いた。

「条件は聞いてるな。トイレをきれいに使うことだ。あとは好きにしろ」

あっけないほど簡単だった。地下に下り、部屋に入ると、本当に寝袋がおいてあった。

その晩は寝つけなかった。それで朝から走った。腕は使えなくとも足は動く。食事は、もちあわせの金で、コンビニから仕入れた。金がなくなると、以前リンからもらった腕時計を売った。ロレックスだった。ファンの女がリンに貢いだ代物だった。リンは二、三日はめて気に入らず、ホウによこした。だから売ってしまうのに抵抗はなかった。

その金も残りがわずかだった。仕事を探したかったが、きちんと身許《みもと》を証明できないホウには、まともな仕事は見つからない。タトゥのせいで、キャバレーのボーイすら断わられる。使ってもらえそうな仕事は、塚本の仲間だった奴らといつでくわすかわからないようなものばかりだ。

唯一の方法は、どこか別の街まで仕事を探しにいくことだが、そこまでして自分に生きていく価値があるかどうか、ホウにはわからなかった。

腕の傷も治っている。渋谷か新宿で働き、もし塚本の仲間に見つかったら、やるだけやってぶち殺されてもかまわない。

そこへタケルがやってきた。クソ日本人だが、こいつは嘘をつかない。というよりつけないのだ。口先だけでリンにとり入ろうとしたり、人のことを金ヅルにしようとする日本人よりはだいぶマシだ、と感じていた。それ以上でもそれ以下でもない。長い間、ホウにとって人間は二種類しかいなかった。リンとそれ以外だ。それ以外の奴らは皆、どうでもいい。だが、今はもうこの世の中には、どうでもいい奴らしか残っていない。

ステーキを平らげたホウとタケルに、マスターがドリップでコーヒーをいれた。まともなコーヒーも久しぶりだ。

「働いてたのか」

マスターがタケルに訊ねた。タケルは頷いた。それ以上は何もいわない。

このマスターも変わった男だった。年齢の見当がつきにくいが三十七、八だろう。口ヒゲを生やしひょろりとした体つきなのだが、決して優男《やさおとこ》ではない。目つきが妙に鋭くて、身のこなしが軽い。地下室に住むようになって二カ月の間、一度としてホウの部屋をのぞきにきたことはなかった。会ってもまるで言葉をかけてはこない。約束通り、一日二回、ホウはトイレを掃除していたが、何もいわれなかった。肩の抜糸のあとは、店の入口やビルの周りも、地下室にあった備品できれいにしていたが、そのことにも無反応だった。それが今日いきなり、ステーキを食わしてやる、といわれた。

「その後、会ってるのか」

マスターがタケルに訊ねた。誰のことかわからなかった。ホウはコーヒーを飲み干した。

「じゃ、俺はこれで」

ストゥールを下り、いった。客でもなく、友だちでもないホウには「グリーン」のカウンターはいづらい。

「来週会う。こいつもいっしょだ」

タケルがいったので、ホウは動きを止めた。

「また、何かやるのか」

マスターがタケルとホウを交互に見た。

「何も知らない」

タケルが答え、ホウは黙っていた。

「お前らの一件、新聞で読んだ。ヤク中の中国人ＤＪがクラブで事故死したってやつだろ」

ホウの体がかっと熱くなった。

「マスター、そのＤＪって、こいつのマブダチだったんだ」

タケルがいった。マスターはホウを見た。

「そうなのか」

「そうだ」

マスターは小さく頷《うなず》いた。

「悪かったな、ヤク中なんていって」

「いい、別に。本当のことだ」

ホウはいった。タケルが驚いたようにふりかえった。

「あの人の狙いは、クラブイベントでヤクをさばいてた塚本ってやくざだったのだろ」

マスターがいった。ホウを見やったまま、タケルが答えた。

「パクるっていってたのに、何のことはない。撃ち殺しちまった」

マスターはつかのま黙った。

「もしかするとハナからそのつもりだったのかもしれん」

ホウとタケルは同時にマスターを見つめた。

「あの人なら、それくらいはやるだろう。新聞で読む限り、パクられても塚本は死刑にはならない。その間にお前らを消せ、とム所から指示できた。死ねばそれもない」

「だがあいつの組織は今でも俺らを狙っている」

ホウはいった。

「恨んじゃいるだろうが、狙うのはどうかな。街でばったり会えばこの野郎、となるだろうが、わざわざ殺し屋を使うほど、手間や金はかけんさ。肝心の塚本が死んで、その手間賃を払う奴もいないわけだし」

「なるほどね」

タケルがつぶやいた。

「犯罪組織の目的は、まず金だ。金が入るとわかっていれば人殺しもするが、そうでないのにパクられるリスクはおかさない。それがプロってものだ。頭に血が上ったチンピラは別にして」

「じゃあクチナワは、俺らが狙われないように塚本を殺したっていうのか」

「それもある」

「それも？」

「以前、いったろう。自分のやり方を通す人だって」

タケルは黙った。どうやらこのマスターもクチナワのことを知っているようだ。嫌な予感がした。ホウはいった。

「俺の部屋代払ってるのって、そのクチナワか」

マスターがホウを見た。

「そうだ」

「そんな借りは作りたくない」

「だったら自分で本人にいえ」

にべもなくマスターは答えた。ホウは深々と息を吸いこんだ。

「わかった」

「お前ら、他に仲間はいるのか」

「仲間？」

ホウとタケルは思わず顔を見合わせた。互いに考えていることがわかった。誰が仲間だ、この野郎。だがどちらもそれは言葉にしなかった。

やがてタケルが答えた。

「カスミって変な女がいる」

「変な女？」

「十七、八で、妙に世の中のことがわかってるような口をきくんだ」

「塚本の女だった。いつでもどこでも奴のために股《また》を開いてた。それが塚本をハメる罠《わな》だったんだ。塚本の昔の女のダチで、その女が塚本の何か気に入らないことをしたらしく外国に売り飛ばされた。その仕返しをしたかったらしい」

ホウはいった。

「その女はクチナワとは昔から知り合いみたいだ。俺やホウを選んだのは自分だ、といっていた」

タケルがつけ加えた。マスターがわずかに眉《まゆ》を上げた。

「昔から？」

「自分の中には悪魔がいて、そいつがいいやり方を教えてくれる、といってた」

ホウがいうと、マスターの目が広がった。

「本人がいったのか」

「そうだ」

「何といった、その女」

「カスミ」

マスターは黙りこんだ。

「何か知ってるのか、マスター」

タケルが訊《たず》ねた。

「いや。たぶん、俺の気のせいだ」

「何が」

「何でもない。コーヒー飲み終わったら帰れ。ここは喫茶店じゃないんだ」

マスターはいって、突然険しい表情になった。

タケル

「妙なおっさんだ」

「グリーン」をでるとタケルはつぶやいた。ホウは無言だ。別に話したくもないのだろう。互いにすごみあわずいっしょにいたのは今日が初めてだが、だからといって友だちになったわけでもない。タケルが思っているように、ホウもきっとそう思っている。

ややこしい気分になりたくなくて、

「じゃあな」

とタケルはいった。

ホウがタケルを見た。一瞬口ごもり、いった。

「ありがとよ」

タケルは息を吸いこんだ。うるせえ、とか別にお前のためじゃねえ、という言葉が浮かんだが、何となくちがうような気がした。

「いや。あのマスターだけど——」

話をかえたくていっていた。二人は「グリーン」のあるビルをでて、通りに立った。

目の前は交通量の多い道路で、夕方のラッシュが始まっている。

「元警官らしい。だからクチナワともつきあいがある」

ホウは無言だった。

「知ったのは俺も最近だ。そのことと、地下室の件は別だ。まさかクチナワが金払ってるとは思わなかった。嫌ならでてっていい」

「やればいいのだろう」

ホウがいった。意味がわからず、タケルはホウを見つめた。

「狩りだ。俺はお前やクチナワに借りがある。それを返すには、狩りをやるしかねえ」

「クチナワと俺は別だ。俺は貸しがあるなんて思ってない」

ホウがタケルを見返した。

「お前はそう思わなくとも、俺はそうはいかない。これからできる借りならいらないといえるが、もうできちまっている借りは、何かして返す他ないんだ」

タケルは息を吸いこんだ。

「あのな、クチナワはそう考えてるかもしれんし、お前が奴の仕事をすれば借りを返してもらったと思うだろう。だけど俺はちがう。ここの地下室だって、クチナワが家賃を払うとわかってたら、貸してやってくれなんてマスターに頼まなかった。正直いうと、まるでお前をハメたみたいで、嫌な気がした」

ホウは考えていた。

「偶然、なのか」

「偶然だ。ここにくるようになってあるとき、マスターが俺の狩りのことに気づいた。血の匂いがするっていわれて。で、マスターにだけは話した。『ムーン』の件の少し前、クチナワが俺の家にきた。マスターは元警官らしいんでクチナワのことを訊《き》いたら、知っていた。昔、クチナワとマスターのあいだにも何かあったらしい。もしかすると――」

タケルは言葉を切った。喋《しゃべ》りすぎているような気がしたのだ。ホウにはどうでもいい話だ。だが、

「もしかすると？」

ホウは先を促した。

「マスターは、以前、クチナワが集めた警察の特殊部隊のメンバーだったのかもしれない。理由は教えちゃくれなかったが、クチナワはそういうのを一度作ろうとしてうまくいかなかったらしい。マスターが警察辞めたのにも関係あるような気がするが、そのへんは、俺のあてずっぽうだ」

「それで俺らか」

ホウがつぶやいた。

「俺ら、とは？」

「マッポの特殊部隊がうまくいかなかった。それでかわりに、俺やお前を集めた」

タケルは首をふった。

「ちがうだろう。俺らにマッポの真似はできない」

「だが塚本は死んだ。俺らひとりひとりの気持はともかく、奴の目から見れば、塚本潰《つぶ》しには成功した」

「確かにそれはそうだ。だけどあのときは、カスミがまず塚本のそばにいたし、お前も中の人間だった」

「今度も誰か連れてくるのかもしれん」

「俺やお前みたいのをか。おかしいな、そりゃ」

タケルは笑った。ホウが不思議そうに見る。笑いながらタケルはいった。

「だってそうだろ。俺やお前は、マッポから見りゃ、すぐに暴れるクズだぜ。そんなのを順番に集めて、部隊にしてみろよ。そのうち世の中のクズより、それをシメる部隊のほうが多くなっちまう。シメる奴を探すのが大変だ」

ホウも笑いだした。

「そりゃそうだ」

「だろ」

二人は顔を見合わせて笑った。

「大変なのは、それを束ねなきゃならないクチナワだ。やってられねえって、逃げだしたりして……」

笑いやむとホウが首をふり、いった。

「来週か、それが本当かどうかわかるのは」

「ああ、来週だ」

ホウは頷《うなず》いた。

「じゃあな」

タケルは頷き返した。もしかすると、友だちになったのか、俺たちは。だが言葉にすると駄目になる、そんな気がした。だから無言で歩きだした。

クチナワ

三人を集めたのは、羽田《はねだ》空港に近い、大田区の外れの貸しビルだった。前回の任務では、芝大門にベースを構えた。任務がかわれば、ベースもかえる。三人の命を守り、チームを少しでも存続させるためには、絶対に必要な措置のひとつだ。部屋にはデスクがひとつと椅子が三脚ある。トカゲ、とタケルが呼んだ補佐官は、今はビルの一階で警戒にあたっていた。

自分の命を狙う人間は、いまだに多い。これは特殊なことだ。ふつう職業犯罪者は警察官を嫌いはしても、憎みはしない。たとえ自分を検挙した警察官であっても、その瞬間覚えた憎しみを持続させることはあまりない。検挙時に必要以上の暴力をふるわれたとしてもだ。

だがクチナワに対してはちがう。日本人、外国人を問わず、必要なら誰かに金を払ってでも殺してやりたい、と考えているであろう職業犯罪者が四、五名はいる。理由は、彼らを検挙しただけではなく、その犯罪人生で積みあげたものを根底からつき崩したことにある。財産を没収し、地位を剝奪《はくだつ》し、仲間や兄弟分の命を奪った。

復讐《ふくしゅう》を恐れてはいない。恐れているのは、復讐によって、今後の自分の戦闘が阻害されることだ。

あるときからクチナワは、犯罪捜査を戦闘だととらえるようになった。戦闘には消耗がつきものだ。実際クチナワは脚を失い、部下の命を失った。消耗を恐れていては、戦闘には加われない。したがって今後も、自分や自分以外の捜査員を失うことはあるだろう。すべては消耗品なのだ。だからといって、必要以上に人間を消耗するような作戦を選ぶつもりもない。

補佐官をひとりしかもたないのもそのためだ。クチナワの補佐官は、常に身体的な危機にさらされるし、それに対応できる戦闘力をもたなければならない。精神的にも肉体的にも、そうしたストレスに耐えうる人材は今のところ警視庁にはトカゲしかいない。

また補佐官の数を制限することは、情報の流出を防ぐ役にも立つ。早い話、犯罪者に作戦前にチームの情報が伝わることがあるとするなら、クチナワかトカゲのどちらかが内通者だというわけだ。

携帯電話が振動した。トカゲから、タケルが到着したことを伝えるメールが届いた。

定刻より五分早い。数分後、部屋の扉が開き、ジーンズにTシャツ姿のタケルが現われた。よく晴れた暑い日で、部屋の窓からは、水面をきらめかせる多摩《たま》川の河口部が見える。

警視庁と神奈川県警の管轄を分ける川だ。

「やあ」

クチナワが声をかけると、タケルはそっけなく頷いた。

「まだ誰も、か」

「ホウはお前が連れてくるかと思っていた」

「奴はガキじゃない。くる気があれば、自分でくるだろう」

クチナワはタケルを見つめた。

「ホウと話し合ったのか」

「別に」

タケルは短くいった。その口調に、ホウに対する微妙なシンパシーを感じた。嫌いな教師を前に共闘を組もうとしている生徒のようだ。

タケルは窓ぎわの壁にもたれかかり、外の景色に目を向けた。クチナワとは親しくなりたくないようだ。

それならそれでかまわない。クチナワは膝《ひざ》の上においたノートパソコンを立ちあげた。

再びメールが入った。今度はホウが到着した。

ホウは素肌にヴェストといういでたちだった。両腕にびっしりと入ったタトゥが、凶悪さを感じさせる。だが顔を見て、おや、とクチナワは思った。少しふっくらとしている。以前は削《そ》いだような頰をしていたのが、今はそこにわずかだがふくらみがあった。

ホウとタケルは一瞬、目を見交した。小さく頷いたようだが、言葉は発さない。

「訊きたいことがある」

ホウは前おき抜きで、クチナワの前に立った。クチナワは無言でホウを見上げた。

目の奥にある暗い絶望は少しもかわっていなかった。

「俺が今住んでるところの家賃、あんたが払っているのか」

「何の話だ」

「バー『グリーン』の地下室だよ。マスターは昔、あんたの部下だったのじゃないか」

壁にもたれたまま、タケルがいった。

「本人がそういったのか」

クチナワはタケルを見た。

「いいや。俺の勘だ」

「どうなんだ?」

ホウが訊《たず》ねた。クチナワはホウに目を戻した。

「何のことだかわからんな」

ホウは首を傾げた。

「本当かよ」

タケルの声が飛んだ。

「そこが気に入っているのか」

クチナワはホウに訊ねた。

「別に。だが他にいくところがない」

「だったらそこにいればいい。引っ越したくて金が要る、というのなら用意するが」

「あそこでいい」

クチナワは車椅子を動かした。ホウとタケルの二人を同じ視界におさめられる位置まで移動する。

「今回の任務にあたって、君らには報酬を支給する」

「いらねえよ」

タケルがいった。

「金のためにやっているのじゃない」

「だが生きていくには金が必要だ。犯罪との戦いを続行するために、犯罪で生活資金を得られたのでは、笑い話にもならない」

「飼い犬にしようってのか」

「君らにそんな忠誠を期待してはいない。必要だろうから渡す。ただそれだけだ。ただし、今回の任務が終わってからだ」

「何をさせる気だ」

ホウが口を開いた。

「カスミがきたら話す。いっておくが今回の任務は、少し時間を要する。その間の費用に関してはカスミに預ける。今回君らは、三人で行動にあたることになる」

「三人いっしょってことか」

タケルが訊ねた。

「少なくとも任務に入った段階ではそうだ」

携帯電話が振動した。

「カスミがきたようだ」

クチナワはいった。

アツシ

「今回の任務にあたっては、三人がまず家族である、という偽装が必要だ」

クチナワがいった。

「はあ？」

タケルがあきれたようにいった。

「俺らが家族だって？」

「そうだ、実際に兄弟であるようにふるまうかどうかはともかく、同じ屋根の下で三人で暮らすことが前提になる」

「それがどこかは決まっているの」

カスミが訊ねた。化粧けがまるでなく、ショートパンツにパーカーという姿は、まるで中学生のようだった。髪も短く切っていて、盛りのついたメス猫のようだった塚本の愛人時代とは別人だ。

「決まっている。それが今回、君らを起用する一番の理由だ」

クチナワがいい、膝の上のパソコンをデスクにおいた。三人の視線が集まる。

「この街を知っているかね」

地図と住所が表示されていた。川崎《かわさき》市川崎区だ。

「川崎かよ」

ホウはわずかに息を吸いこんだ。「緑海《みどりうみ》」という地名に聞き覚えがあった。

「ミドリ町《ちょう》か」

ホウはいった。クチナワがホウを見た。

「そうだ。いったことは？」

「ない。あそこは——あそこにいったらでられなくなるっていわれてた」

「どういうことだ」

　タケルが訊ねた。

「ミドリ町ってのは通称だ。いつからかは知らないが、中国人が集まって住むようになった。古いアパートを買いとった奴がいて、そこを中国人専門に貸している。今は中国人だけじゃなくて、韓国人もいるって話だ。アパートは何棟もあって、中には食い物や洋服を売っている店もある。それも皆、中国人がやってる」

「大久保《おおくぼ》みたいなところ？」

　カスミが訊ねた。

「大久保は、外に開いてる町だ。日本人もくるし、日本人を相手にする店もたくさんある。ミドリ町はちがう。日本人は入ってこられない。言葉の通じない奴は山ほどいるし、住人のほとんどは密入国したり、ビザが切れた連中だ」

「ヤバそうだな」

　タケルがいった。

「ああ。マッポも入ってこられない。ミドリ町にはミドリ町のルールがあって、あそこは日本じゃない」

「なんでそんなのを放置しているんだ」

タケルがクチナワに訊ねた。

「放置しているのではない。そこに固めた、といったほうがいいだろう。老人や病人など生活困窮者も多くいる。在留資格をもたない彼らは、外では生きていけない。ミドリ町の自治組織によって、最低限の暮らしを保たれているのだ。もしミドリ町がなくなれば、彼らに行き場はない。強制送還ならまだしも、野垂れ死んだり、犯罪に走る人間が今より増えるだろう。本国での迫害から逃げてきて、だが日本では難民の認定をうけられず住んでいる人間もいる」

「人口は？」

カスミが訊ねた。

「流動的だが、推定では二千人」

「二千人⁉　そりゃ本当に街だぜ」

「そうだ。二千人の中に日本人はおそらくひとりもいない。警察や消防が入ることもなく、完全に治外法権となっている」

「なんで入管《いりかん》は刈りこみをやらねえんだ」

タケルがいったので、ホウはかっとなった。

「聞いたろう。年寄りや病人もいるって。そんなのをいじめて何になるんだ。本国に帰されて生きていけるくらいなら、最初から日本になんかきてやしねえ。それに――」

「それに何だよ」

ホウはクチナワを見た。

「知ってるんだろ」

クチナワがパソコンを操作した。赤い蓮《はす》の花をかたどったマークが浮かびあがった。

『無限《ウーシエン》』教団だ。一九九〇年代の初めに、中国吉林省《きつりん》で生まれ、その後急速に東北地方を中心に広まった新興宗教だ。原始共産主義的な生活様式を信者に求め、中国政府による弾圧をうけた。初代教祖だった周文興《チョウウエンシン》は、当局による逮捕、拷問で死亡している。結果、弾圧を恐れ、国外に逃亡する信者も多くでた。ミドリ町の居住者には、この『無限』の信者が数多くいる、と思われる」

「それが日本にきて一ヵ所に集まってる理由か」

「そうだ」

「ミドリ町で何をさせようっていうんだ。まさか住民を追いだす手伝いをさせる気じゃないだろうな」

ホウはいった。クチナワは答えず、再びパソコンを操作した。液晶画面に、四枚の写真が映った。どれも十歳未満の子供で、すべて死体だ。

「この三カ月間、ミドリ町の周辺地域で発見された。いずれも女の子で、性的な暴行は受けていないが、首を絞められて殺されている。近隣の住民には、該当する児童はおらず、四人全員がミドリ町の住人であった可能性が高い。だが、警察官が写真をもって訪ねても、住人は知らないとしかいわない。この子たちの親や兄弟が、ミドリ町には必ずいる筈《はず》だ」

「身許《みもと》が判明していないのか」

「そうだ。死体が遺棄されていた地点が殺害現場でないことは鑑識捜査で判明している。しかし被害者がどこに住み、犯行にあった日の行動がどのようなものであったかがまるでわからないため、捜査は難航している」

「ミドリ町の人間は、警察が入るのを喜ばないわけね」

「そういうことだ。我が子を殺されることよりも、違法滞在で逮捕されるほうを恐れている、といっていい。警察への情報提供は、現在の生活の崩壊につながる」

「子供を殺した奴が、それで大手をふっているってことか」

　タケルが怒りを押し殺した声でいった。

「閉鎖的で特殊な街だ。警官はもちろん、一般の人間もまず立ち入れない。だが君らなら、このミドリ町に入り、住人となることが可能だ。特にホウの中国語が役に立つ」

「中国人のふりをするのかよ」

「それは俺ひとりで充分だ。お前らは日本語しか話せない、残留孤児三世のふりをしろ」

　ホウはいった。

「通るのか、それで」

「俺が何とかする」

「何とかするって、つまりそれはこの任務を受けるってこと？」

カスミが驚いたようにいった。ホウはカスミを見た。カスミは窓の近くにすわってい
る。外の陽ざしは輝いていたが、話を聞くうちにホウの心は凍っていた。

「こんなこと、誰がやれる。日本のマッポには無理だ」

「ミドリ町への潜入が成功したとして、外部からの支援は、おそらく一度きりとなるだ
ろう。警察官を出動させれば、それはすなわち、君らの正体が露見するという結果を生
む」

「犬だとわかったらそれきりだな」

ホウはタケルを見た。

「中国人の中に入るのが恐いか」

「馬鹿いえ。そんなことより、こんなむごい真似をする野郎が許せねえ」

「じゃ、やるんだな」

「もちろんだ」

「あたしもいくわ。男二人より女がひとりでもいたほうが疑われにくい」

「やめたほうがいい」

タケルがいった。

「今度は、誰かにやらせりゃ守ってもらえるって場所じゃないんだ」

「カスミにも参加してもらう」

クチナワがいった。

「君らはチームとしてはまだ不完全だ。冷静な状況判断を下せるのはカスミしかいない」

ホウはいった。

「何をいってんだ」

「ミドリ町は日本じゃねえんだ。この女に何がわかる」

「犯罪者の心が」

カスミがいった。

「何人《なにじん》だろうと、子供を殺すような変態には、ある決まった特徴がある。あたしにはそれがわかる」

ホウとタケルは思わず顔を見合わせた。

「マジでいってんのかよ」

タケルがつぶやいた。

「それ以外の選択肢はない。三人でやるか、やらないか、だ」

クチナワがいった。

カスミ

「子供を殺すような変態の特徴って何だ？」

タケルが訊《たず》ねた。ミドリ町へと向かう、ぼろいバンの中だった。ハンドルはホウが握っている。

バンを用意したのはクチナワだ。三人がミドリ町への潜入に成功したら盗難届がだされることになっている。

三人を警官だと疑う人間はいないだろうが、警察に追われる理由があったほうが、ミドリ町の人間からは信用されるだろう、とホウがいったからだ。

「別に目つきがどう、とか、口もとがどう、というのじゃない。そいつ自身がもってる空気みたいなものよ」

カスミはバンの窓から見える石油コンビナートに目を向けたまま答えた。

「前にそういうのに会ったことあるのか」

タケルがいった。カスミは車内に目を戻した。タケルは助手席にすわり、爪先《つまさき》に鉄板をしこんだブーツの編みヒモを締め直している。

「人殺しはたくさん知ってる。金のために人を殺す奴と楽しみのために殺す奴は、ぜんぜんちがう。金のために殺す奴はわかりにくいけど、楽しみのために殺すような奴は、どこか壊れてるから」

「だったら俺たちにでもわかるってことか」

「どうかな」

カスミはガムを口に入れた。

「そうだろ。壊れた奴は誰が見たって壊れた奴だ」

「じゃあ訊《き》くけど、あなたは自分を壊れてるって思う？」

ホウが鼻で笑った。それを聞いてタケルはむっとしたようにいった。

「何がおかしい。俺は、俺は……壊れてるよ、確かに」

「じゃあ、道を歩いているあなたを見て、人はよける？　薄気味悪そうにする？」

「それは、ない」

「自信ある？」

「そんなのわからねえよ。だけど見るからに危《ヤバ》い奴だとまでは思われてない。たぶん」

「俺は初めてお前を見たとき、ヤバそうだ、と思った。こいつは必ずトラブルを起こすとな。『ムーン』での話だが」

ホウが低い声でいった。

「そりゃお前が、狩られる側にいたからだ。悪事を何も働いていない奴は、俺を見ても何とも感じない。多少、目つきが悪いと思うかもしれないが」

「あなたのいう通りよ」

ガムをかみながら、カスミは答えた。

「人殺しをするほど壊れている人間だって、誰彼かまわず、『殺してやる』って顔をしているわけじゃない。自分が『殺してやりたい』と感じる人間にだけ、壊れた顔を見せる。つまり狙われた人間にしかわからない」

「お前が人殺しの変態をわかるのは、そいつがお前を殺したがるからだっていうのか」

ホウがいった。

「簡単にいえば、そう。あたしはそういう奴らに目をつけられやすい。たぶんあたしのもっている何かが、そいつらに『めちゃくちゃにしてやりたい』と思わせるのだと思う」

「それって、昔――」

ホウがいいかけ、黙った。その先は聞かなくてもカスミにはわかった。実際に狙われたことがあるのか、と訊きたいのだ。

「殺されかけたのかってこと？　うん」

あっさりとカスミはいった。ホウは息を吐いた。タケルも何もいわない。

「でも今度の犯人は子供ばかりを狙っている。あたしを殺そうとするかどうかはわからない」

「だが殺そうとする他の奴がでてくる」

ホウがむっつりといった。

「なぜ」

タケルが訊いた。

「お前らが日本人だとわかったら、これまでの恨みを晴らそうとするのがいる。ミドリ町では何が起こっても、外の人間にはわからない」

「そんなに日本人を憎んでるのに、なんで日本に住むんだよ」

「逆だ」

ホウがむっつりと答えた。

「日本に住まなきゃならないから、日本人を憎んでいるんだ。中国に住んでいたら、憎むことなんかない」

「わからねえ」

タケルがいった。

「自分の目で見ろ。そうすりゃわかる」

ホウが前方を指さした。バンは産業道路を外れ、埋めたて地に広がるコンビナートのすきまを走る道に入っていた。前方に広大な産業廃棄物の処理場がある。走っているのはタンクローリーや大型のダンプばかりだ。そのせいで舗装がひどく荒れていて、バンは何度も弾んだ。

「ミドリ町一帯は、二十年ほど前までは、旧ソビエト連邦と取引のあった化学工業会社の工場団地だったの」

カスミはクチナワからメールで渡されていた資料を二人に説明してやることにした。

「それがソビエト連邦の崩壊とともに取引相手を失って経営危機におちいった。工場の跡地を産業廃棄物の処理場にしてでなおすために、会社は旧社宅部分を売却した。当初、その社宅も更地にして売られる予定だったのだけれど、バブル崩壊で、買いとった不動産屋が倒産した。その不動産屋は地上げ専門の業者で、裏社会とのつながりも深く、ブラックマネーが流れこんでいたので誰も手をつけられない〝塩漬け〟の土地になった。そこへいつのまにか、いき場のない中国人が住みついた。古い社宅をそのままアパートにして、中でお店を始めた者もいて、どんどん流入する人口が増えていったの。でも地権が複雑すぎて、誰もどうすることもできなかった」

「つまり不法占拠ってことか」

「そう。でも民事上の整理ができていないため、警察も追いたてるわけにはいかない。被害者としての地権者が複数にわたっていて、しかもその多くが、暴力団がらみの金融業者なの」

「やくざだったら、むしろ簡単に追いだしそうだがな」

タケルがつぶやいた。

「クチナワがくれたデータに噂話がのっていて、二度ほど、やくざが乗りこんだらしい。一度目は十人、二度目は三十人ほどで」

「で？」

「一度目はひとりも帰ってこなかった。二度目のときは、帰ってこられたのは二人だけだって」

「残りはどうしたんだ」

「わからない。隣の産廃処理場には、高熱の焼却施設があって、そこで焼かれたのじゃないかって」

「待てよ、それはいくらなんでもおかしいぜ。三十人以上の人間が消えて、たぶん殺されたのだなんてことになれば、警察も黙っちゃいない」

　ホウがいった。

「じゃあどうなったっていうんだ」

「誰かがその噂話を作ったんだ」

「誰かって、誰だよ。中国人か」

「日本人だ」

　ホウは答えた。

「日本人のやくざが作ったんだ。そのほうが都合がいい」

「わからねえ」

　タケルがいったが、カスミにはわかった。

「そこで中国人と組んで商売をしていこうと考えたやくざがいた。そのためには、ミドリ町がこのままで、他のやくざに手だしされないほうがいい、と思ったってこと？」

「そうだ」

ホウが驚いたようにカスミをふりかえり、答えた。

「いってる意味がわからねえ」

「ミドリ町の中国人とぐるになっているやくざがいる。そいつらは、ミドリ町で、中国人にヤバい仕事をやらせてる。たとえばクスリの密造かもしれん。それを買いとってよそで売っているんだ。クスリの密造工場なんて簡単には作れない。だから他の組がミドリ町に手だしできないようにしたかった。それで自分のところの人間が何十人も殺されたという噂を流し、地権をもっている他の人間をびびらせたんだ」

「クチナワの狙いはそれか」

タケルはやっと合点したようにいった。

「それはどうかな。薬物の密造より殺人のほうがはるかに罪が重いわ」

カスミはタケルを見た。

「すると両方か」

「まず殺し。次がクスリの密造工場だろう。工場があれば、俺たちが見つける、とクチナワは読んでいるんだ」

ホウがつぶやいた。

「たぶん、そう。あたしたちがミドリ町で証拠を見つければ、クチナワは警官隊を投入できる」

「見つけられなかったら？」

タケルがいった。

「そのときは俺たちが殺されているってことだ。俺はともかく、お前らはれっきとした日本人だ。お前らを理由に、やっぱりクチナワはミドリ町に踏みこむ」

ホウは暗い声でいった。

「俺は、あの街を潰《つぶ》す片棒を担ぐことになる」

バンの中は静かになった。やがてタケルがいった。

「嫌ならお前は降りてもいい」

「馬鹿いうな。俺なしでどうやってミドリ町に潜りこむ。あそこにいる奴らと話すらできないんだぞ」

「たぶんクチナワは、今までにも警官をミドリ町に潜入させようとしたことがある。でもうまくいかなかったのよ」

「いいのかよ」

タケルがホウに訊《き》いた。ホウは黙りこくっていた。

やがて産廃処理場の長い塀が途切れ、古ぼけたアパート群が見えてきた。四階建ての共同住宅が全部で八棟、中庭を囲むように並んでいる。共同住宅の裏側は駐車場になっていて、バイクや車が止められていた。中にはメルセデスやハマーのような高級外車もある。

「なんだよ、いい車に乗ってるじゃねえか」

タケルがつぶやいた。ホウがブレーキを踏む。

旧社宅は団地のような造りで、区画全体は腐食したフェンスで囲まれている。その内側には、当然回収されない家庭ゴミが山のように積みあげられ、道路からの目隠しの役割を果たしていた。フェンスの切れ目には、自動車の進入を防ぐためのポールが立っている。

「旧社宅は、一フロアに四室が入っていて四階建て。それがA棟からH棟までの八棟ある」

カスミは説明した。

「十六室かける八で百二十八室か。そこに二千人いるってのか。ひと部屋に十人暮らしたって、二千人にはならないぜ」

タケルが不満そうにいった。

「それは中に入ればわかることよ」

カスミは答えて、ホウを見つめた。やがて決心したようにホウがいった。

「入る」

「じゃ、決まりだ。何人《なにじん》だろうが、子供を殺すような奴は、ぶっ潰す」

タケルがつぶやいた。

アツシ

とりあえずバンは、団地の入口に近い路上に止めた。このあたりで駐車違反の取締りがあるとも思えない。バンの後部には、三人の着替えなどを詰めこんだスーツケースが横たえてある。

車を降りると、石油プラントから流れてくる薬品の刺激臭と積みあげられたゴミ袋から漂う腐敗臭の入りまじった悪臭が鼻にさしこんだ。

団地の中庭に、老婆が二人いた。老婆はベンチにすわったまま無表情な視線をこちらに向けている。

ホウは車止めのポールをまたぎ、中庭に入った。標準語でいった。

「汪《ワン》さんに教えられてきたんだ。俺たち三人、いくところがない。ここなら何とかなるんだろ」

老婆二人は顔を見合わせた。陽に焼けていて、まるで刻んだように皺《しわ》が深い。なんでこんな年寄りが日本にいるんだ、いったい誰が連れてきたんだ、と腹立たしくなった。中国にいれば、同じ孫の相手をするのでも、もっとのんびりやれたろうに。

「汪て誰だい」

やがて片方の老婆がいった。軋《きし》むような声だ。

「千葉で、オートバイ屋をやってる汪さんだ」

東南アジア向けに中古のバイクを輸出している男の名をホウはだした。実際に汪の下で仕事をしたこともある。盗んだバイクの買い取りだ。うしろ暗い仕事をしている中国人なら、たいてい知っている名だった。

「汪連記《リエンジイ》か」

ホウは肩をすくめた。

「下の名前までは知らない」

「どこからきたんだい？」

もうひとりの老婆が訊《たず》ねた。

「黒竜江省だ。七つのときに、親父と婆ちゃんにこっちに連れてこられた」

もう片方とは反対で、ひどく甲高い声をしている。

「そっちの二人は」

軋み声が訊く。

「俺の友だちで三世だ。日本語しか喋《しゃべ》れねえ」

「じゃ、日本人だね」

「俺の友だちだっていったろう。いろいろあって、三人ともいくとこがねえんだ」

ホウはカスミとタケルをふりかえった。カスミはガムをかみ、ぽかんとした顔をしてつっ立っている。頭が空っぽな娘にしか見えない。タケルのほうはひどく緊張した顔であたりを見回していた。中庭には、この老婆二人と子供以外に人影はない。

じていた。

だが実際は、団地の部屋のあちこちから自分たちに視線が注がれているのをホウは感じていた。

「何か、悪さをしたのかい」

甲高い声がいった。

「こいつら兄妹《きょうだい》なんだ。妹を買おうとした、日本人のドスケベ親父を兄貴がぶん殴って怪我させた」

「あんたは」

「俺かよ。俺は……いろいろだ。やくざともモメちまっているし。前に汪さんから聞いたんだ。ここなら金さえ払や、寝ぐらを貸してくれるって。こいつらは警察に追われてるし、俺はやくざににらまれてる」

「金って、いくらくらいもってんだい」

「そんなのいえるかよ。逆に、いくら払や、ここにしばらくいさせてくれるんだよ」

老婆たちはしばらく黙っていた。やがて甲高い声がいった。

「E棟の一階にいきな」

「E棟？」

軋み声が建物を指さした。旧社宅は、四棟ずつ並んで向かいあっており、手前がAからD、奥がEからHだった。消えかけたペンキで、最上階の屋根のすぐ下に書かれている。

「他の場所をうろちょろするんじゃないよ」

甲高い声が釘《くぎ》をさす。

「わかったよ」

ホウは答え、カスミとタケルをうながした。

「この子たちはここにおいていきな」

「え？」

「おいていくんだよ。E棟の中に入るのは、あんたひとりだ。それが嫌ならでていきな」

「じゃ、表の車で待たせていいか」

「ここにいさせな。あたしたちの目の届くところに」

軋み声がいった。ホウは気づいた。この婆さんたちは決して子守りなんかじゃない。見張り役なのだ。

ホウは頷《うなず》いた。二人をふりかえり、いった。

「俺が帰ってくるまでここにいてくれ。うろちょろせずに」

カスミは馬鹿面のままいった。

「なんで。ねえ、なんで。いいじゃん、別に」

「カスミ、うるさい。そうするよ。だから早く話を決めてきてくれ」

「うるさいな。あたしにいちいち命令しないでよ」

いきなりタケルがカスミの頬をひっぱたいた。きゃっと声をあげ、カスミがうずくまった。

「いつもいってんだろうが！　兄ちゃんに口答えすんな！」

ふくれっ面でカスミは黙りこんだ。

ピリリリ、と音が鳴った。軋み声が膝《ひざ》にのせた毛糸編みのバッグから携帯電話をとりだし、耳にあてた。間をおいて、答えた。

「汪連記の知りあいだといってるよ」

ホウを見て、訊ねた。

「あんた、名前は」

「徐徳洙《シュドゥヂェ》」

軋み声が相手に教えた。徐は、汪の下で働いていたときの仲間の名だ。盗みの現場をおさえられ、強制送還された。

「わかった。今、いかせる」

ホウは頷き、E棟に向かった。

共同住宅のE棟は、車止めのポールをくぐってすぐ左手前にある建物だった。出入口は道路との境のフェンスの側にある。積みあげられたゴミ袋のすきまを縫って、ぽっかり開いたほら穴のような出入口にホウは足を踏み入れた。悪臭が鼻を突く。だがゴミ袋がただ捨て場に困って積みあげられているのではないことに気づいた。〝敵〟がこの建物に踏みこもうとすれば、このゴミ袋の山は必ず障害になる。ゴミ袋とゴミ袋のあいだの通路は、人ひとりしか抜けられない。警官だろうとやくざだろうと、ひとりずつ連なってくるとなれば、逃げるなり狙い撃ちするなり、建物内の人間は手が打てる。

出入口を入って左手に廊下がのびている。それに面してペンキのはがれたスティールドアが四枚並んでいた。建物までは山ほどゴミが積まれていたというのに、廊下には何ひとつない。本来なら自転車だの三輪車だのが並んでいておかしくないのに、チリひとつ落ちていなかった。

ホウは足を止め、息を吐いた。「E棟の一階にいけ」とはいわれたが、四つある部屋のどこを訪ねればよいのかは教えられていない。

廊下の中央に階段の踊り場があった。階段をはさんで手前に二部屋、奥に二部屋という造りのようだ。

一番手前の扉を見た。元はクリーム色だったペンキが落ち、カーキ色の下地がほとんどむきだしになっている。「E-101」という数字がかろうじて読みとれた。

キィィという軋みがして、先の扉が開かれた。「E-102」だった。ジャンパーを着た細い男が姿を現わした。男は無言でホウの頭のてっぺんから爪先《つまさき》までを見おろした。短い煙草が指先でくすぶっている。

「汪連記とは懐かしい」

男は抑揚のない標準語でいった。

「奴はあいかわらず大声で喋ってるのか」

ホウは男ののっぺりとした顔を見つめた。年の見当はつかないが、五十にいっているかどうかだろう。

「汪さんは大声で喋れないよ。癌で声帯をとっちまったんだから。喋るときは発声器を喉《のど》に当ててる」

ホウはいった。男は小さく頷いた。

「そうだったかな。中に入れ」

男はドアを大きく開いた。ホウは足を踏み入れた。

タケル

「あれを見てみろよ」

タケルは小声でカスミにいった。ホウが入っていった建物の出入口とは反対の側には一階のベランダに面して小さな庭がある。そこは整地され、ちょっとした小農園のようだった。何の種類かはわからないが野菜が栽培されている。奥には、ビニールハウスらしき構造物もあった。

「電気がきているのが不思議。それにたぶんガスや水道も。ホウのいった通りかもしれない」

カスミはタケルにはそっぽを向いたまま小声で答えた。

「そうだな。勝手に住みついたように見せてるが、実際はこの区画の電気代や水道代を払ってる奴がいるってことか」

タケルは地面にしゃがみ、つぶやいた。

「温室で何を育ててると思う。まさかイチゴだなんていわないでよ」

「吸うと気持ちのよくなる草だろう」

「そんなところね。ねえ、H棟の向こう、見える？」

H棟は、E棟から最も離れた、手前から四棟目だ。その先にテントの群れがある。

「廃棄物処理場は、周囲の建物と間隔をあけなけりゃいけないの。汚水がしみでたり、土が汚染する可能性があるから。たぶんあのテント村がそう」

テントが並んでいるのは、社宅団地の倍はありそうな区画だった。どこからか電気をひいているのか、電球が点《とも》り、シートを張った台の上に何か並んでいる。その先には湯気をあげている大鍋《おおなべ》がいくつもあった。

「あれは屋台だな」

タケルは目を細め、いった。テント村は住宅だけではなく、商店も兼ねているようだ。

「二千人も暮らしていれば、商売が成立するわ。食べ物や洋服を売る店があっておかしくない」

「町だな。いっこの」

テント村は、団地のかげに隠れて、外を走る道路からは見えない。反対側は産廃処理場を囲む塀にさえぎられている。

「もしかして産廃処理場なんて嘘っぱちなんじゃねえか。どこにもゴミの山や高熱処理場なんて見えないぜ」

「あたしもそう思ってた。産廃処理場の看板のでてるところに人は近づかないから」

そういってから、不意にカスミは大声をだした。

「お腹すいたよ。マックシェイク飲みたい！」

老婆のひとりがゆっくり歩みよってきたからだった。

「うるせえ！　腹減ってんのは俺もおんなじだ。ガタガタいうんじゃねえ」

「もう帰ろうよ！　やだ、こんなくっさいとこ」

老婆が何かいった。中国語だった。タケルはぽかんと口を開いた。

再び老婆がいう。

「何だよ、婆さん。中国語はからきしなんだよ。クソオヤジが使ってた言葉だからよ。意地でも覚えてねえんだ」

タケルは吐きだした。

「お腹が空《す》いてるのかい」

老婆が流暢《りゅうちょう》な日本語を喋《しゃべ》った。

「なんだい、日本語喋れるんじゃん」

カスミがつぶやいた。

「饅頭《マントウ》を買ってきてやるよ。金だしな」

老婆はつづけた。

「饅頭ってどこで」

「あっちで売ってんのさ。おいしいよ」

老婆はテント村の方角を指さした。

「じゃ俺らが買いにいくよ」

タケルがいうと、老婆は首をふった。

「あんたら喋れないんだろ。喋れない人間には何も売っちゃくれないよ。あべこべに追いだされる」

「いくら」

タケルは訊《たず》ねた。

「千円」

「高《たけ》えな」

「嫌ならいいよ。言葉が喋れない人間にものを売る店は一軒もないからね」

老婆はいって、くるりと背を向けた。そのまま元いたベンチのほうに戻っていく。

タケルは苦笑した。

「食えねえ婆《ばば》あだな」

「でもひとつ情報が入ったわ。ここでは中国語を喋れない人間は信用されない」

「俺たちはカスか」

「ホウがいなかったら、とっくに追いだされてるわね」

カスミは煙草に火をつけ、いった。

「遅いのが気になるわ」

「大丈夫だ。奴なら何とかしのぐ」

「信用してるの？」

「何が」

「ここの連中にあたしたちを売るかもしれないとは思わないの」

「なんで」

「ホウのメンタリティは、あたしたちよりこの町の人間に近い」

「関係ねえ。奴は俺らの仲間だ」

カスミは微笑した。

「何がおかしいんだよ」

「『ぶっ潰《つぶ》す』とかいってたくせに」

タケルは顔をそむけた。

アツシ

窓がすべてベニヤ板でおおわれた部屋だった。和室だったらしいが畳は全部はがされている。むきだしのコンクリートの床の上に、古い革張りのソファの応接セットと、スティール製のデスクが二脚おかれていた。デスクの上にノートパソコンがそれぞれ一台ずつある。デスクの奥、窓をおおったベニヤ板には、簡体文字で、

「規則の徹底、不審な侵入者、監視者は、必ず知らせること」とペンキで書かれている。

ソファに四人、デスクの前にひとり、男たちがすわっていた。天井には、場ちがいに豪華なシャンデリアが吊《つ》るされ、きらきらした明りを点している。

「徐徳洙《シュドウヂエ》」

デスクの前の男がいった。革ジャケットにハイネックのセーターという、こざっぱりした格好だ。ソファの連中は、ひと目で「戦闘要員」とわかる薄ぎたないなりをしている。

「俺は幹世紀《ガンシイジイ》。この町の管理を任されてる者だ」

四十前後だろう。色白ですっきりした男前だ。

「あんたが老大《ボス》か」

幹はゆっくりと首をふった。

「ここではそういういいかたはしない。それから目上の者にはもう少しちゃんとした口をきけ。ここにいたいのならな」

「すまなかった。あやまる。ここを追いだされたら、俺たちにいくところはない」

「追われてるそうだな。何をやった」

「ひったくりだ」

けっと、ソファのチンピラが吐きだした。

「ケチな野郎だな」

「別にそのへんの婆さんからひったくったんじゃない。日本人のやくざがしゃぶの売上げで回収した銭をひったくった」

「ほう」

「売人を集めて、アガリを回収してるのを狙ったんだ。いつも同じホテルのロビーでやってやがるから簡単だった」

「どこの組だ」

「いったら俺をチクるだろう」

「小僧、なめるなよ」

幹の顔つきがかわった。

「悪かった。新宿の三宅組《みやけぐみ》だ」

「知ってるか」

幹はソファのチンピラに訊ねた。けっといったのとは別のチンピラが頷《うなず》いた。

「確かにしゃぶを扱ってます。売上げの件は聞いてませんが」

「まだ組には報告しないで、必死になって捜してるんだ。指が飛ぶからな」

ホウはそのチンピラを見ていった。大久保界隈《かいわい》で見かけた覚えがある。

「警察がどうのという話は何なんだ」

幹が訊ねた。

「ここにくるんで車をかっぱらった。それと幼馴染《おさななじ》みのタケルが日本人を殴って、傷害で追われてる」

「中庭にいる奴らだな」

幹の目が動いたのでホウは気づいた。入ってきたドアの上にテレビのモニターが三台吊るされていて、そのひとつに中庭の景色が映っている。監視カメラが設置されているのだ。

「あいつらは日本人だろう」

「俺と同じで残留孤児の三世だ。生まれたのは中国だが、育ったのは日本だ」

「言葉が喋れないと聞いてるぞ」

ホウは幹を見すえた。

「ガキの頃から日本語がおかしいといって差別されてみろ。親父やお袋に泣きつこうにも、その親が肝心の日本語がろくに話せねえときてる。中国語より先に日本語覚えるのがせいいっぱいだ」

「お前は喋れるじゃないか」

「俺は爺《じい》ちゃんが厳しかったんだ。親父はクソだったがな」

幹は無言で顎《あご》をなでた。

「やくざからも警察からもしばらく身を隠したいんだ。ここにくれば助けてもらえると聞いた」

ホウはいった。

「いくらだ」

幹がいきなり訊ねた。

「やくざからいくら奪った」

「二百。ただし百は別の場所に隠してある」

幹は再び顎をなでた。

「五十だせ。五日間ならいていい」

「一泊十万かよ！」

「嫌ならでていくんだな。十万だせば、団地の中にある空き部屋を貸してやる。風呂《ふろ》も便所もついてる。ここじゃほとんどの連中がテント暮らしだ」

「わかった」

ホウは吐きだした。幹が手をさしだした。

「金を」

「俺はもってねえ。あの二人に預けてある」

幹はわずかに目をみひらいた。

「言葉も話せない奴に金を預けてるのか」

「関係ない。あの二人と俺はずっと同じ施設にいた。兄弟みたいなものだ」

「呼べ」

幹がいった。ホウは携帯電話をとりだした。カスミの携帯を呼びだす。

「俺だ。E棟の102にきてくれ」

二人が入ってくるとホウは日本語でいった。

「五十万、払ってくれ」

「五十万だと！　正気か」

タケルが怒鳴った。

ソファにいた男たちが腰を浮かせた。

「何だよ、やろうってのか」

タケルは腰を落とした。

「よせ、タケル。ここを追んだされたら俺ら、いくとこねえんだ」

「嫌だよ、あたし。こんな貧乏くさいとこ」

カスミが首をふった。

「文句いうな。五十万払って、たったの五日かよ」

「五日。五日間の辛抱だ」

「五日もすりゃ、三宅組の奴らもあきらめる。そうしたら別のとこへいきゃあいい。サツだってそうさ」

タケルは太い息を吐いた。

「カスミ」

カスミはふくれっ面で背中のリュックをホウに向けた。ホウは手をつっこんだ。封筒が入っている。

とりだすと中から五十万を抜き、幹のデスクにおいた。

幹が手をふった。ジャンパーの男が札束を数える。幹がデスクの上で手を組んだ。

「ここで暮らすにあたり、守ってもらう規則がある」

「何だよ、何ていってんだよ」

いったタケルをホウは制した。

「教えてくれ」

「まず、携帯電話はすべて預からせてもらう。許可なく敷地の外にでることも許さない。中を歩くのは自由だが、午前一時から六時までのあいだは、部屋にいろ」

「外と連絡をとりたいときはどうすればいい？」

「この部屋にこい。預かっている携帯をここで使わせてやる」

「食いものはどうする」

幹は馬鹿にしたように笑った。

「ここには何でもある。洋服だって酒だって、金さえ払や、手に入る」

「なんで夜中は外出しちゃいけないんだ」

「そういう規則だからだ。敷地の内部は、こいつら保安隊が見回っている。緑色の腕章をつけてるからわかる筈《はず》だ」

そういわれてみると、ソファにいる連中は全員が緑の腕章を巻いていた。

「中で何かあんのかよ。まさか泥棒とかでるのじゃないだろうな」

ホウがいうと、幹の顔が険しくなった。

「そんなことはお前が知る必要はない」

「わかった。トラブルがあったらここにくる。あんたに何とかしてもらうよ」

「私はいつもいるわけじゃない。必要なら陳《チン》にいえ」

陳というのがジャンパーの男だった。陳は金を数え終え、新しい煙草に火をつけたところだった。

「よろしくな、徐」

「よろしく」

ホウは頷いた。

「よし。お前らは――」

いって、幹はパソコンを操作した。

「C‐202に入れてやる。案内してやれ」

陳が保安隊のひとりに合図をした。大久保で見かけた男だった。それが立ちあがった。

「こっちだ」

三人を促した。幹がいった。

「五日たったらまた会おう。そのときもっといたいというなら、話に乗ってやる」

またふんだくるのかよ、という言葉をホウは呑《の》みこんだ。無言で頷き、保安隊の男についていて部屋をでていった。


「案内してやろうか」

E棟をでると、保安隊の男がいった。

「お前ら、ここが初めてなんだろ。どこに飯屋があって、どこで何が買えるか、わからないだろう」

「親切だな。あんたの名は？」

「邱《チウ》だ。ガイド料はもらう。一万円だ」

ホウは息を吐いた。ぶちのめしてやろうかとも思ったが、ここで暴れたら元も子もなくす。

財布から一万円を抜いて渡した。邱はニキビの浮いた顔ににやにや笑いを浮かべ、受けとった。ホウとたいして年はちがわない。

「基本的に店があるのは、こっちのテント村だ」

H棟の奥の区画に三人を連れていき、いった。ブルーのシートを骨組の上に張った四角形のテントが、縦横に走る通路に沿って整然と並んでいる。

「一番こちら寄りの列は、食い物屋の通りだ。飯を食わせてくれる店もあれば、饅頭や弁当を持ち帰れる店もある」

大鍋《おおなべ》がプロパンガスのコンロの上で湯気をたて、プラスチックの椅子やビールケースの上に板をのせたテーブルがそこここにおかれていた。実際に炒《いた》めものや麵類《めんるい》を食べている人間が何十人といる。

屋台の先には、野菜や肉、魚を積みあげた食料品店もあった。ピータンやザーサイ、中国製の調味料などの入った壜《びん》や缶も積まれている。

「ここいらの店は、外出禁止時間以外は朝から晩まで営業している。いつでも好きなときに飯が食える」

食物関係の屋台は、ざっと二十軒近くあった。炭で焙《あぶ》った肉や海老《えび》を売っている店もあり、香ばしい匂いがあたりにたちこめている。

「味は保証つきだ。本物の中国料理が食えるぜ」

「払いは日本円か」

「中国元もUSドルも使える。レートは、三列目にある両替屋でチェックできる。銀行も兼ねてるが、お前らが送金することはなさそうだな」

「銭荘《チエンジュアン》があるのか」

「稼いだ金を本国にどうやって送る。それしかねえだろう」

「ここに住んで外で働いてる奴もいるのか」

「もちろんいる。保安隊の許可証があれば、毎日だって外にでられる」

テント村の二列目は、商店だった。洋服、電化製品、ビデオやDVDなどが売られている。子供用のオモチャや本まである。

「オモチャを売ってるが、ここには子供もいるのか」

「いる。託児所があるんで、そこに子供を預けて外に働きにでたりするんだ」

「だが子供はまるでいないぞ」

テント村の通路は、多くの人間がいきかっていたが大人ばかりだ。

邱は顔をしかめた。

「そいつはちょっとワケがある」

「ワケ？」

「お前らにゃ関係ねえよ」

「ガイド料を払ったんだ。聞かせてもらおうか」

邱は舌打ちした。

「実はな——」

声をひそめたときだった。邱の目が大きくみひらかれた。ジャーンというドラの音が聞こえた。テント村の通路の奥から、異様な集団がやってくる。先頭にいるのはドラを手にし、金属製のサルの面をかぶった人物だ。そのうしろに同じような金属の面をかぶった集団がつづき、薄い紙でできた紙幣のようなものをばらまいている。面の形はサルだけでなく、鳥や牛、馬といった動物から、麒麟《きりん》のような伝説上の生き物もいた。全員が長い紫色の衣を着けている。集団の数はざっと三十人近くいる。

「何だ、ありゃ」

タケルがいった。

「道をあけろ」

邱が早口でいって、ホウの腕をひっぱった。面をかぶった集団の列がやってくると、テント村の通路から人が消えた。全員が両手を胸の前で組み、店の内側に入る。

集団はしずしずと歩いてくる。ときおり足を止めると、ビラかチラシでもまくように、薄い紙片を投げる。それをまるでお浄《きよ》めをうけているように、腕を組んだ住人は頭《こうべ》を垂れて迎えていた。

「教団だ」

邱がささやいた。

「教団？　何の」

「『無限《ウーシエン》』を聞いたことないのか」

「ないね」

「ここは『無限』によって住人に提供されているんだ。ここ全部が『無限』のもちもので、それを困っている人のために開放しているのさ」

邱はいって、集団が近づいてくるとあわてて腕を組み、頭を垂れた。

集団がホウたちの前にさしかかった。列が止まった。サルの面から不意に甲高い声が発せられた。男か女かもわからない。

「新しき同志か、邱」

「そうです、導師」

よく見ると面の目の部分には穴があいている。その奥からのぞく瞳《ひとみ》があった。

「今夜、この娘を教会に連れてこい」

甲高い声がいった。

「しかしこいつらは旅行者です」

「かまわない」

目は、ホウの斜めうしろに立つカスミをじっと見つめている。

「すべては同志。すべてを分けあう。よいな」

る。

「はい」

邱はさらに頭を垂れた。サルの面が小さく頷《うなず》き、列は再び動きだした。

ばらまかれた紙片をホウは手にとった。黄色に赤字で「幸福なる同志」と書かれている。

「教会って何だ」

列が遠ざかると、ホウは訊《たず》ねた。邱は心もち青ざめた顔をしていた。

「この奥に教団の教会がある。ふだんは幹部以外は立入禁止だ。週に一回、礼拝のときだけ開放されるんだ」

「そこへカスミを連れてこいといったのか、あのサルは」

「サルじゃない。導師だ。面をかぶっているのは、すべて教団の導師なんだ」

「それが何だっていうんだ」

邱は首をふった。

「さっきの話だ。子供の姿がない、といったろう。ああして巡行のときに、導師が子供を教会に呼ぶことがある。新しい導師として育てる、という意味なんだ。だがここんとこ、呼ばれたっきり帰ってこない子供が何人もいるんだ。それで皆んな恐がって、巡行のときには子供を外へださなくなった」

「何だ、そりゃ。教団てのはそんなに偉いのかよ」

「わからねえ。俺も『無限』の信者だが、ここの教団はちょっとちがうんだ。でもここに暮らしてる以上、逆らえねえ」
邱の額には汗が光っていた。

カスミ

C棟は、E棟とは中庭をはさんで反対側に並ぶ四棟の、手前から三番目の建物だった。AからHまでの八棟の〝旧社宅〟は、どうやらすべて同じ造りのようだ。C－202は、中央部の階段を上ってすぐ右手にあった。

邱《チウ》から受けとった鍵《かぎ》でホウが扉を開けた。入口から八畳のダイニングキッチンと六畳と四畳半の和室が見通せた。ダイニングキッチンの床はところどころが破れたビニールクロス張りで、和室の畳は茶色く変色していたが、床が抜けたり、ガラス窓が割れていたり、ということはなかった。六畳の和室に、古い二段ベッドがふたつ、四畳半にはひとつ、おかれている。ベッドの数だけなら六人部屋ということだ。

ベッドの他の家具らしいものといえば、ダイニングキッチンにおかれた円型のテーブルだけだった。それも中華料理店にある、円盤を二段重ねした、上部が回転するタイプのものだ。

「見ろよ」

最後に入ってドアを閉じたタケルがいった。カスミとホウがふり返ると、だらりとぶらさがったチェーンを指先でもちあげた。チェーン錠の鎖が途中で切断されている。

「チェーンはかからねえ。鍵はふつうのシリンダーだ。つまり、入りたきゃいつでも入ってこられる部屋だってことだ」

ホウが唸《うな》った。確かに古い社宅の錠前など、ピッキングに長《た》けた者なら一分とかからずに開けてしまえる。

「たまんねえな。これで一泊十万だぜ」

タケルが吐きだした。ホウは険しい顔で室内を見回している。特に電灯の笠《かさ》やコンセントに真剣な視線を注いでいた。

カスミは無言で自分の耳を指さした。ホウが頷く。

「まずはすわろうよ。疲れたよ」

カスミはいって、円卓を囲んでおかれた丸椅子に腰をおろした。リュックからメモ帳とボールペンをとりだす。パソコンはもってきていない。万一、中のデータを読まれたら、正体が割れる危険があるからだ。

「飯も食いたいしな」

ホウがいって包子《パオズ》とペットボトルの入った袋をテーブルにおいた。無限《ウーシエン》の集団にいきあってから、邱の態度はいきなりかわった。無口になり、三人のために包子や飲み物を買って、しかも料金を請求すらしなかった。そしてこのC棟に案内するや、そそくさと立ち去ったのだ。

「うまいな、これ」

六つある包子のひとつを早速頬ばったタケルはいった。

「ああ、悪くない」

ホウも噛《か》みちぎって頷いた。カスミは、まだ表面の熱い包子をふたつに割った。湯気とともにおいしそうな香りが漂った。中心部には、肉と野菜の炒《いた》めもののような具が入っている。ひと口食べてみると甘味噌《あまみそ》で味つけされていて、トウガラシの辛さもあった。

「うん、おいしい」

食べながらペンを走らせた。

――盗聴器？

ホウが頷いてペンをとった。

――たぶんある。でもはずしたらばれるからそのままがいい
筆談を見守っていたタケルが口だけを動かした。

――面倒だな
「ねえ、あたしシャワー浴びたい。なんだかベタベタして嫌なんだもん」

カスミはいった。

「シャワーなんてあんのかよ」

タケルがいって立ちあがり、入って右手のバスルームをのぞいた。

「風呂《ふろ》だよ、風呂。それもすっげえ古い、水ためてわかすやつだ」

「使えるの？」

「わかんねえ。こんなの使ったことねえから」

「見せてみろ」

　ホウがあとから入ってきて、バスタブのかたわらについた湯わかし釜《がま》を見つめ、コックを開くと、つぎでたつまみをぐるぐると回した。カチッカチッという音が釜の中でして、ぽっと小さな火が奥で点《とも》った。

「何これ、すごいじゃん」

　カスミはいった。

「電子ライターと同じ原理だ。火花を飛ばして、火種をつけるのさ。日本にきてすぐ入れられた施設にあったのと同じだ」

　ホウが説明した。

「でもシャワー、ないよ」

「風呂で我慢しろ。水ためてわかしゃいいだろう」

　風呂場には、プラスチック製の洗面器がおかれている。

「タオルとかは」

「あとで買ってきてやる」

　三人は狭い風呂場で話しあった。内側に狭い角度で倒れる小さな窓があるだけで、換気扇もついていない。

「どうやらこの中だったら話ができそうだ」

ホウが見回していった。

「湿気が多くて盗聴器なんかしかけられないだろうからな」

水道をひねって水をだした。

「洗わないと駄目ね」

よごれたバスタブの底を見つめ、カスミはいった。

「本当に入る気か」

あきれたようにタケルがいう。

「そりゃそうよ。五日もお風呂なしなんて耐えられない。あなたたちもそうよ。汗臭いのをずっと嗅《か》がされたら、こっちが具合悪くなる」

タケルとホウは顔を見合わせた。ホウがあきらめたように首をふった。

「この調子だと水がたまるまで十分か二十分はかかるぞ。その間にもう一回、外にでて買い物をしようぜ。外のほうが話もしやすい」

「そうするか」

三人は部屋をでた。廊下にでたとき、バタンとドアの閉じる音が、階段の反対側から聞こえた。Ｃ‐２０３か２０４だろう。

「少なくとも誰かがこの階にいるってことだ」

C棟をでると三人はテント村のほうに歩きだした。心なしか、人の数が増えたような気がする。いきあう人間たちの視線をカスミは痛いほど感じた。

「歓迎されてる感じじゃねえな」

タケルがつぶやいた。

「お前らが日本人だってことは、ひと目でバレるみたいだ」

ホウが低い声でいった。

「あいつ、何ていってたっけ」

「邱か。十時に迎えにくるとさ。俺たちを教団の集会に連れてこいとサルにいわれたんだ」

「それで俺らを殺そうとしたら、犯人判明だな」

「そんな簡単じゃない。第一、本当に子供殺しが教団の仕業なら、いくらなんでも親が黙ってない」

「だって邱がいってたぞ。呼ばれたっきり帰ってこない子供がいるんで、親が恐がって巡行のとき、子供を外にださなくなったって」

ホウがいった。

「あのサルの目はちがう。殺したがってるのじゃなくて、やりたがってた。ふつうの男の目よ」

タケルが息を吐いた。

「じゃ、どうする。やらせて情報をとるか」

「今のところ、そんな気はない」

そっけなくカスミはいった。

「お前だけ残して、俺たちに帰れっていうかもしれねえ。どうする」

「いいよ。そのときはそうして。自分の身は自分で守る」

「待てよ」

ホウが立ち止まった。

「それは、そのリュックの中身を使うってことか」

「場合によっては、ね」

ホウが首をふった。

「そんな真似してみろ。俺ら全員、なぶり殺しだぜ」

「だったらおとなしくマワされろってこと？」

カスミはホウを見つめた。

「馬鹿いうな。そんなことは考えてもいない」

「じゃ、どうするの」

ホウは舌打ちした。

「だからお前は連れてきたくなかったんだ」

「同感だね」

タケルがつぶやいた。カスミは腕を組んだ。

「おもしろいわね。今度は男二人で、あたしをお荷物扱い？　よく考えて。いきなり『無限』の中枢部に呼ばれるなんて、めったにないチャンスよ。あたしがいたからそうなった」

「だがトラブルのもとだ」

ホウがいった。カスミはホウの目をのぞきこんだ。

「あたしたちはここに観光旅行にきたわけ？　日本の中の中国の体験ツアー？　ちがうでしょう。トラブルを起こさずに、ここにきた目的が果たせる？」

ホウは黙った。やがてタケルがいった。

「カスミの勝ちだ。いう通りだぜ」

「お前、日本人だからって――」

ホウがいいかけると、タケルはさえぎった。

「そういう問題じゃねえ。お前にもわかってる筈《はず》だ。俺たちは犬なんだ。誰にも咬《か》みつかなかったら、ここにきた意味がない」

ホウは深々と息を吸いこんだ。ぐっと頰をふくらませ、タケルをにらんでいたが、大きくため息をついた。

「わかったよ」

「俺たちはチームだ。この中にいる限り、お互いを守れるのはお互いしかいない。そいつをキモに銘じようぜ」

タケルがいった。

タケル

洗ったバスタブに水がたまり、さらに入浴できるくらいの温度になるまで一時間近くかかった。準備が整うと、カスミは、

「のぞかないで」

と念を押し、風呂場に入っていった。ホウとタケルは、回転テーブルの前にかけ、向かいあって待った。

「――笑っちまうな」

しばらく無言でいたが、タケルはがまんできなくなった。

「ここは本当に、クソみてえなところだぜ」

「だが俺らは、他にいき場所がねえ」

ホウがいった。

「まったくだ。だがあの『無限《ウーシェン》』とかいう教団の連中は、気味が悪いぜ。あの面。いったい、何を考えてやがる」

「さあな。集会に呼ばれたんだ。いきゃあわかるだろう」

「本当にここにはマッポがこないのだろうな」

少しは芝居をしようという気になって、タケルはいった。

「それは大丈夫だ。だがやくざはわからねえ。あいつらは、銭になると思ったら、俺たちを三宅組に売るかもしれん」

「マジかよ」

「ただ、ここにやくざ者は入れないだろう。五日たって期限がきたら俺たちを追いだし、外で三宅組が待ちかまえているって寸法だ」

「だったらなんでこんなところに連れてきたんだ！　ふざけんじゃねえぞ」

「他にいくとこがなかったからだ。とりあえず今夜のところは安全だろうからな。先のことはまた明日《あした》にでも考えよう」

「考えるったって、ケータイもとられているんだぞ。幹《ガン》といったっけ。あいつがこの町のボスなのか」

「たぶんな」

いいながらホウは首をふった。どうやら表向きは幹だが、本当のボスは別にいる、ということらしい。

「気にいらねえ、あの野郎。もったいぶりやがって」

タケルはいって立ちあがり、六畳間の二段ベッドに寝転がった。マットレスは古いが、思ったほどよごれてはいない。足もとに毛布が二枚、畳んでおかれていた。

やがてカスミが風呂をでた。上気した頬で、

「ああ、気持よかった」

と、ダイニングの中央に立った。

「あたしひと眠りするからさ、どっちか風呂に入っちゃえば」

「そんな気にならねえよ」

タケルは吐きだした。

「じゃ、俺が入る」

のっそりとホウが立ちあがり、目配《めくば》せした。

タケルとカスミは頷《うなず》いた。三人は、湯気のこもった風呂場に集まった。

「まったく長風呂だな。あきれたぜ」

ホウが苦笑いしながらいった。

「本当にここが大丈夫かどうか調べてたの、電球のカバーまで外して見た。平気だった」

「しかし面倒くせえな。話すのにいちいち風呂場に集まんなきゃならないとは」

タケルはいった。

「急ぐ話は筆談ですればいい。それに保安隊が聞き耳をたてるのも今日一日くらいでしょう。明日になれば、興味を失くす筈よ」

「で、どうする？」

　ホウが濡《ぬ》れたバスタブのへりに尻《しり》をのせていった。

「まず教団ね。それに午前一時から六時までの外出禁止時間というのも気になる」

　タケルは腕時計を見た。午後八時を回っている。

「外出禁止時間のあいだに、いったい何があるっていうんだ」

「たぶん住人に見られたくない人やモノが出入りしている」

　ホウが答えた。

「見られたくない人やモノ？　日本人か」

　ホウは頷いた。

「さっきも話した通り、この町がやっていけているのは、組んでいる日本人がいるからだ。だが住人の大半は、そいつを知らされてない。そのほうが町の結束を守れる、と考えているからだろう」

「誰が考えてるんだ。さっきの幹か」

「か、その上にいる奴だ」

「あのサルか？」

「教団と保安隊がつながっているのなら、さっきの邸があんなに恐がる必要はないわ」

　カスミが煙草に火をつけ、いった。

「確かにそうだ。あのサルを、妙に恐がってた」

タケルはホウを見た。ホウも考えこんだ顔をしている。

「この町を仕切ってる勢力がふたついるってことか」

「仕切っているかどうかはわからんが、保安隊と教団は、上はともかく下ではつながってない。それは確かだ」

「で、子供殺しは」

「そこにいくのはまだ早い。もっと情報を集めなきゃ」

カスミが首をふった。

「言葉も喋《しゃべ》れねえで情報もくそもねえぞ」

「とりあえず分担を決めよう」

ホウがいった。

「俺はまた町にでて、話を少し拾ってみる。そっちはここにいて、ようすを見てくれ」

「じゃあこの建物を少し探ってみる。カスミは部屋にいろ」

「了解」

風呂場をでると、ホウがわざとらしくいった。

「ひと風呂浴びたら、喉《のど》が渇いた。ビールでも買ってくる。つきあうか」

「面倒くせえ」

タケルはいった。

「カスミは寝てるのか。じゃ、俺はいってくる」

ドアを開けたホウにつづいて、タケルは部屋をでた。階段を降りたホウとは逆に、三階へと上る。

三階の廊下には人けがなかった。だがかすかな人声は聞こえてくる。

足音を忍ばせ、階段の右手、301と302の扉の前に立った。302の扉の内側からは何も聞こえてこなかったが、301の中からは、中国語で喋るやりとりのようなものが聞こえてきた。

つづいて階段をはさんだ反対側、303と304の前に立った。テレビと覚しい日本語の声が303からはもれてくる。304は、ロックらしい音楽がかなりの音量でかかっていた。歌詞は中国語だ。

四階も同じように見て回り、二階に戻ったときだった。204の扉がいきなり開いた。ジーンズにセーターを着けた女が現われ、まじまじとタケルを見つめた。四十くらいだろうか。整った顔立ちだが、ひどくやつれている。眼の下に黒いクマがあった。

タケルは小さく頭を下げた。いきなり女が中国語で話しかけた。鋭い口調は誰何《すいか》しているようにも聞こえる。

タケルは首をふった。

女の口調がさらに鋭くなった。

「わかんねえよ」

思わずタケルはいった。とたんに女は口をつぐみ、タケルをまじまじと見た。

「悪いな。親父は中国人だけど、言葉、わかんねえんだ」

しかたなくタケルはいった。

「あなた誰ですか」

女が日本語でいった。

「日本語喋れるんだ、よかった。俺はタケル。今日、ここにきたんだよ」

「ひとりで？」

「いや、妹のカスミって馬鹿女と幼馴染《おさななじ》みの徐《シュ》がいっしょだ」

女はじっとタケルを見ている。タケルはもう一度頭を下げた。

「よろしく」

２０２の扉が開いた。カスミが顔をのぞかせた。

「うるさいな、もう。何、騒いでんのよ」

「いや、この人に会って」

タケルは女を示した。

「あ、同じ階の人なんだ。よろしく。この馬鹿男の妹でカスミです」

「お前いい加減にしろよ」

「何いってんの。兄ちゃんだって馬鹿女っていってたの、聞こえてたんだから」

いいあっていると、女がくすっと笑った。

「わたし、小春《シャオチュエン》です」

「小春さんていうんだ」

　カスミがいった。

「どれだけここにいられるかわからないけれど、仲よくして下さい」

　小春は小さく頷いた。そして迷ったように二人を見ていたが、いった。

「餃子《ギョーザ》、食べますか。わたし作ったばかり」

「食べます、食べます。腹減ってたんだ」

　タケルはいった。小春は頷き、ドアを大きく開いた。

「どうぞ、入って下さい」

アツシ

　日が暮れてからのほうがテント村はにぎわっていた。こんなにいたのかと思うほどの数の人間が屋台をいきかっている。食事を売る店はどこも行列ができ、かたわらの粗末なテーブルは満員だ。コンロにくべられた肉や魚介類がもうもうと煙をあげ、香辛料とあわさった独特の匂いがあたりにはたちこめている。

　この匂いを嗅《か》ぎたかったのだ。

　ホウは足を止め、人々の姿に見入った。どこか懐しい景色は、匂いのせいもある。うんと小さな頃、まだ日本に連れてこられる前、祖父に連れられていったハルピンの屋台を思いだす。黒竜江省の省都ハルピンは、かつての満州国《まんしゅう》で、満州族、蒙古族《もうこ》、朝鮮族、そして漢族と、さまざまな民族の文化が混在する大都市だった。

子供の頃の記憶でまず一番に浮かぶのは、ハルピンのにぎやかさだ。民族衣裳《いしょう》を着けた屋台の売り子たちの呼び声がかかる中、祖父の手をしっかり握りしめて雑踏を歩いた。

幼いときは、祖父とはぐれたら二度と家に戻れなくなるような不安を感じたものだった。蒙古族や朝鮮族の人々が交す会話はまるで理解できず、人さらいの鬼のように見えた。

成長するにつれ、恐さはなくなった。逆に両親の手伝いをしてトウガラシや漬けものを売っていた、朝鮮族の少女に淡い気持を感じたりもした。

もう一度、あそこに戻りたい。家族が仲よしで、つましく生きていたあの時代に帰れたら、自分は何も惜しいと思わないだろう。

日本にきたことが、すべてを駄目にした。父親は働くのをやめ、国からの補助をあてにしたパチンコと酒びたりの生活。それに愛想をつかした母親は、働いていたスナックで日本人の男を作り、でていった。

二年後、ホウを迎えに現われたが、それを拒否した。

――あんたはもう日本人だ、俺のお袋なんかじゃない！

ホウが罵《ののし》ると涙をぼろぼろ流しながら立ち去った。以来、会っていない。

不意に肩に人がぶつかり、ホウは我にかえった。

「おい、こんなとこでつっ立ってんじゃねえよ」

男がいった。二十二、三だろう。髪を茶色く染め、ブルゾンに緑色の腕章を巻いている。

保安隊のメンバーのようだが、E-102では見なかった顔だ。

男のかたわらにもうひとり、十八、九の男がいてやはり腕章を巻いている。そいつがホウの顔をのぞきこんだ。

「お前、知らない顔だな。新入りか」

耳たぶに五つも六つもピアスを入れ、五十センチほどの鉄パイプを肩にかついでいた。

「そうだよ。よろしくな」

ホウはいった。

「どこに住んでんだ?」

「C-202だ」

ピアス男の目が広がった。

「C棟だ?　新入りのくせに生意気に」

ツバをホウの足もとに吐いた。

「文句があるなら幹《ガン》さんにいえよ。部屋を決めたのは幹さんだ」

「お前、今日きたっていう新入りだな」

最初の男がいった。

「そうだ」

「仲間があと二人いるんだろう。若い派手な女がいっしょだって聞いたけど、どうしたんだ」

「寝てる」

「連れてこいよ」

ピアス男がいった。

「なぜ」

「いいから連れてこいっていってんだろう。新入りは俺たちに挨拶《あいさつ》するものなんだよ」

ホウはピアス男の目を見つめた。

「聞いてないな」

「おい、礼儀知らないぞ、こいつ。どうする？　教えてやるか」

ピアス男がいうと、ブルゾンがホウの肩をつかんだ。

「ちょっとこっちにこいや」

ホウは押されるまま、テント村の裏手へと歩いていった。汚水のたまったむきだしの地面に、生ゴミや発泡スチロールの空き箱が積みあげられ、飼い犬なのか野良なのか、三頭の瘦《や》せこけた犬がうろついている。

あたりに人がいないのを確認し、ブルゾンが口を開いた。

「挨拶料をだしな」

「何だって？」

「わかんねえ奴だな。ここで平和に暮らしたいのなら、金をよこせといってんだよ」

「金なら幹さんに払った」

「その金とは別だ。俺たちがお前らを守ってやる用心棒代を払え」

「嫌だね」

ホウは吐きだした。こんなクズのような奴らを、タケルやカスミに見られなくてよかった。二人が見たら、さらに中国人を馬鹿にするだろう。

「何だと、こいつ！」

いきなり鉄パイプをふりあげたピアス男の顔面に肘《ひじ》打ちを叩《たた》きこんだ。向きなおるとブルゾンの襟をつかみ、顔面に頭突きをくらわす。ブルゾンは顔をおさえて尻《しり》もちをついた。

犬が激しく吠《ほ》えた。

ピアス男の手から鉄パイプをもぎとり、ゴミの山に投げ入れた。

「何しやがる」

身構える暇を与えず、腹に前蹴《げ》りをくらわす。ピアス男は背中から汚水だまりに倒れこんだ。水しぶきがあがる。

よろめいているブルゾンの首を右手で絞めあげた。

「挨拶はこれじゃまだ足りないか」

「勘弁してくれ、兄貴。あんたがこんな強いとは思わなかった」

鼻血をたらしながら、ブルゾンがいった。

「俺でよかったな。俺の仲間だったら、お前、殺されているぞ」

ホウはいって、ブルゾンをつきとばした。くるりと踵《きびす》を返し、その場から歩きだす。テント村の向こうに、赤い火を吐いている煙突が何本も見えた。遠くの石油コンビナートが光に浮かんでいる。

ハルピンにはこんな光景はなかった。ホウは泣きたくなった。

カスミ

「小春《シャオチュエン》さんは、ここに長いこと住んでいるんですか」

C‐204の中は、202とは比べものにならないくらいきれいで家具がそろっていた。床はすべてカーペットがしかれ、ダイニングキッチンには四人がけのテーブルがある。奥の四畳半にベビーベッドがあって、天井からかわいらしいおもちゃがいくつも下がっていた。

カスミとタケルは、ダイニングテーブルにすわり、小春が焼いたという餃子に箸《はし》をのばしていた。ペットボトルに移して冷蔵庫で冷やされていたジャスミンティの香りがとてもいい。

「もう、二年くらい、います。わたし、夫と日本にきて、ずっとここ」

小春は答えた。二年もここに住んでいるということは、小春の夫は、ミドリ町でもかなり高い地位にいるのだろう。だがそれにしては、小春は疲れた顔をしていた。体のどこかが悪いのだろうか。

「あなたたち、日本人ですか」

「クォーターです。でもあたしもお兄ちゃんも生まれてすぐ日本にきたので、中国語が喋《しゃべ》れないんです」

潜入するにあたって用意した作り話をカスミは告げた。まさかとは思うが、小春が三人のことを探るスパイだという可能性もゼロではない。

「この餃子、すっげえうまいよ。こんなにうまい餃子食べたの初めてかもしれない」

タケルがいった。お世辞ではなく、餃子は本当においしかった。しかも山のように皿に積みあげられている。

「ありがとう。広東《カントン》省の人は料理を食べるのも作るのも好きです。わたしもそう」

小春は微笑んだ。

「あんまりぱくぱく食べたら、小春さんや旦那《だんな》さんのぶんがなくなっちゃうよ、お兄ちゃん」

心配になってカスミがいったほどの勢いで、タケルは食べている。

「大丈夫。わたしと夫だけなら多いよ。赤ちゃん、まだ餃子、食べられないし。本当は――」

いいかけ、小春はうつむいた。何かをこらえているような顔をしている。タケルも箸を止めた。

「――ごめんなさい。赤ちゃんにお姉さんいたけど、今いなくなっちゃったから……」

カスミはタケルと目を合わせた。

「お姉ちゃんて……」

「小俊《シャオチュン》。九歳になる娘。でも二ヵ月前にどこかいって、帰ってこない。夫は忘れなさいというけど……」

「えー」

カスミはわざと驚いた声をだした。

「九歳の娘さんが行方不明になっているんですか」

小春はつらそうに頷《うなず》いた。

「そんな……。どうして？」

小春は握りしめていたハンカチを目にあてた。

「わからないよ。町の中にある塾にいって、帰ってこなかった。わたしも夫も、保安隊も捜したけれど、見つからない」

「警察には届けたの？」

「警察？　日本の警察？　届けられないよ」

タケルが訊《たず》ねた。

「小春さんと旦那さんは、どうやって日本にきたの」

「飛行機に乗って。ビザ、パスポートもってます。わたし警察いこうといったけど、夫は駄目です、といいました」

「正規の形で入国したのなら、警察いってもいいのに……。でも、そうか。この町には、警察、入れないものね」

「小春さんの旦那さんは何をしているんですか」

カスミは訊ねた。小春は首をふった。

「よく知らない。広州《こうしゅう》にいたときは、製薬工場で働いていました。大学で薬のこと勉強したね」

「で、日本にきてからは、ずっとここ」

「はい。夫も、この町の工場で働いています。四年間、日本で働いたら、すごくお金になるから、と誘われてきました」

「じゃ、今も働いているの」

カスミは時計を見た。もうじき九時になる。

「工場は三交代です。夫は、五時から一時まで」

午後五時から午前一時まで、という意味なのだろう。カスミは小春を見つめた。外国である日本で、大切な娘が行方不明になり、それでも夜勤をつづける夫を赤ん坊と待っているのは、どれだけつらい時間だろう。

「――かわいそう」

思わず言葉がでた。タケルを見ると、すっかり食欲をなくし、それどころか今にも誰かを殴りたい、という顔をしている。

「ひでえな」

「小俊は、きっとどこかにいる。わたし思っているよ。この町じゃないけど、どこか日本の学校にいれられてる」

タケルが歯をくいしばった。クチナワから見せられた、四人の少女の死体写真を思いだしたのだろう。

――警察官が写真をもって訪ねても、住人は知らないとしかいわない

クチナワはいっていた。警官は小春には会っていない。会ったのは、中庭にいた婆さんか、保安隊のメンバーだろう。写真に、小春の娘が写っていても、知らないと答えたにちがいない。

「小俊が帰ってきてもいいように、いっぱいご飯を作ります」

カスミは頷いた。本当のことは決していえない。このミドリ町の周辺で、四人もの少女の死体が見つかったなどと、いえるわけがない。

「あの、他には、いなくなった子供はいないんですか」

小春はカスミを見た。

「いるよ。B棟の靖《ジン》さんの娘もいなくなったね。小俊の二歳下。小俊がいなくなる二週間前」

「そういえばさっき、市場で変な話を聞いたんだけど。サルや牛のお面をつけた人たちがいて……」

小春は頷いた。

『無限《ウーシエン》』の人たち」

「教会に呼ばれるといなくなるって」

小春は首をふった。

「それはもっと大きい子供。十五歳から二十五歳まで。教会で働きなさい、と選ばれた人。うちの小俊はまだ九歳です。働けないよ」

「じゃあちがうのか」

タケルがつぶやいた。

「さっき、こいつが呼ばれたんです。夜になったらこいって」

カスミを示していった。とたんに小春の顔に怯《おび》えが浮かんだ。激しく首をふる。

「駄目。あなたいったら駄目よ」

「でも『無限』て、この町ではすごく尊敬されているんでしょう。あたしたち、いくところがなくて、この町にきたんです。逆らって追いだされたら、困る」

カスミはいった。それでも小春は首をふった。

「駄目。いけない」

「いったら、どうなるんです」

タケルが訊ねた。小春は我にかえったようにタケルを見やった。

「教団のために働きます」

「あたし、掃除くらいならできるよ」

「ちがいます。働くというのは……」

いいかけ、口をつぐんだ。

「何か変なことをさせられるんですか」

タケルがいった。

「わからない。わたしは知らないです。でもきっとよくありません」

カスミはタケルを見た。

「どうする、お兄ちゃん」

「どうするったって、さっきのあいつが迎えにくるんだし、知らん顔はできないだろう」

小春は不安げな表情で、カスミとタケルを見比べている。

「あの、わたしがいったこと、『無限』の人にはいわないで」

「もちろんいわないから、安心して」

カスミは笑顔でいった。これ以上、小春につらい思いをさせたくない。

「そろそろ、部屋に戻ろっか。徐《シュ》も帰ってくる頃だし」

タケルが頷いた。

「ごちそうさま。小春さん、元気だしてね」

カスミは小春の手に自分の手をかぶせていった。

「赤ちゃんのためにも」

小春は一瞬目をみひらいたが、小さく頷いた。弱々しい笑顔を作る。

「はい。また、餃子作ります。食べにきて下さい」

タケル

「くそったれ。犯人見つけたら、ぶち殺してやる」

風呂場《ふろば》の中で、タケルは吐きだした。戻ってきて二人の話を聞いたホウが低い声でいった。

「クチナワの話が証明されたわけだ」

「かわいそう。誰も知らせてあげてないなんて。もちろん知ったら知ったで、きっと死ぬほど悲しむだろうけど」

カスミが煙草の煙を見つめながらいった。

「おい、町にでようぜ。お前ならわかるんだろ、その変態が」

タケルは我慢できなくなっていった。小春はきっと寂しくてつらくて、頭がおかしくなりそうになって、自分とカスミに声をかけてきたのだ。少しでも気をまぎらわせたかったにちがいない。

「無理だ。今、テント村にはさっきの何倍もの人がいる。暗くなってからのほうがでてきてるみたいだ」

ホウがいった。

「だからってここにいたって、人殺しの変態野郎はつかまえられねえぞ。小春さんの話じゃ、教団の人さらいと子供は別らしいし」

「ひとつひとつ順番だ。そうだろう、カスミ」

ホウがいった。

「そうだね。教団の人さらいが、セックスだけを目的にしてるのなら簡単だけど」

「でもよ、セックスが目的なら、それきり帰ってこないっていうのは、おかしくないか」

タケルがいうと、カスミは頷《うなず》いた。

「それはある。帰ってこないのは、セックスしたあとも帰せない事情があるってことだもの」

「どんな事情だ」

「SM。さもなきゃクスリ」

「SM!?」

タケルには想像もつかなかった。

「そう。超ドSの変態で、縛って殴ったりして、怪我をさせちゃったんで治るまで帰せない、とか」

「クスリは何だ」

ホウが訊《き》いた。

「ダウナー系のクスリを射《う》たれつづけてるってこと。ヘロインとか阿片《あへん》を吸わされたら、時間の感覚がなくなるもん」

「その上でセックス奴隷か」

カスミは頷いた。

「最低だな」

ホウが吐きだした。タケルは少し冷静になっていった。

「でもそれが狙いならヤバいぞ。あのサル野郎は、カスミをセックス奴隷にするつもりかもしれない」

「だからって今暴れたら、小俊《シャオチュン》たちを殺した犯人の手がかりがつかめないよ」

カスミがいった。

「絶対に俺たちがお前から離れないとしたらどうだ」

「『無限』には逆らえないって邱《チウ》はいっていた。町を放りだされるかもしれん」

三人は顔を見合わせた。

「幹《ガン》だな」

タケルはいった。

「幹を使おう」

「どう使うんだ」

「奴のところに先に乗りこみ、でかい儲《もう》け話がある、と吹かす。そのためには、俺たちを大事にしなけりゃならない、と」

「でも『無限』のほうが上だったら？」

カスミがいった。

「この町のからくりを知るチャンスだ。日本人のやくざがバックについているのなら、『無限』が一番ということはない筈《はず》だ。おそらく『無限』は、この町の住人に、日本人の黒幕の存在を隠すためのカモフラージュなのさ。だからでかい金儲けがからめば、『無限』が引っこむ可能性がある」

カスミとホウが顔を見合わせた。

「だったらその儲け話ってのを作らなきゃならん」

「クチナワに協力を頼もう」

　カスミはいった。

「どうやって連絡をとる。ケータイはとりあげられているぞ」

「ひと芝居、打つの」

　カスミはいった。

アツシ

「ねえ」

　カスミがいった。

「つまんないよ。兄ちゃん、何か買ってきて」

「何かって、何だよ」

　タケルが訊き返した。

「バツでもエスでもいいよ。ここにいるとくさくさするんだもん」

「何いってんだ、お前。今日きたばっかりだろうが」

「だって、表いっても日本語通じないし、ろくな男いない。こんなんだったら新宿にいたほうがマシだったよ」

「手前《てめえ》、ふざけんなよ。いったい誰のおかげでこんなとこに逃げこむ羽目になったと思ってんだよ。お前があんなクソ親爺《おやじ》にマタを開くからじゃねえか」

「開いたわけじゃないよ！　金だけもらって逃げるつもりだったもん」

「嘘つけ！　俺が乗りこんだとき、お前下着になってただろうが」

「あれは脱がなきゃ払わないって、あの親爺がいったからだよ」

「いい加減にしろ、お前ら」

　ホウが割って入った。

「つまんねえ兄妹喧嘩《きょうだいげんか》してんじゃねえ」

「ねえ、徐《シュ》。何か買ってきて」

「嫌だよ。どうもここの連中は何考えてるかわからねえ。用がないのにうろつきたくねえ」

「じゃ、お金ちょうだい。あたし、自分で買ってくる」

「馬鹿いってんじゃねえ」

「なんでよ。もとはといや、あたしが拾ってきた情報じゃん。あたしのおかげで稼げた金じゃない。あたしにも分け前よこしてよ」

「お前に渡したってここじゃ使えねえ」

「いいよ、じゃあ。外いって買ってくるから」

「勝手に外にでるなっていわれてるだろうが」

「知らないよ、そんなの。徐が約束しただけじゃない」

「おい、いい加減にしないとぶっとばすぞ」

タケルがすごんだ。

「ぶてば。そのかわりここでてったあと、どこにも話つないでやんないからね」

「どういう意味だ」

「あたしが拾ってる情報は三宅組だけじゃないってこと。もっとでかい話だってあるんだから」

「何だよ、でかい話って」

「教えてあげないよ」

「ふざけんな」

タケルはいって、手と手を打ち合わせた。パン、と高い音がでた。

「痛いっ、何すんだ、馬鹿」

「兄ちゃんに口ごたえすんじゃねえ」

さらに二度、手を叩《たた》いた。

「やめてよ！」

「いえっ、この野郎。でかい話って何だ。いわなきゃもっと殴るぞ」

「やめて、やめてったら。徐、止めてよ」

「カスミ、話しちまえ。そうすりゃ兄ちゃんも叩かねえよ」

「なんだよ。あんたまで味方かよ。いいよ、もう」

「いえよ」

「——だから、十日会《とおか》のコウジがいってたんだよ。じき、でかい取引があるって。西から何億円分かの株券が届くから、兄貴たちがぴりぴりしてるって」

「下らねえ、またそういう話か」

「だって本当だもん。三宅組だって本当だったじゃん。疑うわけ」

「お前、じきとかそんないい加減な話、信用できるか」

「大阪の有名な会社の株券だって。そこの息子を脅して、新株発行させたとかいってた」

「そんなものどうすんだ」

「わかんない。買い戻させるか、別の組に売りつけるかするらしい」

「株なんてかっぱらったって、俺たちじゃどうしようもねえだろうが。駄目だ、駄目だ」

「ちゃんと話したんだから、何か買ってきて」

「馬鹿じゃねえの」

　そのとき、荒っぽくドアがノックされた。ホウは腕時計を見た。十時だった。カスミとタケルに目で合図をし、ドアを開けた。邱《チウ》が立っていた。

「何だい」

ホウは中国語で訊《たず》ねた。

「時間だから迎えにきた」

邱はいった。昼間巻いていた、保安隊の腕章を外している。

「何の時間だよ」

「忘れたのかよ。巡行のときにいわれたろうが。あの女を連れてこいって」

ホウはカスミをふりかえった。

「カスミを迎えにきたらしいぞ」

日本語で告げた。

「迎えって何?」

「昼間会った、サルの面かぶった奴。あいつがお前を連れてこいっていってるんだと」

「いって何するの」

ホウは邱を見た。落ちつかない表情を浮かべている。

「何するんだ」

「知るわけないだろう、俺が。教会には、俺たちは入れないんだ。早くしろよ、いくぞ」

「ちょっと待てよ」

タケルがいって、玄関に歩みよった。日本語でいう。

「うちの妹連れてって、何しようってんだ、こら」

邱はむっとしたようにタケルをにらんだ。日本語でいう。

「お前、関係ない。逆らうの駄目」

「何偉そうにいってんだよ」

邱はタケルを指さした。

「お前、でていけ」

「ふざけんな。大枚五十万も払ってて、でてけだと。だったら金返せ！」

邱はホウを見た。

「教えてやれ。『無限《ウーシエン》』には逆らえねえんだ」

中国語でいった。

「待てよ」

ホウはいった。

「逆らえないってどういうことだ。俺たちが金を払ったのは事実だ。第一、カスミを連れてこいって話は、幹《ガン》さんに伝わっているのか」

「それは関係ねえ。『無限』と幹さんは別なんだ」

「じゃ、お前はどっちなんだ。保安隊じゃなかったのか。それともここじゃ、保安隊より『無限』のほうが上なのか」

邱は唇をかみ、三人の顔を交互に見た。

「なあ、この女を教会に連れていかせてくれ。さもないと、大変なことになるんだ」

「大変なことって何だ」

「ここで暮らせなくなる」

「誰が？　俺たちが、か」

「お前らだけじゃねえ。俺もだ」

「そんな力がなんで『無限』にあるんだよ」

「知らねえ。そういうことになってる」

「何をうだうだいってるんだよ。どうしてもカスミを連れていくっていうのなら、俺が話をつけてやるよ。おい、俺をサル野郎のところに連れていけや」

タケルが業を煮やしたようにいった。ホウは、タケルと邱の顔を見比べた。

「教会にカスミを連れていくのはいいが、条件がある」

「何だ」

少しほっとした顔になり、邱は訊ねた。

「いく前に、幹さんに会わせてもらいたい。それと、いくときは、俺たちもいっしょにいく」

「幹の兄貴は今、いない。いるのは陳《チン》の兄貴だ」

「じゃあ陳でいい」

「わかった。そうしたら教会にこの女を連れてきてくれるんだな」

「約束するぜ」

ホウは頷《うなず》いた。ダイニングで演じた「兄妹喧嘩《きょうだいげんか》」を陳が盗聴していたかどうかが鍵《かぎ》だ。

三人は邱とともにC‐202をでた。中庭を横切り、E棟へと向かう。中庭には、何十人もの人間がいて、固まった集団を作り、地面にすわりこんで話しこんでいる。ホウたちが歩いていくと話が止み、視線が浴びせられた。それらの集団は、年寄りや中年の女たちばかりで、男や若い女の姿はない。

「なんか無気味ね」

カスミがつぶやいた。ひそひそと交す会話が聞こえる。不意にしわがれた老婆の声が飛んだ。

「邱、その子は教会に連れていくのじゃなかったのかい」

どうやら昼間、テント村で巡行にいきあったとき、近くにいたらしい。

「連れてくさ。その前に本部に用があるんだ」

邱はふり向きもせずにいった。

「早くおしよ。さもないと、あたしらまで〝お仕置き〟をうけちまう」

ホウは足を止めた。暗がりに固まってすわりこむ老人の集団を見た。中国語で訊ねた。

「〝お仕置き〟ってのは何だい」

誰も答えなかった。ホウは一歩踏みだした。

「教えてくれよ。俺たちは新入りで、まだ何もわからないんだ」

「よせ」

邱があわてた口調でいった。

しばらく誰も何もいわなかった。ホウは動かなかった。やがて集団の中のひとりが口を開いた。老婆ではなく、男の年寄りだ。

「『無限』は、わしらの生活を握っている。水も電気も、『無限』に逆らったらもらえない。〝お仕置き〟というのは、水と電気を使えなくされることだ」

「そんなに偉いのか」

「この街は、『無限』が作ったも同然だ。わしらがこの土地にいられるのは、『無限』の許しがあってこそだ。お前もいずれわかる。ここにおる人間は、ここを追われたら、どこにもいけない者ばかりだ」

「いくぞ」

邱が小声でいった。ホウは邱をふりかえった。

「本当なのか」

「ああ、そうだ。『無限』はこの街のもち主だ」

「だったらお前ら保安隊より上なのか」

邱は詰まった。

「そんな難しいことが俺にわかるわけないだろう。知りたけりゃ、陳か幹の兄貴に訊《き》け」

E-102には、陳と四人の保安隊員がいた。そのうちのひとりは、さっきテント村の裏手で叩《たた》きのめしたピアス男だった。鼻に詰めものをし、眼の周囲に青アザをこしらえている。汚水だまりにぶちこまれ、さすがに服装はかわっていた。

「どうした」

四人が入っていくと、デスクについていた陳が見上げた。

「兄貴、こいつが兄貴に会いたいといってるんです」

邱がいった。ピアス男が険しい表情でにらみつけた。

「まず電話を使いたい」

「何のために」

陳は煙草をくわえ、訊ねた。

「外の状況を、仲間に訊きたい。いつになったらここをでていけるか、情報が欲しい」

「三宅組にかわった動きはない」

陳は無表情にいった。

「俺らに襲われた売人がいつまで組に隠している気なのかでかわる」

「電話を使いたいならここで使え。他には」

「これから『無限』の教会にいく。この邱が連れてこい、といわれたらしい」

陳は邱を見やった。緊張した顔で邱がいった。

「本当です。あのあと、巡行に会って、導師が連れてこい、と……」

「こいつら全員か」

「いや、女だけです。けれど、こいつらがついていくと聞かなくて」

「カスミひとりじゃ心配だ。この馬鹿女は、クスリさえくれりゃ誰とでもやっちまう。そうすると兄貴が暴れて、手がつけられねえ」

陳が笑った。

「お前もやったのか」

いやらしい目でカスミを見やった。

「やってない。幼馴染《おさなじ》みの俺にとっちゃ妹みたいなものだからな」

「クスリ、欲しいか」

陳は日本語でカスミにいった。

「くれるの」

「やる。お前、俺とつきあうか」

「何いってやがんだ、こいつ」

タケルが足を一歩踏みだした。保安隊の男たちが間に入った。

「兄貴の前で妹にちょっかいだすなんていい度胸じゃねえか」

「ごめん。あんた、タイプじゃないんだよね」

カスミがいった。陳が苦笑した。中国語でホウにいった。

「本当にこいつら馬鹿だな」

「ああ、大馬鹿だ。だが俺にとっちゃ大切な友だちだ」

陳はピアス男を目で示した。

「お前ら、こいつを寄ってたかって痛めつけたそうだな」

「寄ってたかって？」

「三人がかりでやられたといってる」

ホウはせせら笑った。

「口だけは達者だな。こいつは仲間と二人で俺ひとりを裏に連れていって、金をよこせといった。幹さんに払ったといったら、それとは別で挨拶料《あいさつ》をよこせといいやがった」

「嘘だ！」

ピアス男が叫んだ。

「お前はうしろから俺を殴った」

「うしろから殴られた奴が、なぜ鼻血をだすんだ」

ホウはいった。

「うるさい、お前は生意気だ。陳の兄貴、こいつに礼儀を教えてやりましょう」

「なんだよ、どうなってるんだ」

タケルがいった。タケルは、ホウがピアス男と連れをぶちのめしたのを知らない。

陳が手をふり、ピアス男は口をつぐんだ。

「お前たちは新入りだ。新入りは、おとなしくしているものだ」

「殴られ、犯されても我慢しろというのか」

陳はホウを見つめた。

「兄貴、こいつらを教会へ連れていかないと」

邱があせったようにいった。

「導師は心の広いお方だ。待ってくれるさ」

陳はいって、デスクのひきだしを開けた。預けた三台の電話をとりだし、並べた。

「どれだ、使いたいのは」

ホウはカスミをふりむいた。カスミが頷き進みでると、派手なビーズを貼りつけた電話をとりあげた。

「ここでかけなきゃ駄目?」

カスミはいった。

「駄目だ」

陳が答える。カスミは息を吐き、電話を操作した。耳にあて、待つ。

「あ、もしもし、コウジ? あたし、カスミ。三宅組の動き、何か聞いてる?」

相手の声に耳を傾けた。ホウは陳の顔を見つめていた。カスミが「コウジ」と呼びかけたとき、わずかだが反応があった。四人いる保安隊員の中で一番年かさの男と目を見交す。

「――うん、そうなんだ。じゃ今んとこ平気? ふーん。え? あたし? うーんと、ちょっといえないところ。コウジは忙しいの? このところ」

間をおき、カスミはいった。

「あ、そう。ねえねえ、その仕事って、このあいだいってたのと関係あるわけ？　えっ、いいじゃん、教えてくれたって。ケチ、もう。今度会ったら、うんといいことしてあげるから」

陳の顔が無表情になった。

「そう、わかった。ありがとう。また電話するね。メール？　ごめん、電話の調子がおかしくて、今、メール見られないんだよ。だから、また電話する」

カスミは電話を切った。素早くキィ操作をして、暗証番号を入れなければ、リダイヤルなどができないようにする。

「ねえ、三宅組、まだぜんぜん動いてないらしいよ。警察も、まだ真剣に兄ちゃんのこと捜してないって。ここにいるよか、他に逃げたほうがよくない？」

カスミはホウにいった。

「そうか……」

陳がいった。

「でていくのはお前らの自由だが、今夜はここに泊まってもらう」

「もし明日《あした》でていったら、四十万は返してくれるのか」

陳は首をふった。

「それは無理だ。五日間の約束を早めるのは、お前たちの都合で、こちらの都合じゃないからな」

「兄貴、もういいですか」

邱が懇願するような口調でいった。

「あわてるな。導師には、俺から連絡をしておく」

陳は答えた。ホウの顔を見つめる。

「ここをでてどこへいく？」

「さあな。しばらくは東京を離れる」

「離れる前に、また何かをやらかす気じゃないのか」

ホウは驚いたふりをした。

「何の話だ」

「仲間がこの馬鹿兄妹《きょうだい》だけじゃ心細いだろう。必要なら、人手を貸すぜ」

ホウは馬鹿にした表情でピアス男を見やった。

「たとえばこいつか」

ピアス男が顔をまっ赤にして進みでた。手で制し、陳がいった。

「使える奴は、他にもたくさんいる。それに成り行きによっちゃ、お前らは金を払わず、ここに住めるようになるかもしれん」

「誰が決める？『無限』か？」

陳《チン》は首をふった。

「もっと上の人間だ。この街には、お前らの知らないことがまだまだたくさんある」

「まさかクソ日本人がでてくるなんてことはないだろうな」

「日本人は嫌いか」

「大嫌いだね。俺たちを馬鹿にしやがって」

「利用すればいい。奴らから甘い汁を搾って、カスだけを投げてやれ」

「向こうのほうが数が多い。簡単にはいかねえ」

陳は身を乗りだした。

「お前は度胸もいい。腕も立つ。場合によっちゃ、この街でも幹部になれるかもしれん」

「場合によっちゃ？」

ホウは陳を見つめた。陳はカスミを目で示した。

「この馬鹿女は、何か儲《もう》け話を知っているようじゃないか」

「何のことだ」

「この街で起こることのすべてに気を配るのが保安隊の仕事だ」

「盗み聞きしたのかよ」

「いいからいえ」

「こいつが馬鹿だから、やった奴は安心して何でも話しちまうんだ。だからって全部が全部、本当のことかどうかはわからないぜ」

「話してみろよ」

陳がうながした。ホウは迷ったように下を向いた。

「お前が俺たちを信用すれば、俺たちもお前を信用する。そうなりゃ同じ中国人どうし、きっと何でもうまくいく」

「話してもいいけど、誰か上の人間を連れてきてくれ。あんたが信用できないってわけじゃないが、ここじゃいったい誰が一番偉いのかくらいは知っておきたい」

「誰だ。たとえば幹《ガン》の兄貴か」

「幹さんより偉い人がいるのだろう」

ホウは陳を見た。陳は小さく頷《うなず》いた。

「いるが、俺だってめったに会えない」

ホウは唇をなめた。

「もし、億って金になるという話だったら、その人に会えるかな」

「億だと」

陳はつぶやいた。

「フカシじゃない。確かにそういう話があるんだ。もちろん、これこれこうと全部を説明できるものじゃないが」

陳は考えこんだ。ホウはいった。

「カスミを外にいかせられたら、もっと細かい話がわかるんだが。ただこいつひとりでいかせると、またクスリ欲しさにどっかの男とやりまくるかもしれない。兄貴をついていかせようと思うんだ。三宅組は今のところ動いていないようだし、動いていても、たぶん捜してるのは俺だけだと思う。明日一日、こいつらを外にだして調べさせてくる」

「明日か」

ホウは頷いた。

「いいだろう。こいつらが本当においしい話をもって帰ってきたら、俺がこの街の本当の幹部に会わせてやる」

陳がいった。

「そいつは『無限《ウーシエン》』より偉いんだな」

ホウは念を押した。陳が歩みよってきた。小声でいう。

「ここだけの話だ。『無限』だって、援助してくれる奴がいなけりゃ、日本でああしてやってくことはできないんだ。もともと中国にいられなくなって逃げてきた連中だ。あいつらをかくまい、住まわせてくれる奴がいたからこそ、ここに教会をもてたのさ」

「なるほどね」

「お前だから教えたんだぜ。他の奴にはいうなよ」

陳はホウの腕を小突いた。ホウはにやりと笑ってみせた。

「あんたの目がまちがってないってことを、明日の晩、教えてやるよ」

陳は頷いた。そして邱を見た。

「よし、こいつらを教会に連れていってやれ」

「大丈夫なのか」

ホウはいった。

「何がだ」

「教会にいって、変なことをされるんじゃないだろうな」

陳はくっくと笑った。

「変なことって何だ。この馬鹿女が一番喜ぶことがきっと待っているぜ」

タケル

E－102をでた三人をせかすように邱は早足で歩いた。

「教会ってどこにあるんだ」

タケルがいうと、ホウが中国語で邱に訊《たず》ねた。

「くればわかるといってる」

ホウがむっつりとした声でいった。

「どうも気に入らねえな」

タケルはいった。本音だった。ホウがE－102で陳と交したこそこそしたやりとりの内容はまるでわからない。まさか裏切っているとは思わないが、これほど言葉が通じないとは予想もしていなかった。

まるで外国だ。

邱はにぎやかなテント村の通路をまっすぐにつっきって進んだ。三人がそれにつづくと、妙に周囲が静かになるのを感じた。そこにいる連中が皆、三人のことを知っていて、これから起こるできごとを想像しているかのようだ。

ときおり、邱に声が浴びせられる。邱はうるさそうにそれに応《こた》えていた。同じようなことが、中庭を抜けるときもあった。

テント村の先には平べったいコンクリートの建物があった。「汚水処理棟」と記された古い看板が、囲んだフェンスに掲げられている。そのフェンスにとりつけられた扉を邱は開いた。水を抜いたプールのような、空の水槽が建物を囲んでいる。水槽と水槽のあいだに細い通路が渡されていて、邱はそこを進んだ。

建物の入口まできた。中国語の手書き文字が、スティールドアにびっしりと書きこまれている。

「何て書いてあるんだ」

「一番上は立入禁止だ。あとは何だか経文みたいな言葉だ」

ホウが見つめていった。邱がドアのかたわらにとりつけられたインターホンを押した。

建物の壁には監視カメラがとりつけられ、こちらを見おろしている。

タケルは息を吸いこんだ。妙に酸っぱい臭いがする。

「何か臭わねえか。酸っぱい臭いだ」

「するな」

いって、ホウが邱に訊ねた。邱が答えた。

「教団はここで、酢とか紹興酒を作って、さっきのテント村の店に卸してるらしい。その臭いだといってる」

「ふうん。なんか頭痛くなるような臭いだよね」

カスミがつぶやいた。

インターホンから聞こえた声に邱が答え、やがてドアが内側から開かれた。鳥の面をかぶった紫色の衣を着た男が立っている。ドアには、もともとあったシリンダー錠の他に、あとから付け足したボルト錠が二つもある。〝鳥男〟に、邱がぺこぺこと挨拶《あいさつ》した。三人をふりかえって説明している。中は、妙にがらんとした空間だった。内部に入ると、酸っぱい臭いはますます強くなる。

〝鳥男〟がドアを大きく開き、手招きをした。ホウを先頭に、三人は中に入った。邱はドアの外に残った。〝鳥男〟は邱の目前でドアを閉じた。邱の顔にはどこかほっとしたような表情が浮かんでいた。

〝鳥男〟はついてくるようにという合図をして、建物の内部を進んだ。地下に降りる階段がある。そこには、牛と犬の面をつけた人物が立っていた。その前を通りすぎ、〝鳥男〟は、奥へとつづくドアを開いた。

テーブルの並んだ集会所のような部屋だった。窓がなく、壁に暗幕のような厚い布が張られている。そこには、面をつけていない人間が何人かいた。紫の衣を着てはいるが、妙にぼんやりとした風情ですわりこんでいる。

「なんかこいつら変じゃないか」

タケルはいった。室内は薄暗く、ひとりひとりの顔までは見てとれないが、人形のように、生気が感じられない。

「クスリが効いちゃってるって感じ」

カスミがつぶやいた。全部で七、八人の人間がいて、女も半数近くいる。だが誰も三人に注意を払おうとはしなかった。テント村や中庭を歩いていたときとは大ちがいだ。

〝鳥男〟はさらに奥の部屋へと三人を案内した。

ドアを開く。さらに暗い部屋だった。今度はきつい香の匂いが鼻にさしこんだ。小さなロウソクが数本灯《とも》っているだけの部屋に、ゆったりとした椅子が並び、光を反射する面をつけた人間が四人すわっている。

全員がサルの面をつけていた。〝鳥男〟が三人のうしろでドアを閉めた。部屋には入らず、その場でいなくなる。

「サルが四匹か」

ホウがつぶやいた。

「かわいくないよね。このお面」

四人並んでいる〝サル男〟は、椅子にすわったまま、じっと三人のほうを見つめていた。

ひとりが喋《しゃべ》った。一番左端の男だ。

「お前たちは今日、この街にきた。この街に住む者はすべて、『無限』の庇護《ひご》のもとにある」

タケルは目をみひらいた。流暢《りゅうちょう》な日本語だったからだ。

「あんた日本人か」

「ちがう。だがお前たちのうちで、中国語を話せるのはひとりしかいないと聞いている。だからわざわざ日本語を喋っている」

「日本語がうまいな」

「この街にいる者すべてが、中国で生まれ育った中国人とは限らない」

「でもあんた『無限』の人間だろ。『無限』は中国で生まれた宗教じゃないのか」

ホウがいった。

「仏教が生まれたのはインドだ。だが日本人の多くが仏教を信じている」

「なるほどね」

タケルはつぶやいた。

「それで、俺たちを連れてこいといった理由を聞こう」

「お前たちではない。我々が望んだのは、その娘だ」

「俺の妹なんだ」

「名前は何という。本人の声を聞かせろ」

「カスミ」

カスミがいった。

「カスミ。こちらへこい」

カスミは足を踏みだした。四人の前に進む。

「我々が恐くはないか」

「別に。ちょっと変、とは思うけど」

タケルは笑いをかみ殺した。

「お前に、教団での仕事を頼みたい。この街の住人にとって重要な仕事だ」

「嫌だ。働くの嫌いだもん」

ホウがタケルをふりかえり、笑った。

「手をだしなさい」

〝サル男〟は怒ったようすも見せず、いった。

カスミが右手をさしだした。〝サル男〟が何かをそこにのせた。

「嘘」

カスミがつぶやいた。

「お前が好きなものではないか」

「そうだけど、本物？」

カスミがタケルとホウをふりかえった。

「純度は保証する」

「エスだよ、エス。ほら」

白い粉の入った小袋だった。タケルはいった。

「おい、あんた。うちの妹にそんなものやって、どういうつもりだ」

「我々を癒《いや》す仕事を、お前の妹に頼みたい」

「やりたいならやりたいって、いやあいいじゃん」

カスミがいった。そして小袋を〝サル男〟に投げた。

「あたしさ、クスリは好きだよ。だけどクスリくれるからって、誰とでもやるわけじゃない」

〝サル男〟が立ちあがった。

「いいだろう。合格だ」

「はあ?」

〝サル男〟は面を外した。三十代のヒゲを生やした男の顔があらわれた。

「あんた日本人だな」

ホウがいった。

「なぜそう思う」

「中国人はヒゲなんかのばさねえ」

「そう思う人間が多いからのばしている」

「ふーん」

　ホウはいい、いきなり中国語を喋った。男が中国語で答える。ホウが肩をすくめた。

「どうした」

　タケルはいった。

「別に。俺たちと同じ残留孤児三世らしい」

　タケルは他の三人を見た。三人とも椅子にすわったまま、身じろぎもしない。

「こいつらはどうしたんだ。効いちまっているのか」

「そうだ」

　ヒゲの男が答えた。

「瞑想《めいそう》の時間だからな」

「クスリで瞑想かよ」

　タケルは吐きだした。

「それであたしの何が合格なわけ」

　カスミが訊《たず》ねた。

「贅沢《ぜいたく》をしたくないか」

　男がいった。

「クスリに金をつかう必要はない。ここにいればいくらでも手に入る。それどころか、洋服や車、アクセサリー、好きなものが買えるぞ」

「あんたと寝れば？」

「ちがう」

男は首をふった。

「教団の仕事を手伝えば」

「何をするわけ」

「まず返事を訊《き》こう」

「何をするかもわかんないのに、答えられないよ」

「じゃあお前はどうだ」

男はタケルを見た。

「金は欲しいさ。でもなんで俺たちなんだ」

タケルはいった。男は頷《うなず》いた。

「いい質問だ。答は、お前たちが新参者だからだ。この街の人間とつきあいがなく、しかもお前たちのうち二人は、言葉も喋れない」

「あのさ、あたし聞いたんだけど、『無限《ウーシエン》』は子供を教会に連れこんでいるっていうじゃん。連れていかれた子は帰ってこない」

カスミがいった。

「その子供たちを、お前たちは見た。隣の部屋で」

「あの連中がそうなの。じゃあ、あたしにもああなれってこと」

男は首をふった。

「あの連中はここに残ることを選んだのだ。教団に尽し、ずっとここで暮らしたい、と望んでいる。お前はちがうのだろう」

「あたし別にここが好きじゃないし。すごいお金になるなら確かに何かやるってのも悪くないけど、ずっとここにいたらそのお金も使えない」

「聞いた話では、お前たちはここ以外にいくところがないのではないか」

「一生じゃないよ」

「お前はどうだ」

男はホウに訊ねた。

「俺は――」

いいかけ、ホウは口ごもった。

「ここは確かに懐しい匂いがする。でも」

「でも、何だ」

「クソみたいな野郎が多すぎる」

タケルはホウを見つめた。タケルやカスミの知らないできごとが、この街にきてからホウに起こったようだ。

「俺は……俺は、ハルピンを思いだした。うんと小さい頃、親父に連れられていった街だ。なのに、妙な奴らがでてきて、俺に金をよこせといいやがった。腕章をつけた奴らだ」

「彼らは必要悪だ」

男がいった。

「必要悪？」

「ここに住みついた中国人の大半は、この国では他にいく場所もなく、また中国に帰るあてもない。なぜなら、中国にもっていた家や土地を政府にとりあげられたり、親戚《しんせき》中に借金をして、金持になるために日本にきたもののうまくいかなかった人間ばかりだからだ。日本を好きではない。だが中国に帰ることもできない」

「俺と同じだ」

ホウがいった。低い声だった。

「だがお前はこの街の外に住んでいた。これからも、チャンスが与えられれば、そういう暮らしをしていけるだろう。この街の人間はちがう。ここは連中にとっては中国なのだ。ずっとこのまま、ここで暮らしていたいと思えるほどには中国なのだ」

「それがいけないのかよ」

「実際はちがうのだからな。ここは日本で、我々は不法に、この街を占拠し、作りものの中国にしたてあげた。それは永久にはつづかない。年老いた者は変化を好まない。だからなるべく長くつづいてほしいと願っているだろう。だが、ここにある平和や心の平穏が、あくまでも作りものだということを自覚しなければならない。我々はこの国では許されざる存在であることを、いつでも忘れてはならないのだ」

「なぜそのために保安隊が必要なんだ」

タケルはいった。

「ここが作られ、管理されている場所であることを常に感じさせてやらなければならない。祖国に帰れない者にとってのユートピアでは決してない、と語りかけるためだ」

「わからねえよ。そんなことして何の意味がある」

ホウがいった。

「お前にはわからんだろう。『無限』は彼らを救済している。しかし人はすぐに感謝を忘れ、わがままになる。ここで暮らしていけることのありがたみが、まるで空気のようにあたりまえだと思うようになる」

「『無限』のことを皆、恐がっているぜ。逆らうと、水や電気がもらえなくなる、とな」

「中国にいたとき、同じことに連中が気づいていれば、決してこの街に流れつく羽目にもならなかったろう。小さな街の小さな管理者であるからこそ、彼らは、我々のありがたみに気づくのだ」

「妙だな」

タケルはいった。

「俺が聞いた話では、『無限』は、中国政府に迫害され、いくところがなくなって日本にきた、と。その『無限』が、中国政府と同じようなことをするのはおかしくねえか」

「彼らは『無限』の信者ではない」

「じゃあ信者はどこにいる？　お面をつけてた連中か。全部あわせたって三十人かそこらだろう。他の信者はどこにいるんだよ」

「お前たちが知る必要はない」

「偽ものってこと？」

カスミがいった。

「もしかしてここの『無限』は、名前だけの偽もの？」

男が黙った。カスミの言葉が真実を突いたのだとタケルは気づいた。ホウを見た。ホウもこちらを見ていた。

ホウが男に目を戻し、いった。

「『無限』のふりをして、あんたらいったい何をしてるんだ、ここで」

「手伝えばわかる」

「――あたし気づいちゃったかもしれない」

カスミがいった。タケルとホウはカスミをふりかえった。

「こんな貧乏くさいとこなのに、ここにいる人たちは皆んな効いちゃってるじゃん。つまりクスリがそんだけいっぱいあるってことだよね。それにここに入ってきたときにした、くっさい臭い……。あの臭いってさ――」

タケルがあとをひきとった。

「クスリを作ってるってことか。ここは工場なのか」

「工場なら人手がいるよね。でもクスリを作ってるってことが、この街の人たちに知れたら、皆んながよこせって押しかけてくるかもしれない。そうじゃなくても、街の外でつかまった誰かがここに工場があるって喋《しゃべ》ったら、警察が乗りこんでくるだろうし」

「だから子供を使ったんだな。子供を工場で働かせて、クスリで外に逃げださないようにして」

「お前たちを今さらクスリで縛ろうとは思っていない。お前たちに頼みたいのは、より重要な管理の仕事だ」

男がいった。

「俺たちが中国語を喋れないんで、話が洩《も》れる心配がないのだろう」

「そういうことだ。工場には中国から連れてきた技術者は何人かいるが、製品の管理を任せられる者が少ない」

技術者という言葉を聞いて、タケルはC-204の小春《シャオチユエン》を思いだした。小春の夫は広州の製薬工場で働いていたといっていた。

――四年間、日本で働いたら、すごくお金になるから、と誘われてきました
黙っていたホウが口を開いた。

「ここにクスリの工場があるってのはわかったよ。けど、なんで『無限』なんだ。なぜ

あんたらは『無限』のふりをしているんだ」

「そこまでお前たちが知る必要はない。教団の仕事を手伝うのか、手伝わないのか」

男はカスミを見つめて訊《たず》ねた。男の狙いは、工場の管理者をリクルートするだけではない。やはりカスミの体も欲しいのだ。

「お金になるっていうけどさ、いったいいくらくらいくれんの」

カスミがいったので、タケルは思わずカスミをにらんだ。だが考えてみれば、ここにクスリの工場があることを責めたてたら、三人の化けの皮がはがれる。

「いくら欲しい」

男の声に好色な響きが加わった。

「百万くらい。月にだよ」

男が首をふった。

「お前たちがどれだけやれるかわからないのに、そんな大金を約束はできん」

「儲《もう》かってるんでしょ」

男は答えない。タケルははっとした。ここでクスリを作っているとしても、さばくのは街の外だ。

「あんたら日本人とつながってるだろう」

同じことを思ったのか、ホウがいった。

「じゃなけりゃ、ここで作ったクスリを金にできないものな」

「この施設と街のインフラを維持するためには金がかかる。あの連中からそういう税金を徴収できると思うか。教団の仕事は、この街を存続させていくためのものだ」

「教団、教団っていわないでよ。インチキのくせに」

「黙れ。そういう言葉を軽はずみに口にすると、生きてここをでていけなくなるぞ」

男は険しい声でいって、仮面を再びつけた。

タケルはいった。

「考えさせてくれよ。確かに今の俺たちにはいくところがない」

仮面がカスミを向いた。

「お前はどうだ」

「百万が駄目なら、いくらくれるの」

「手始めにひとり三十万やろう。あとは能力に応じてだ」

「ふーん、三十万ね。そうだ、あとひとつ訊《き》きたいことがあるの。ここではちっちゃな女の子も働かせている？」

「小さいとは？」

「十歳以下」

「教団に奉仕しているのは、十五歳以上の人間だけだ。それより小さい子供は、工場の環境に耐えられない」

「あたしの仲よくなった女の人の娘が行方不明になっているんだけど」

「何という女だ」

「小春さん」

男は頷《うなず》いた。

「聞いている。教団は関係ない」

「じゃあどうなっちゃったわけ」

「お前たちとも関係ない。何もかもを知ろうと思わないことだ。そのほうが幸せに暮らしていける」

「この街で幸せに暮らせるってのか」

タケルはいった。

「そう思っている住人が、この街には何千人といる」

「あんたの名前を教えてくれ」

ホウが訊ねた。

「冷《ロン》だ」

「冷さんか。あさって、ここにくる。明日《あした》は俺たち用事があるんでな」

「どんな用だ」

「そいつはいえないな。保安隊にシメられちまうんでね」

「いっておくが、保安隊はこの街の支配者ではないぞ」

「じゃ、あんたなのか」

「近いところにはいる」

もったいぶった口調で冷は答えた。タケルはホウとカスミを見やった。

「そろそろいこうぜ」

二人は頷いた。カスミがいった。

「ねえ、さっきのエスだけどさ。やっぱりくれない？」

「お前、いい加減にしろよ」

タケルは怒ったふりをした。

「いいじゃん。どうせ暇なんだし」

冷は仮面の内側でくっくと笑った。

「いいだろう。挨拶《あいさつ》がわりだ、もっていけ」

アルミパッケージをさしだした。ラッキー、とつぶやいてカスミが受けとる。

冷が手を叩《たた》いた。〝鳥男〟が外から扉を開いた。ずっとそこにいたようだ。

冷が中国語で命令を下すと、〝鳥男〟が三人を外まで案内した。

カスミ

「何考えてんだ、お前。本気でそんなものやりたいのかよ」

教会をでると、小声でタケルがいった。邱の姿はなかった。案内を終えたら一刻も早く帰りたそうにしていた。保安隊がこの街の支配者ではない、といった冷の言葉は嘘ではないのだろう。少なくとも邱は、教会にいる仮面の人間たちを恐れている。

「何怒ってるの。くれるっていうからもらっただけじゃん」

カスミはいい返した。

「まだ、クスリと手が切れてねえんだな。ここに俺たちが何しにきたのか、わかってんのか」

「あのね、あたしははらはらしたよ。工場があるってわかったとき、あんたは今にもあいつに飛びかかりそうだった。そんなことしたら、一発で正体がばれるのに」

「何もしなかったじゃないか。ムカついたのは確かだが」

「いい加減にしろ」

ホウがいった。三人はテント村の通路が見えるところまで戻っていた。

「お前らは明日、ここをでるんだ」

「何だと」

「なんで」

カスミとタケルが同時にいった。

「陳《チン》が俺たちの芝居にひっかかった。でかい儲け話をカスミが嗅《か》ぎつけたと思ってる。それを確かめるためだといって、お前らの外出許可をとった。お前らがもって帰ってくる話しだいで、街の大物がでてくる」

「大物か」

タケルがつぶやいた。カスミはいった。

「きてみてわかったけど、この街は、違法滞在の中国人が集まって勝手にできたわけじゃない。頭のいい奴らがそう見せかけるために、むしろ中国人を集めた可能性だってある」

「何のためにそんなことをするんだ」

ホウが訊ねた。

「たとえば『無限』。あの教会は、本物の『無限』とは何の関係もない。でも街の人間も、外の人間も、この街は、『無限』の信者の避難場所だと思っている」

「外の人間？」

「そうよ。クチナワだってそう思っている。何のためか、考えてみて。ただ違法滞在の外国人が勝手に住みついて街を作っているというのと、宗教のせいで迫害された人たちがやむなく集まってきたというのでは、見る目がちがうでしょ。特に『無限』への中国政府の弾圧は、国際的にも有名な話よ。ここが治外法権になっているのに、ずっと国や自治体がほっておいた理由もそこにある。宗教上の理由で弾圧され、国外に逃げているとすればそれは難民よ。難民は救済すべきだという考え方が国際社会にはあって、もしこの街を潰《つぶ》したら、日本政府は難民を迫害しているととられかねない」

「とられかねないって、誰にだよ」

「中国以外の外国によ」

「だって、実際はここは『無限』信者の避難所でも何でもないぞ」

タケルが口を尖《とが》らせた。

「誰がそれを証明できる？　何となくそうらしい、と思わせることで、政府は手をだしづらくなる」

「そんなに日本人が優しいとは思えないね」

ホウがいった。カスミはホウを見た。

「優しいとか厳しいの問題じゃない。役人は面倒ごとを嫌う。そこにつけこんだの。本当はこの街が『無限』とは無関係でも、それを知らない役人は、この街を潰すことで国際社会に非難されるかもしれないと考えたら、何もしない道を選ぶ。見て見ぬフリをして、『無限』だろうが何だろうが、この街の存在そのものを無視するのよ。何もしなければ、何も起こらないのだから」

「自分たちの保身のために、知らないフリをするというわけか」

「そう」

ホウは鼻を鳴らした。

「それならありうるな。役人なんてみんなそうだ」

『無限』は隠れミノで、日本政府が手をだせないのをいいことに、クスリの密造だの何だの、やりたい放題をやっている」

　タケルがいった。ホウがタケルをにらんだ。

「いっとくが、日本人だって手を貸している。日本人なしじゃ、クスリだってさばけない」

「別にこの街の中国人が全部悪者だというつもりはねえよ。この街の奥には、えらく腹黒い奴らがいる、そういいたいだけだ」

　タケルがいい返した。

「そう。それは日本人と中国人の両方だと思う。そいつらを引っぱりだせれば、いいのだけど」

　カスミはいった。ホウが足を止めた。カスミを見つめる。

「なあ、そいつらを引っぱりだしたとする。クチナワに引き渡すのか」

「当然だろ、クスリの密造工場をほっておけるか」

　タケルがいった。

「もしそうしたらこの街はどうなる」

「え？」

「マッポが入って、あのインチキ『無限』をパクり、工場をぶっ潰したとする。この街はどうなる？　この街にいる、いき場のない年寄りはどうなる？」

　タケルがカスミを見た。

「強制送還、かな」

カスミはつぶやいた。

「中国にいたって八方塞《ふさ》がりで、しかたなく日本にきた人たちだぞ。送りかえしたって、どこにもいき場がない」

ホウが怒ったようにいった。

「じゃあこのままにしとけっていうのかよ」

タケルがいった。

「そうはいわねえよ。けれど、この街がなくなったら生活の場を失って、今よりもっと悪くなる人が何百人と生まれるんだ。俺たちがそうするんだぞ」

タケルは黙りこんだ。

「俺はそんなことはしたくねえ」

ホウはいった。

「俺たちはそんなことをするためにここにきたわけじゃないだろうが。俺たちのやらなきゃいけないのは――」

「わかってる」

カスミはいった。

「小春《シャオチュエン》さんの娘を殺した奴を見つけること」

「でも、クスリを作ってる奴らがそれに関係してるかもしれない」

タケルがいった。

「冷《ロン》がいってたろう。教団は関係ないって」

「そんなの信じられるかよ。あいつがカスミを見る目を見なかったのか」

「見たさ。確かにあの野郎も変態だ。けど——」

「あいつじゃない」

カスミはタケルを見ていった。

「あいつはただのスケベ野郎。あたしとやりたいのはやりたいだろうけど、あいつは女の子殺しの犯人じゃない」

「いい切れるのかよ」

「冷はエスをエサにすれば、あたしがやると考えてた。エスをやったら、女はすごくHになる。それを狙ったの。でも、十歳以下の子供にエスをやらせたって、別にHになんかならない。小春さんの子供を殺したのは、女にエスを呑《の》ませてやりたがるのとはちがうタイプの変態だよ」

「そういうのを見分けるコツを教えてくれよ」

ホウがいった。

「明日《あした》一日、お前たちがここをでている間に、俺はひとりで捜してみる」

「ひとりで？」

タケルがホウを見つめた。

「お前ひとりで見つけられるのか」

「言葉の喋《しゃべ》れないお前らはむしろお荷物なんだよ」

つき放すようにホウはいった。

「何」

「そうだろう。俺がいなけりゃ、お前ら飯も食えないだろうが」

「ふざけんな」

「やめなよ」

カスミは割って入った。

「そんなことでいいあったって意味ない」

そしてホウを見た。

「コツなんかないよ。ただ、目を見て」

「目？」

「子供を見るときの目。さっきの冷があたしを見たような目で女の子を見ていたら、そいつが怪しい」

「他に何かないのか」

「あるけど、うまくいえない」

「説明しろよ」

カスミは息を吸いこんだ。

「ここにいて、いないような奴」

「何だって」

「子供を殺すような奴って、どこかまともな社会とはうまくやっていけないって自分のことをわかってる」

「このあいだいってた壊れてる奴ってことか」

カスミは頷《うなず》いた。

「だから、そいつにとってリアルな世界ってのは、自分と被害者になる女の子との二人きりの世界なの。あとは全部リアルじゃなくて、そこにいてもいないのと同じなの」

タケルが息を吐いた。

「ぼうっとしてるってことか」

「そう見えるかもしれない。何にも興味がなさそうにしていたり、よく動くけど本当にしたいことが何なのかわからない、みたいな」

「わかりにくいな」

ホウは顔をしかめた。

「そうよ。だからあたしじゃなけりゃわからないっていったでしょう」

「とにかく捜す」

ホウはいった。決意のこもった声だった。

「そいつを見つけたらぶちのめして、クチナワに渡す」

それきり三人は無言で、C-202に向かった。

いる「無限」が偽ものだとわかってしまったら。

があるとわかったら、クチナワは決してこの街を見逃さないだろう。まして、この街に

だが実際は、そうはならない。たとえ連続殺人鬼をつかまえても、クスリの密造工場

少女殺しの変態さえつかまえれば、この街をそっとしておけると思っているのだろう。

タケルがホウを見ていいかけ、やめた。カスミにはそのあとの言葉がわかった。

「お前――」

アツシ

「お前の乗ってきた車は処分した。だからこいつらには電車で移動してもらう」

翌朝、午前十時にE-102に三人がいくと、幹《ガン》がいった。

「処分した？　どういうことだ」

ホウは幹をにらみつけた。

「あの車には盗難届がだされている。そんな代物に乗っていたら、すぐに警察に止められる。お前らは知らないだろうが、東京に向かう主要幹線道路には、手配したナンバーの車が走ったらすぐに検出されるカメラシステムが設置されている」

「だからって、ここから歩いていけってのかよ」

「最寄りの駅までは送っていってやる。帰りは電話をしてくれれば、どこかで拾う」

ホウは息を吐き、タケルとカスミをふりかえった。

「俺たちの車は処分されたらしい」

「え――」

「何でだよ！」

カスミとタケルが声をあげた。

「警察に目をつけられるからだ。近くの駅まで送ってくれるらしい」

「ふざけんなよ」

「いやだよ、面倒くさい。かわりの車よこせっていってよ」

ホウは幹を見た。

「かわりの車を貸してくれ。足がなけりゃこいつらは動かない」

「馬鹿なことをいうな。こんな奴らに車を預けられるか。ちゃんとした免許をもっているかどうかも怪しいのに」

幹はにべもなくいった。

「そういうあんたはもっているのか」

ホウがつっこむと怒ったように机を叩《たた》いた。

「とにかく、外にでたいのなら電車で移動しろ。それが嫌なら、これまでの話はなしだ」

「車は無理のようだ」

ホウがいうと、タケルとカスミは顔を見合わせた。

「しかたがない。電車に乗るか」

「新宿で車見つけよ」

幹が首をふった。

「よくこんなクズどもといっしょにいられるな」

「あんたがどう思おうと、こいつらは俺の友だちだ。それにあんたたちだって、こいつらのもってきた儲《もう》け話にとびついたのだろうが」

ホウはいい返した。

「それが嘘だったら、お前たちはここにいられなくなる」

幹は冷ややかにいった。

「あんたこそ、俺たちを見直さざるをえなくなるぜ。この町のてっぺんにいる奴に紹介するって話を忘れるな」

幹は煙草に火をつけ、大物ぶった仕草で煙を吹きあげた。

「心配するな。話はもう上に通っている。お前らがもしいい加減なホラ話を吹かしているとわかったら追いだされるだけじゃすまないと思え」

「そんなことは百も承知だ。それどころか、俺たちだけでやれる仕事に、あんたらをかませてやろうというのだから、感謝してもらいたいね」

「その大口を明日も叩けるといいがな」

幹はいって、かたわらに立っていた陳《チン》に顎《あご》をしゃくった。

「こいつらを駅まで連れていってやれ」

カスミ

ミドリ町をでるときに返された携帯電話をカスミは駅に向かう車の中でチェックした。暗証番号が解除された形跡はない。カスミとタケルを乗せた車のハンドルは、保安隊の腕章を巻いた若い男が握っている。助手席には陳がいた。

「あーあ、なんかほっとするよね。ひと晩だけなのに、すごく長いことあそこにいたみたいだよ。もう帰りたくない」

「馬鹿いうな。徐《シュ》がいるんだ。俺たちがネタを仕込んで帰ってこなけりゃ、奴が困る」

「わかってるよ」

カスミとタケルの芝居に、前の席の二人は無反応だ。

車が止まったのは、工業地帯を走る鉄道の駅だった。JR川崎駅まで二十分ほどかかる。

った。二人の中国人は、カスミとタケルを降ろすとひと言も言葉を発することなく、走り去った。蔑《さげす》みと欲望の混じった視線が、陳の、カスミに対する感情を表わしていた。

「尾行はついているよね」

カスミは低い声でタケルにいった。

「たぶんな。新宿まではおとなしく向かおうぜ」

タケルはいって、自動券売機で切符を買った。

車を処分したというのは本当だろうが、電車を使わせたのは、尾行をしやすくするためだろう、とカスミは考えていた。尾行にあたる人間を前もって駅に配置しておき、同じ車輛《しゃりょう》に乗りこませればすむ。

駅には、夜勤明けのような人々が何十人もいた。スーツではなくラフな格好をしている。近くの石油コンビナートや化学工場で働いているのだろう。疲れているのか、誰もが無表情に動いている。電車はぎゅう詰めというほどではないが、すわれる席はなく、二人は並んで吊《つ》り革につかまった。さすがに車内でカスミの姿は浮いていて、好奇の視線にさらされた。

川崎にでると、二人はJRに乗りかえ新宿に向かった。途中、品川で山手線に移るとき、見覚えのある男二人が同じホームに立った。

どちらも鉄道に乗っていた。ひとりは二十代でジーンズに革のジャンパーを羽織っている。もうひとりは四十くらいで、作業衣のような白っぽい上下を着けていた。

「二人、いると思うんだけど」

カスミは山手線が新宿駅のホームにすべりこむといった。

「街でまこう。偶然見失ったように思わせたほうがいい」

「じゃ、任せて」

カスミは答えた。タケルは一瞬眉《まゆ》を吊りあげたが、無言で頷いた。

新宿駅を東口からでたカスミはデパートに向かった。まっすぐに下着売り場をめざす。

「マジかよ」

売り場に入ると、タケルがつぶやいた。二人の尾行者はそれぞれにあとについてきていたが、さすがにとまどったようだ。平日の昼の婦人用下着売り場に、男の姿はほとんどない。距離をおいてうかがっている。

「ここでまくから、今のうちに逃げて。あとで歌舞伎町《かぶきちょう》で会いましょう」

「歌舞伎町のどこだ」

「『ホワイトハウス』ってラブホテル。受付であたしの名前をだして」

「何だと」

「いいから！」

カスミはいって、売り場に並んでいるショーツとブラのセットを手にとった。鏡の前で洋服の上からあてがうと、タケルがあわてて視線をそらした。

鏡で尾行者の位置を確認した。

「チャンスよ。走って。正面に見える通路の奥に非常階段がある」

「くそ」

タケルはいうと腰をかがめて走りだした。尾行者は気づいていない。商品を棚に戻し、カスミは尾行者たちのいる通路の方角へと歩いていった。

この階には、出入口が二ヵ所ある試着室があるのだ。それを使って二人をまくつもりだった。

タケル

まだ昼前の歌舞伎町は、さすがに人通りが少なかった。歩いているのは、学校をサボったと覚しい子供ばかりだ。タケルがホテル街に足を踏み入れると、携帯電話が振動した。クチナワからだ。

「今どこにいる」

挨拶《あいさつ》も抜きでクチナワはいった。

「歌舞伎町だ。カスミと待ちあわせてる」

さすがにラブホテルで、とはいえなかった。だがクチナワは平然と告げた。

「『ホワイトハウス』だな。我々はすでに到着している」

「どういうことだよ」

「ランデブー地点として、前もって決めてあったのだ」

「聞いてない」

「お前は知る必要がなかっただけだ。『ホワイトハウス』はホテル街に入って最初の路地を右に折れた左側だ。我々は一階の受付の奥にいる」

「我々って――」

電話が切れた。タケルは舌打ちして走りだした。

「ホワイトハウス」は、クチナワの告げた通りの場所にあった。入口に、

「本日、消防設備点検のため、午後四時まで休業」

と記された紙が貼られている。それでもタケルが立つと自動扉が開いた。中にトカゲの姿があった。

トカゲは無言で奥を示した。クチナワが、待合室のようなスペースで、車椅子にすわって待っていた。

「あんたとラブホテルって似合わねえな」

タケルは吐きだした。クチナワは動じなかった。

「ここを覚えておけ。今後もランデブー地点として使う」

「ホテル側はいい迷惑だろうな。あんたや俺たちみたいのがうろついたら」

あたりを見回し、タケルは答えた。従業員らしい人物の姿はない。

「問題はない。オーナーは個人的な知り合いだ」

「税金で休業補償するのかよ」

自動扉が開いた。何もなかったような顔でカスミが立っている。タケルは驚いた。

「早いな」

「タクシー拾ったの。この時間だったら歌舞伎町も流れるから」

カスミが答えた。

「今聞いたんだが、なんでここのことが俺には教えられてなかったんだ」

タケルはカスミをにらんだ。

「何のこと」

「ランデブー地点とかだよ。ここのオーナーは、クチナワの知り合いだって、お前も知ってたのか」

「もちろんよ。あなたも知り合いよ」

タケルは眉をひそめた。

「はあ？」

「あたしがオーナーなの」

「お前が!?　なんでお前がラブホテルのオーナーなんだよ」

「その話は今度する。今は、ミドリ町よ」

タケルは息を吐いた。わけがわからなかった。が、カスミはそんなタケルを無視して、これまでにわかったことをクチナワに話し始めていた。

　クチナワは葉巻に火をつけ、聞いている。カスミの話は簡潔で要点をつかんでいた。終わると、クチナワはタケルを見た。

「何かつけ加えることはあるか」

「特にない。ホウが心配なだけだ」

「心配？」

「ホウは、あの町がなくなったら困る中国人たちのことを考えている。皆、強制送還されるんじゃないかって」

　クチナワは無表情で立っているトカゲをちらりと見やり、答えた。

「強制送還の前に刑務所暮らしをさせられる人間のほうが多いだろうな。あの町で売買されている品の大半は盗品だ」

　カスミがバッグから包みをとりだした。

「これが偽『無限《ウーシェン》』の冷《ロン》がくれたエスよ」

「科捜研に回して組成を調べさせる。どのあたりで流通している品かわかるだろう」

「それがわかれば、日本人のどの組が扱っているかもわかるわ」

　カスミがタケルを見ていった。タケルは首をふった。

「そういうことか」

「本気であたしがエスをやりたがってると思ってたの」

カスミの声がとがった。

「まあ、少しは」

「馬鹿みたい」

カスミは鼻を鳴らした。タケルは息を吐いた。

「お前はお利口だよ」

「いいあってる場合じゃない。ミドリ町に覚せい剤の密造工場があるのはわかったとして、子供殺しのほうはどうなんだ」

クチナワがいった。

「それは――」

タケルがいいかけると、カスミがあとをひきとった。

「まるで手がかりがない。偽『無限』の中に犯人がいるのかもしれないけれど、今のところそれらしいのとは会ってないわ」

「トカゲ」

クチナワが手をのばした。トカゲが足もとにおいていたアタッシェケースを開いた。パソコンをとりだす。

「今から写真を見せる。東京と神奈川で、過去、児童に対する犯罪で検挙された連中のものだ。見覚えのある顔がないかチェックしてくれ」

パソコンには、百人近い男の顔写真がとりこまれていた。タケルとカスミは無言で写真に見入った。

「いない」

「あたしも同じよ。いないわ」

「こいつらは日本人か」

「日系ブラジル人がひとりと、在日韓国人がひとり、交じっている」

トカゲが答えた。

「犯人があの町の住人なら中国人だ。日本人はあそこじゃ暮らしていけない」

タケルはいった。

「科捜研の鑑定結果はいつでるの」

クチナワは腕時計を見た。

「急がせれば今夜中に。一致するしゃぶが押収されていれば、だが」

「早く知りたい。ミドリ町のバックには絶対日本人組織がからんでる」

「その情報をどう使う？」

クチナワが訊《たず》ねた。タケルは答えた。

「奴らをひっかけるのに使う」

アツシ

タケルとカスミが陳とともにE－102をでていくと、ホウは幹に訊ねた。

「俺ももういっていいか」

「何をする」

「別に。ぶらぶらしたい。ここはガキの頃、連れられていったハルピンを思いだす」

「それはいいが、お前たちが昨夜見たことを話してもらおう」

「昨夜？」

「邱《チウ》」

幹が呼んだ。控えていた邱が進みでた。

「『無限』の教会で何があった」

「別に何もない」

「嘘だ。導師にいわれて俺はこいつらを案内しました」

邱がいった。

「別にそのことまでなかったとはいってねえよ。俺たち三人を送って、お前は逃げだしただろうが」

ホウは邱を見た。邱は瞬《まばた》きして目をそらした。

「別に逃げたわけじゃねえ。あのあと保安隊の巡回があるんで先に帰っただけだ」

「そんなことはどうでもいい。お前たちと会ったのはどの導師だ」

「日本語の話せる男だ。ヒゲをのばしてた」

幹は目を細めた。

「日本語を話したのか」

「俺以外の二人は日本語しか話せないと知ってた」

幹はすっと息を吸いこんだ。表情が険しくなる。

「あんたが教えたのだと思っていた」

「我々保安隊は、『無限』とは別の組織だ」

「すると両方に所属している人間がいるってことだな」

ホウはからかうようにいった。幹の顔が赤らんだ。

「その男は何をお前らに話した」

「教団の仕事を手伝え、といってきた。あそこで働いたら、クスリと金をくれる」

「受けたのか」

「考えとく、といった。ひとり三十万払う、といったからな」

幹は驚いたような顔になった。

「お前たち全員にか」

「そうさ。仕事ができたらもっと払うようなこともいってた」

「信じているのか」

「さあな。もしかしたらカスミとやりたいだけかもしれない。クスリをエサにして女とやりたがる奴は多いからよ」

「あまり深くかかわらないことだ」

「あいつは、あんたらを必要悪だといった」

「必要悪？」

「この町の住人に、ここが永久につづく理想郷じゃないとわからせるために保安隊がいる。作りものの町だと、あんたたちが教えているのだと」

幹は黙った。ホウはつづけた。

「そいつのいいかただと、まるで『無限』がこの町を仕切っていて、あんたらがその下働きをしているみたいだった」

「馬鹿げている」

幹は吐きだした。

「ちがうのか」

「奴らはそんなに大きな存在じゃない。奴らがしてるのは、ただの――」

そのときE‐102のドアが開いた。陳が戻ってきたのだ。

「駅まで送り届けておきました」

「こっちへこい」

幹は陳を呼んだ。かたわらに立っていた邱には、

「もういい、お前は。他の者と巡回にいけ」

と告げて追い払う。E－102の中は、幹と陳、ホウだけになった。

「何でしょう」

かたわらに立った陳に幹は向き直った。険しい表情で見つめる。

「昨夜、こいつらが『無限』の教会にいったことは、お前から報告をうけた。『無限』の導師で、日本語を話せる人間がいるそうだ。知っているか」

「いえ」

陳は無表情に答えた。

「そうか、妙だな。その導師は、こいつらのうちの二人は日本語しか話せないことを知っていたそうだ。保安隊にいる人間が教えたのだと思うがな」

「私は知りません。邱が教えたのじゃありませんか」

「奴は『無限』を恐がっている。情報を洩《も》らした人間がいるとすれば、私かお前のどちらかだ」

陳の顔がこわばった。

「ちがいます」

「最近、この町でクスリが売られていて、それも保安隊員が扱っているという情報がある。その保安隊員は、どこでクスリを手に入れたのかと思っていたのだがな」

「私じゃありません」

陳《チン》は激しく首をふった。

幹《ガン》はじっと陳を見つめた。

「本当です。信じて下さい。そうだ、こいつがデタラメをいって、俺をはめようとしているんだ。『無限《ウーシエン》』の導師が日本語を喋《しゃべ》ったなんて嘘に決まってます」

「そんな嘘をつかなきゃならん理由がこいつにあるとは思えん」

幹はぴしゃりといった。陳の目がホウと幹を比べ見る。

「幹世紀《シイジイ》、ずっと保安隊にいた俺より、こんなよそ者を信用するんですか。こいつは中国語を喋る日本人ですよ」

「何だと」

ホウは一歩踏みだした。

「そうだろうが。お前のじいさんかばあさんは日本人で、いい暮らしがしたくて中国を捨てたのだろう。俺たち本物の中国人とはちがう」

「いい暮らしがしたくてこの国にきたのは、俺もお前も同じだ。そしてうまくやっていけなくてこの町に流れついた、というのもな」

幹がいった。陳はぎゅっと口をひき結んだ。

「この町では互いを助けあって生きていく。年寄りや子供を、俺たちは守る義務がある。日本人からものを奪ったり、クスリを売りつけるのはかまわない。だが、この町の中で人のものを盗んだり、クスリを売ったりするのは許されないんだ」

幹は陳に歩みよると、いきなりその袖《そで》に留められた腕章をひき剝《は》がした。

「お前に保安隊員を名乗る資格はない。この町に住むことも許さん。夜までにここをでていけ」

陳の顔は蒼白《そうはく》だった。

「あんた、いったい何様のつもりだ。勝手にそんな真似をして後悔するぞ」

「うるさい。お前に用はない」

「覚えてろよ。そうやって小さな権力にいつまでもしがみついていりゃいいさ。どうせこんな町、長つづきしやしない」

陳は幹を指さした。

「あんたはこの町の老大《ボス》じゃない。それなのに勝手に俺を追放する権利なんてない筈《はず》だ」

「誰が老大でも同じことだ」

幹は冷たくいい放った。

陳は怒りのこもった目で幹をにらみつけていたが、くるりと背を向け、E－102をでていった。

幹はデスクに腰をおろし、息を吐いて煙草に火をつけた。沈んだ表情を浮かべている。煙を深々と吸いこみ、改めて気づいたようにホウに目を向けた。

「もういいぞ。好きにしろ」

ホウは一歩踏みだした。

「俺とあんたの話はまだ終わっちゃいない」

「何のことだ」

陳からとりあげた緑の腕章をもてあそびながら、幹は訊《き》き返した。

「『無限』がこの町の老大なのか」

「ちがう！　奴らこそこの町にとっての必要悪だ。奴らがいなけりゃ、この町はもっといいところになる」

「俺が話した導師は、俺たちと同じ残留孤児三世だ。じゃなけりゃ、あんなにうまく日本語が話せる筈はねえ」

幹はむっつりと黙っていた。

「あいつら、日本人と組んでいるだろう」

ホウはいった。幹は目を上げた。

「それがどうした。ここは日本だ。ミドリ町は、日本の中に俺たちが作った中国だ。周りは全部、日本なんだよ。どうやって電気や水を手に入れる？　日本人と組まなけりゃどうしようもないだろうが」

「じゃあこの町の老大は日本人なのか」

「馬鹿なことをいうな！」

幹は机を叩《たた》いた。

「この町の老大が日本人なら、どうして俺たちがここにいられるんだ」

「隠れミノにするためさ。『無限』の教会ではクスリを作っている。だがこの町に工場がある限り、日本の警察も簡単には手をだせない」

幹は目をみひらいた。

「お前、誰からそんなことを聞いたんだ」

「聞かなくてもわかるさ。あの教会の匂いはふつうじゃない。導師が俺たちに手伝えといったのは、クスリの製造工場の管理だ」

幹は深々と息を吸いこんだ。

そのとき、机の上におかれた携帯電話が鳴った。幹はそれを手にし、画面に表示された番号を見るなり、

「でていけ」

といった。

「なんだって」

「この部屋をでろ。話は終わりだ」

ホウは幹をにらみつけたが、とりつくしまもない。

ホウはくるりと踵《きびす》を返し、戸口に向かった。幹が電話に応《こた》える声が背後から聞こえた。

「待ってくれ」

ホウには聞かせたくない会話のようだ。ホウは、E-102をでると、ドアを閉じた。一瞬、盗み聞きを考える。するとドアの向こうから足音が近づいてきた。ホウは小走りでE棟の出口に向かった。ガチャッとドアの開く音がして、すぐにバタンと閉じられた。

ホウの盗み聞きを幹は警戒したようだ。

ホウはこっそりと後戻りをした。そこまで警戒する電話の相手は誰なのか。もしかすると日本人で、幹は日本語を喋っているのではないだろうか。

気配を殺し、E-102のドアの前まで戻ると、耳を押しあてた。

聞こえてきたのは日本語ではなかった。しかし標準語でもない。幹は、電話の相手と広東語で話していた。

カスミ

「お前がここのオーナーってのは、どういうことなんだ」

タケルが不機嫌そうに訊《たず》ねた。

「別に」

「別にじゃわかんねえだろう。いったいお前、何なんだよ。どっかの大金持のお嬢さまで、暇潰《つぶ》しにクチナワとつるんでいるのか」

カスミはあきれてタケルを見た。

二人は「ホワイトハウス」の部屋にいた。暗くなるまで待ったほうがいい、といってクチナワとトカゲはでていき、カスミもそうするつもりだった。タケルと二人きりでいることに不安は感じない。

「何かりかりしてるの」

「気に入らねえんだよ。お前とクチナワだけしか知らないって話が多すぎる。まるで俺やホウは、お前のパシリみたいだ」

「誰もそんなこと思ってない。いちいちあたしの話をしなけりゃ、あなたは納得しないわけ？」

「そうじゃない。そうじゃねえが――」

タケルは言葉に詰まり、そっぽを向いた。カスミは思わず笑った。

「子供みたい」

「何だと」

「だってそうでしょ、子供は何でも知りたがる、何で、どうして、教えて。あなたはワルを潰せればそれでよかったんじゃないの？　あたしやホウは、むしろ邪魔者くらいに思っていたじゃない」

タケルは天井を仰ぎ、舌打ちした。

「そうさ。そうだったよ。だが今は状況がちがう。俺たちは、お前のいった通りチームだ。なのに次から次へと知らないことがでてきたら、本当にチームなのかどうか、自信がもてなくなる」

カスミは黙った。タケルのいいたいことはわかる。煙草をバッグからとりだし、火をつけた。冷蔵庫からだした缶コーラをひと口飲み、いった。

「別にあたしは大金持のお嬢さまなんかじゃない。あたしの父親は、もう長いこと行方不明で、そうなる前にもっていた不動産を、全部あたしの名義にしていった。その不動産を管理する会社から、あたしは定期的に生活費をもらってる」

「おっ母《か》さんは」

「いない」

タケルはカスミを見た。

「じゃ、お前はひとりなのか」

「そう。あなたといっしょよ」

そういったとき、わずかだがタケルの表情がゆるんだような気がした。

「じゃ、あれだ。クチナワは、お前の親父と友だちか何かだったたってことか」

カスミは急に心が凍《い》てつくのを感じた。

「友だちなんかじゃない。クチナワは、あたしの父親のことを――」

いいかけ、やめた。今は話すべきじゃない。タケルはまっすぐすぎる。

「何だよ」

「クチナワは調べただけ」

疑わしそうにタケルはカスミを見つめた。

「お前とクチナワのつきあいは古いのか」

「父親がいなくなって少ししてからだから、二年くらいかな」

「俺をスカウトしたように、お前をスカウトしたのか」

「少しちがうけど、結果は同じようなものかな」

タケルは考えこんだ。

「つまり、俺たちと会う前から、クチナワとつるんでたってことか」

「つるんでなんかいない。あいつとあたしは、お互いを利用しあってるだけ」

「利用？　あいつがお前を利用すんのはわかる。お前は、あいつの何を利用しているんだ」

タケルはけげんな顔をした。

「権力。情報力。クチナワはマッポだけど、マッポの組織の中でも、すごく特殊な立場にいる」

「あいつを利用して何をしようってんだ」

「それはあなたに関係ない」

カスミがいうと、タケルの顔に傷つけられたような表情が浮かんだ。だがかみつくことなく、小さく頷《うなず》いた。

カスミはそっと息を吐き、コーラを飲んだ。〝自分の闘い〟に、タケルとホウを巻きこむ勇気はない。特にホウは、まだ日本人であることすら、認めたがっていないのだ。

「ホウの奴、大丈夫かな」

タケルがつぶやいた。

「あたしたちがいないほうが、彼は動きやすい。言葉も喋《しゃべ》れるし、ミドリ町に溶けこめる」

カスミはタケルを見やった。

「溶けこみすぎて、身動きがとれなくなったらどうする。あいつはリンが死んだときみたいに、またおかしくなっちまうかもしれん」

「リンは人間で、ホウにとって唯《ただ》ひとりの友だちだった。でもミドリ町はちがう」

タケルは怒ったようにカスミを見た。

「それはお前や俺の理屈だ。中国人のあいつとはちがう」

「彼は中国人じゃない。日本人よ。それを認めたくないだけで」

「それはガキの頃、日本人に嫌な目にあわされたからだろう。あいつが日本人じゃないと思うのなら、思わせとけばいい」

「ホウにとって日本は外国だけど、中国人にとってホウは日本人なの。それで彼は長いこと苦しんできた。今度のことは、ホウにとってのその問題に、ひとつの結論をだすチャンスになる」

「お前、何さまだよ。ホウの先生にでもなったつもりか」

「そうじゃない。でも、ホウには可能性がある。彼にしかやれないことをできる可能性が。それはこの世の中にとってたぶん必要で、あたしはそうなってもらいたい」

タケルはあきれたように首をふった。

「ワケわかんねえこといってんじゃねえよ。お前は神さまか」

「その逆。でもあたしの考えはまちがってない」

「なんでわかるんだよ」

「あたしは退院した日にホウにいった。タケルを信用して。そうすれば、あなたはタケルのたったひとりの友だちになれるかもしれないって」

タケルは眉《まゆ》をひそめた。そして首をふった。

「お前はわかってない。お前のそういうところが、俺は気にくわない」

「わかってる！」

カスミは語気を強めた。

「あたしがわかってるようなことをいうのが気に入らないっていうのは。でも、あなたもホウも、『これこれこうで、こんなワケがあるから手伝って』とか『信じて』っていったって、そうするような人たちじゃない。もっと直感的に、人を敵か味方かに分け、反射神経で生きてきた。誤解しないで、それを馬鹿だとか、否定する気はない。ただ理屈で説明しようとしたら難しいこととか、すごく長くなってしまう話とかがあって、それをわかってもらうには、とにかくいっしょに行動するしかないってときがある。別に一生友だちでいてほしい、とか、どんなことがあっても助けあおう、とか、そんなキモチの悪い生きかたを望んでいるんじゃないの。今はいっしょに行動して。そうすれば、自然にわかる」

タケルは目を閉じた。目を閉じて考えていたが、やがて訊ねた。

「あいつの可能性って何だよ」

「あなたの可能性と同じ」

「はあ？」

「あなたはホウの気持がわかる。ホウもあなたの気持がわかる。二人は似てる」

「くそ」

タケルが呻《うめ》くようにいった。

「どうしたの」

「俺が唯一信用してる人と同じことをいいやがる」

「誰」

「『グリーン』てバーのマスターだ。昔警官だったらしくて、クチナワのことも知ってた。その人にいわれた。俺とホウは似てるって。その人から聞いたんだが、クチナワは以前、警察の特殊部隊を作ったことがあるらしい。でもそれがうまくいかなかったらしい。それで今度は、俺たちみたいなのを集めて、警察じゃない特殊部隊を作ろうとしているんじゃないかって俺は思ったんだ」

カスミは無言で聞いていた。

「そう、そういや──」

タケルはいいかけ、カスミを見つめた。

「何？」

「お前の話をホウがそのマスターにしたとき、妙な反応をした」

カスミは息を吸いこんだ。

「妙な反応？」

「お前は自分の中に悪魔がいる、といった。それを話したら、お前の名を知りたがった」

「それで？」

「教えた。だが気のせいだとかいいだして、急に話を終わらされた」

カスミはそっと息を吐いた。

「そう」

タケルは黙っている。カスミも黙っていた。

「ああ、くそ」

やがてタケルが吐きだした。

「いらつくな。待つだけってのは性に合わない」

「じゃ、考えましょう」

カスミは平静を装った声でいった。バーのマスターは、父親とクチナワの関係を知っているのだ。今後もホウとタケルの二人とチームを組んでいくなら、そのマスターを排除したほうがいいかもしれない。だが、タケルにとっては唯一の理解者だという人物を果して排除できるだろうか。

すべてを話してしまおうか。

いや、それはできない。まだ三人のあいだにはそこまでの信頼関係はないからだ。

じゃあ、いつになったらできる。

わからない。永久にできないかもしれない。

「何を考えるんだよ」

カスミは目を上げ、タケルを見た。

「あたしたちはまだ、ミドリ町に潜入した本来の目的を果してない。子供たちを殺したのはいったい誰なのか。それを考えてみるの」

アツシ

広東語は、広州の言葉だ。中国には、北京語に近い標準語の他に、さまざまな地方言語がある。広東語、上海語、潮州語、日本の方言とは異なり、まったく発音のちがう別の言語で、中国人でも知らなければ理解できない。

広州は広東省一帯をさし、中国南部にある。広東語を喋る人間が多いのは、この広東省と香港、それに澳門《マカオ》の住人だ。

中国人は育った地域の言語と標準語の両方を喋るのがふつうだ。したがって幹は広州出身で、電話をかけてきた相手もそうなのだろう、とホウは思った。

ホウは広東語が喋れない。叩《たた》きつけるような発音で、幹が話しているのが広東語とわかっても、会話の内容は理解できなかった。

E-102のドアの前を離れた。これでは立ち聞きする意味がない。

E棟をでて中庭をよこぎった。自然に足はテント村のほうに向かった。テント村には人がいて、食いものの匂いが立ちこめている。ホウはポケットを探った。腹が減っていた。

肉と野菜を炒《いた》めたものを飯にかけた料理を買った。作っているのは顔に火傷《やけど》の跡のある男だ。まっ黒に陽焼けしている。

「いくらだ」

と訊《たず》ねると、無言で指を五本立てた。千円札をだし、釣りを受けとって、ホウはプラスチックのテーブルについた。皿は使い捨てではなく、竹箸《たけばし》も洗って再利用している。

食べていると、不意に向かいに腰をおろした人間がいた。ホウは驚いて顔を上げた。四十くらいの女で、ひどくやつれた顔をしている。料理の皿をもっておらず、ホウと話をしたくてすわったのだとわかった。

女が口を開いた。日本語だった。

「あなた、カスミさんの友だちか」

ホウは女を見つめ、頷《うなず》いた。

「中国語で大丈夫だ。俺は話せるから」

女はあたりを見回し、中国語で訊ねた。

「わたしは小春《シャオチュエン》です。カスミさんはどこですか」

何かに怯《おび》えているような口調だった。

「今ちょっと、町の外にでかけている」

ホウが答えると、ほっとしたような顔になった。タケルたちから聞いた、C-204の女だ。さらわれた娘の母親だ。

「カスミたちは、夜には帰ってくる」

ホウがいうと、女は首をふった。

「帰ってきては駄目です」

「なぜ帰ってきちゃいけないんだ」

ホウは訊ねた。小春は黙りこんだ。隈《くま》を作った目をみひらき、ホウを見つめている。

「何かマズいことでもあるのか」

小春は小さく頷き、あたりを見回した。

「きのう、あなたたち教会にいったでしょう」

「いった。冷《ロン》という男にあそこで働かないかと誘われた」

小春は首をふった。

「わたしの夫は、教会の地下で働いています。帰ってきて、今は寝ていますが、その夫が話してくれました。今日、工場の幹部がここにきます。幹部は週に一度、工場をチェックにくるのです」

「そのことと俺たちと何の関係があるんだ」

「夫が、冷が電話で話しているのを聞きました。カスミさんを幹部に推薦していたんです。このままだとカスミさんは、幹部に連れていかれます」

「なんだ、そりゃ。冷は、自分がカスミをものにできないからって、上役に押しつけたのか」

「ちがいます。夫が作っている新しい薬の実験台にするんです」

「新しい薬?」

「女の人に飲ませるとおかしくなる薬です。でもまだうまく作れていなくて、頭が変になったり病気になる人ばかりで、夫はいっしょうけんめい改良しています」

「おかしくなるって、どうなるんだ」

小春は恥ずかしそうに顔を伏せた。

「どんな男の人とでも、その、あれがしたくなるらしいです。その薬ができたらとても売れる、と夫はいっていました」

ホウは小春を見つめた。

「あんたの旦那《だんな》は、そんな薬を作っているのか。新しい麻薬じゃないか」

「夫はそれを完成させなければ、中国に帰れないんです。夫に罪はありません。工場の幹部はこれまで、この町の女の人にお金をあげて実験台にしてきました。でも皆病気になってしまうので、誰もやりたがりません。だから今度はカスミさんで試そうとしています」

「薬が完成すれば、あんたたちは中国に帰れるのだろう。そのための実験台なら、カスミは必要なんじゃないのか。なのになぜ、助けようとする？」

ホウは冷たくいった。小春は唇をかんだ。

「カスミさんは小俊《シャオチュン》のことを心配してくれました。いい人です」

ホウは小春を見つめた。芝居をするなら、あんな馬鹿女はどうなってもいい、というべきだろう。だが夫を裏切ってまで、カスミの危険を知らせにきた小春にそれはいえなかった。

「その工場の幹部というのは、いつくるんだ？」

小春はホウがはめた腕時計をのぞきこんだ。

「今日の夕方六時です。夫はそれまでに工場に戻るから、二時に起こせとわたしにいいました」

「そいつらはどこからくるんだ？」

小春は首をふった。

「わかりません。町の外からです」

「わかった」

小春はホウの腕をつかんだ。

「カスミさんがもし教会に呼ばれても、今度はいっては駄目です」

ホウは頷いた。

カスミ

部屋の電話が鳴った。

「何だよ」

タケルが驚いた。カスミは受話器をとった。

「はい」

男の声がいった。

「頼まれた荷物をもってきた」

「部屋までもってきて」

「わかった」

受話器をおろし、

「トカゲよ」

タケルに告げた。数分後、部屋の扉がノックされた。タケルが開けると、トカゲが大きな紙袋をさしだした。

「エスの検査結果は？」

それを受けとり、カスミは訊ねた。

「まだだ。急がせてはいるが、対象サンプルが多すぎる」

「わかった」

トカゲの目がタケルに移った。

「何をいらついている」

「じっとしているのが苦手なんだよ」

「待つことを覚えろ。待つ時間の長さは、強さにかわる」

「ワケわかんねえ」

タケルが吐きだした。トカゲは無視してカスミを見た。

「車は駐車場だ。キィはその封筒に入っている。盗難届はまだでていない」

「わかった」

トカゲはもう一度タケルを見やると、ふんと鼻を鳴らし、歩き去った。

扉を閉め、ダブルベッドの上にあがると、カスミは受けとった紙袋の中身をあけた。小さな携帯電話と車の鍵《かぎ》がシーツの上で弾んだ。市販されているものの中で、最も小さいサイズだ。

電源が入ることを確認し、マナーモードに切りかえて、スカートの中につっこんだ。

車の鍵をタケルに投げた。

「もってて。帰りはこれを使う」

キャッチしたタケルは、

「また、あいつらにとりあげられちまうぞ」

といった。

「かまわない。前のと同じで、どうせボロよ。それに今度の車には追跡装置がついてる」

カスミは答えた。

「追跡装置？」

「エンジンをかけていなくても、ＧＰＳに自分の位置を知らせる信号をだすの。とりあげた車を、あいつらは盗難車市場で売りだす筈《はず》よ。盗まれた車がどういう経路で売られるかを調べる材料になるわ」

「なるほどね」

「ミドリ町には、あらゆる盗難品が流れこんでいて、その中でも車はすごく多い筈なの。わたしたちは見ていないけど、町の中にはたぶん、車の色を塗りかえたり、偽のナンバープレートにつけかえる作業場があるわ」

「クチナワと打ちあわせずみってわけか。その封筒は何だ」

最後にとりだしたのが、薄いが幅のある封筒だった。

「あたしたちの外出をあいつらに納得させる材料」

封筒を開き、中の紙をとりだした。

「何だ、それ」

「株券よ。実際に上場している企業のもので、これ一枚に五十万円の値がついてる。これと同じものが千枚ある、と奴らにいうの。やくざがこの会社のオーナーを威《おど》してとりあげた、という設定。あたしたちは千枚のありかをつきとめて、町のボスに教える。そこを襲えば、五億円が手に入る、と奴らは思う。でも実際は警官が待っている」

「よくそんなことを考えつくな」

タケルはあきれたように首をふった。

「問題は、そのやくざをどの組にするかっていうこと。ミドリ町で作ってるエスがどこに卸されているかがわからないと、こっちの嘘がバレる危険がある。早い話、エスを三宅組に卸していれば、三宅組とミドリ町はつながりがある。それなのに、三宅組からこれを盗んできたといったら、一巻の終わりでしょ」

「それでエスの分析を急がせているのか」

カスミは頷《うなず》いた。

「でも理由は他にもある。尾行をまいたあたしたちがいつまでも帰らなかったら、ホウが疑われるわ」

カスミの携帯電話は電池を外してある。電源を切っていても、電池が入っていれば、電話のありかを逆探知する方法があるからだ。ふつうは警察にしかできない芸当だが、ミドリ町の背後にどれだけ大きな組織が控えているのか不明なので、用心したのだった。

「そのチャカはどうするんだ」

「戻ったらホウに渡す。扱いは、彼のほうが慣れてる」

不満そうな顔をタケルがするかと思ったがちがった。無言で頷いた。

「あともうしばらくここで足止めね。子供殺しの犯人のつづきを考えましょう」

「だけど、俺たちはあそこにいる人間の全員と会ったわけじゃない」

タケルはいって、ソファにひっくりかえった。

「でも町を表向き仕切っているような連中には会った。保安隊、『無限《ウーシエン》』」

「『無限』は、仮面をかぶってた。脱いだのは、冷《ロン》だけだ」

「うん。あたしが見た範囲では、子供を殺しそうな奴はいなかった」

「だってお前はいってたじゃないか。そこにいてもいないのと同じような奴だって。そんなのが、保安隊や『無限』にはいられないだろう。何というか、あいつらは皆、リアルで生きてる」

「そうね」

カスミは頷いた。タケルはいった。

「お前がいうような奴は、どちらかというと家に引っこんでいたり、他人とうまくやっていけないような人間なのじゃないか。すばしこく動いて金儲《かねもう》けを考えたり、いばったりするような奴じゃなくて」

「たぶん。でも、あの町の人間なのはまちがいないと思う。よそから入ってきて子供を連れだすのは難しいもの」

「じゃあどうすんだ。俺たちが今夜戻っても、もうそう長くはあの町にはいられないぞ」

「わかってる。でもなるべく多くの人間に会うしか手がないのよ」

カスミは答えた。

アツシ

「ねえ」

声をかけられて、ホウはふりかえった。十歳くらいの少年が立っていた。眼鏡をかけ、痩《や》せている。

「今話してたの、小俊のお母さんだろ」

手にポータブルのゲーム機をもっていた。

「お前、誰だ」

ホウは訊《たず》ねた。

「僕は宗丹《ツォンダン》。この先の電器屋の息子だよ。小俊と塾でいっしょだったんだ」

「塾？」

宗丹はホウの向かいにすわった。電器屋といっても、やはりテント村にある屋台だ。

「そう。この町には、小俊や僕みたいに本当なら学校にいかなけりゃならない子供が何人かいて、でも外にいけないから、塾に通ってるんだ。塾には、外から先生を呼んでいて、中国に帰ったときにも勉強が遅れないよう、教えてくれるんだ」

「先生てのは、中国人か」

宗丹は頷いた。

「横浜の中国人学校で教えている先生だよ。四人いて、それぞれ受けもちがちがうけど、週一回、夕方にくるんだ。宿題がいっぱいでて嫌になっちゃう」

「今日もあるのか」

「ううん。今日は数学の授業だったんだけど中止になった。先生に用事ができたんだって」

「ラッキーじゃないか」

「まあね」

「小俊、どこへいっちまったんだろうな」

思いついて、ホウはいった。

「わからない。他にも三人、いなくなってるんだよ」

「女の子ばかりか」

「そう。皆んなぴりぴりしてる」

「塾にいってる子供は何人いるんだ」

「今は二十五人。前はだから二十九人いたんだ」

「なんでここにいる？　親は稼ぎにきても、自分は中国に残ればいいじゃないか」

ホウはいった。違法滞在に子供まで巻きこむことが不思議だった。

「いろいろだよ。僕の場合は、住んでた家を急にとりあげられたんだ。ある日、村の役人がきて、道路が通ることになったから立ち退けっていわれた。商売をしてるから無理だってお父さんはいったんだけど、役人は聞いてくれなかった。三日後にブルドーザーで家は壊された。抗議しにいったお父さんは、警察につかまった。いくところがなくなったお父さんは、村からもらったお金で日本にいってやり直すって。お母さんは反対して、結局、離婚した。僕はお父さんと日本にくることにしたんだ」

ホウは息を吐いた。

「ひどい話だな」

「いっぱいいるよ、そういう人。そこに人が住んでいても、役人は土地を勝手に売ったりできるんだ。嫌だといっても通らない。儲けはほとんど役人のものになる。畑をやってた人は、とりあげられたら何もできないから、民工になるんだ」

「民工？」

「大きな都市に流れていって、工事現場で働いたりする人たち。お父さんは民工になってスラムなんかに住みたくない、だから日本にいくと決めたんだ。うまくいかなかったけど、ここはスラムよりましだし」

「俺がガキの頃にはそこまでひどい話はあまりなかった」

「この十年くらいですごく増えているんだ。都会は皆んなお金持になって、その皺《しわ》よせが田舎にきているって、お父さんはいってた」

ホウは頷いた。

「他には、日本で生まれたって子もいる。日本の法律は、日本で生まれても両親のどちらかが日本人じゃなかったら、日本の国籍がもらえないんだ。だけど中国に帰るわけにもいかないからここにいる。なんでかというと、その子にはお兄さんかお姉さんがいて、中国は二人目の子供にうるさいから」

ひとりっ子政策のことなのだろう。二人目の子供をもうけたら、税金を多く払わなくてはならず、それができないために戸籍をもらえない子供がたくさんいる、と聞いていた。戸籍がなければ学校にもいけないのだ。

「役人なんて、日本も中国も同じようなものだ。クズさ」

ホウは吐きだした。日本に〝帰って〟きたとき、日本の役人が自分たちをまるでホームレスのように扱ったのを思いだす。

日本人に対する嫌悪感はあのとき生まれたのかもしれない。それまではホウも、まったく知らなかった日本だが、もっと豊かに暮らせるのだろうと想像していたものだ。うらやましがった友だちもいた。

不意に宗丹が怯《おび》えた表情になった。ホウは背後に人の気配を感じてふりかえった。

「おい」

保安隊の腕章をつけた男が五人立っていた。中には邱《チウ》や、きのうぶちのめしたピアス男もいる。声をかけてきたのはピアス男だった。

宗丹がその場から逃げだした。あたりの屋台の客たちも、何ごとかと注目している。

「何だ」

ホウはピアス男をにらんだ。

「いっしょにきてもらおう」

「またやるのか。何度やっても俺には勝てないぜ」

「ちがう！」

　ピアス男は声を荒らげた。

「幹《ガン》さんがお前を連れてこいとおっしゃってるんだ」

「俺はさっきまで保安隊の本部にいて、幹にでていけといわれたんだ」

「事情がかわった。すぐきてもらう」

　嫌な予感がした。カスミたちに何かあって正体がバレたのだろうか。もしそうなら、生きてここからはでられない。

　五人の保安隊員とともに、E‐102に戻った。そこには幹と、二人の男がいた。二十代で革ジャンパーを着けたのと作業衣の中年男だ。初めて見る顔だった。

　ホウが部屋に入ると、五人が出入口を塞《ふさ》ぐように立った。幹は机の前にすわっていたが、ホウを見つめ、いった。

「お前は警察のスパイだ」

タケル

「騒ぎを起こすというのはどうだ」

「騒ぎ?」

　カスミが訊《き》き返した。

「あの町の住人がいっせいにとびだしてくるような騒ぎだ。そうすれば、一度におおぜいの顔が見られる」

タケルはいった。

「たとえば火事が起こるとか」

カスミは考えこんだ。

「でも怪我をする人がでたらどうするの。消防車だってきてくれるかどうかもわからないわ。もしきたらきたで、警察もくるだろうから大混乱になる。みんないっせいに逃げだして、逆に犯人が永久にわからなくなってしまうかもしれない」

「そうか」

タケルは腕組みをした。ミドリ町の住人のすべてが犯罪者というわけではない。彼ら全員がどうなってもいいとまでは、タケルも思わなかった。

カスミが身じろぎした。スカートの中に手をさしこむ。トカゲが届けた小型の携帯電話をとりだした。着信している。

「はい」

耳にあてていった。相手の言葉に耳を傾けていたが、

「わかった。ランデブー地点の候補は決まった？」

と訊ねた。

「虎《とら》ノ門《もん》？　なぜ？」

聞いていたが、頷《うなず》いた。

「なるほど。悪いアイデアじゃないわね。今夜から準備はしておいて。ただし下調べがあるかもしれないから、その連中はパクらないように」

と告げ、電話を切った。タケルを見る。

「エスの分析結果がでたわ。関西の大組織が九州地方でさばいている品物と一致した。塚本が〝本社〟と呼んでいた組よ」

「塚本？　あの『ムーン』のか」

カスミは頷いた。

「ミドリ町で作っているエスがなんで関西、それも九州で売られてるんだ」

「わからない。こっちで作って九州で売れば、それだけ足がつきにくいと考えているのかもしれない」

タケルは息を吐いた。塚本が所属していた〝本社〟は、日本屈指の暴力団だ。噂では、日本のやくざの四人にひとりが〝本社〟かその系列の組織に属している、といわれている。

それほどの組織なら、地元の関西や中国など外国から、いくらでもエスを〝引いて〟こられる。なのになぜ、わざわざ川崎で作ったエスを扱うのか。

「九州までもっていくとなりゃ運び賃もかかるし、警察に見つかる確率も高くなる。妙じゃないか」

タケルがいうと、カスミは考えこんだ。その表情を見つめ、改めてこの女はいったい何者なのだろうと思わずにはいられなかった。

初めて会ったとき、カスミは塚本の女だった。ヤク中で、頭の中にはクスリとセックスのことしか詰まっていないように見えた。

今でも外見はあまりかわらない。いかにもそのあたりにいる、十七、八の娘だ。男とファッションにしか興味のない、典型的な馬鹿女だ。だが頭が切れ、犯罪に詳しく、とんでもない金持なのだ。そして、タケルとホウの考えを常に先まわりして読んでいる。

「〝本社〟は、いくつものクスリのルートをもっている。たぶんそのひとつだと思う」

「なんでいくつももつんだ。面倒だろうが」

「もしひとつしかルートがなければ、そこを警察に叩《たた》かれたらすべてが駄目になるし、生産しているのが他の組織だとすると、独占的な取引になるから、言い値で呑《の》まざるをえなくなる。そんな危険はおかせない。それに〝本社〟の傘下には、大小いろんな組織があって、おのおのがビジネスとしてエスを扱っている。どこから商品を調達するかは、それぞれの組織で違ってくるわ」

「だったら尚《なお》さらおかしくないか。九州の組織とミドリ町がなんでつながるんだ」

「何かカラクリがある」

カスミはつぶやいた。

「ミドリ町と九州の組織のあいだに、もうひとつ別の組織がかんでいるのかもしれない」

「とすると、中国人か」

カスミは頷いた。

「日本人の〝本社〟系列以外の組織が入るとは考えられないから、中国人ね。それも不法滞在の中国マフィアとはちがうタイプの中国人組織」

「ちがうタイプ？」

タケルが訊き返すと、カスミは煙草をとりだした。パッケージから数本抜き、テーブルにおく。

「中国マフィアとひと口にいっても、いろいろあるわ。ひとつは、中国本国ではまっとうにやっていて、日本に出稼ぎにきたのだけどうまくいかず、犯罪に走るタイプ。ミドリ町にいる多くの人がこれにあてはまる」

一本を立てた。

「その次にくるのは、このグループの、さらにプロ化した集団。日本で稼ぎ、中国に帰ってカタギになる人もいるけど、やはりボロ儲《もう》けできる犯罪から足を洗えず、再来日してくる奴ら」

一本を加えた。

「このふたつのグループには、たいてい日本のやくざがからんでいる。中国人を密売の下請けに使ったり、犯罪の資金援助をして儲けの上前をはねる。どちらも元をたどれば、中国からの出稼ぎ労働者だから、暴力団から見ればアマチュアかせいぜいセミプロで、扱いやすい連中なの」

「他にはどんな奴がいる」

「殺人のプロ。中国で暮らしているときはカタギだけど、オファーがあると飛行機に乗ってやってきて、ターゲットを消し、すぐにまた中国に帰る。殺された人とつながりがないから、警察は見つけられない」

「殺し屋か」

カスミは頷いた。

「でも、ふつうの人が、中国人の殺し屋を雇うなんてできないから、あいだに日本人と中国人、両方の組織が入る。ここにやくざがからんでいることも多い」

三本目の煙草を並べた。

「それで終わりか」

カスミは首をふった。

「もうひとつある。ここまでの中国マフィアは、中国本国ではカタギかカタギのふりをしている。でも、中国でもプロとして活動している連中がいる。中国にはたくさんの組織があるけれど、やはり最大規模の組織は、香港を本拠地にしているわ」

「なんで香港なんだ」

「中国本土とは、政治、経済の形態が異っていて、警察の目を逃れやすいから。もともとイギリスの植民地だった時代から、香港には麻薬シンジケートがあった。ゴールデントライアングルと呼ばれる、ミャンマーやタイとの国境地帯で生産されたヘロインをアメリカに輸出していたの。『チャイナホワイト』という名で麻薬の世界ではブランド品だった。かつては、香港の組織と中国本土の組織のあいだにそれほどの交流がなかった。貨幣価値がちがいすぎたし、中国人の香港への流出を中国政府が厳しく制限していたから。でも一九九七年に香港が中国に返還され、あっという間に状況がかわった。人の出入りが爆発的に増加し、中国本土の警察に追われた犯罪者が香港に逃げこむようになった。香港に逃げれば、そこからタイやベトナムに高飛びするのも難しくない。香港は有名な観光地で、それこそ世界中から旅行客がやってくる。それにまぎれてしまえばいい。結果、旧来の香港の麻薬シンジケートと中国本土の黒社会のあいだにつながりが生まれ、強化され、巨大な黒社会が生まれた」

カスミは使い捨てのライターを、三本の煙草の横に立てた。

「香港を本拠地にする黒社会は、中国本土、アメリカ、日本、タイなどの東南アジア、さまざまな国とつながっている。でもこの三つとちがうのは、彼らがプロ中のプロだということ。改革開放経済となって、金儲けのために犯罪に走ったり、出稼ぎ先の日本で食べていけなくて、泥棒や強盗、やくざの下請けをやるような人たちとはまったく別よ。五十年以上も組織を維持し、つながりを広げ、ビジネススキルを洗練させてきたグループなの。欧米の大学に留学し、語学も堪能《たんのう》で、経済にも明るい二世三世が組織の中核にいて、高級レストランやホテルの経営にも携っている。世間には実業家と思わせ、日本でいうなら『セレブ』な一族と見られている。でも彼らこそが、アジアの犯罪組織の頂点にいるの。日本人のやくざとちがって、中国の黒社会のチンピラは、自分が所属している組織の大もとのボスが誰だかなんて知りはしない。街で稼いだ金の何割かを、直属のボスにさしだすと、そのうちのまた何割かが巡り巡って、そうしたボスの元に流れていく。一生顔を合わすことも、名前を教えられることもない頂点のために、彼らは警官に追われ、危い橋を渡っているのよ」

「あきれたね」

タケルはいった。

「話の中身もすごいが、なんでお前がそんなことを知ってるんだ。まさか学校で習ったわけじゃないだろう」

カスミの顔が無表情になった。立てていた煙草を一本手にして、火をつけた。

「学校じゃないけれど、習ったの」

「誰に。クチナワか」

カスミは首をふり、煙を吐いた。

「ちがう」

「じゃ誰だ」

「別にいいでしょ」

「よくない」

タケルはいった。

「お前には謎が多すぎる。ここのことだってそうだ。俺やホウのことは調べ上げているくせに、自分のことはまるで教えようとしない。そんなんでチームといえるか」

「あたしのことが信用できない？」

タケルは黙った。

「どうなの」

「信用はしてる。お前は頭が切れる。俺やホウは敵《かな》わない。だがこれじゃ、俺たちはお前の手下だ。あれをやれ、こうしろ、といわれた通りに動いているだけじゃないか」

カスミは唇をかんだ。低い声でいう。

「そんなつもりはなかった。だけど結果的にはそうかも。ごめんなさい」

「別にあやまらなくたっていいさ。納得してここまではつきあってきたんだ」

素直にあやまられ、タケルは何といっていいかわからなくなった。

「ちゃんと説明はする。でもそれが今じゃなきゃ駄目？」

苦しげにカスミがいった。タケルは思わず目をそらした。

「くそ。別に今じゃなくたっていい。俺ひとりが聞いたら、ホウには不公平だし」

「わかった」

カスミは頷《うなず》いた。

「ミドリ町の仕事が終わったら、二人にはきちんと説明するわ」

「それでいい」

タケルはぶっきら棒にいった。

「話のつづきだ、お前は、その香港の組織がミドリ町のバックにはいて、〝本社〟とのパイプになっていると思うのか」

カスミは頷いた。

「うん。ミドリ町を維持していくには莫大《ばくだい》なお金がかかるし、地下工場の建設にだって資金がいった筈《はず》よ。それを〝本社〟がだすとは思えない」

「そうだな。いきなりそんな大金を中国人の組織に渡すわけがない」

「香港の黒社会がミドリ町を裏から支配している。ちょうどかつての九龍《クーロン》城のように」

「九龍城？」

「かつて香港にあったスラム街。貧しい人や犯罪者、それに中国本土から密入国した人たちが住みつき、違法建築の上にさらに違法建築が重なり、ばらばらの建物が空から見ると、まるでひとつの巨大なビルのようだったそうよ。中は迷路のようになっていて陽がささず、そこには病院から食べ物屋までありとあらゆる商売があり、一歩も外へでずに暮らしていくことができ、犯罪者の巣窟《そうくつ》となっていた。警察も立ち入れず、観光客が迷いこもうものなら、二度とでられない、といわれた。一時は四万人もの人口があり、戸籍をもたない人もたくさんいた」

「そんなすごい街があったのか」

「ええ。香港が返還される少し前にとり壊された」

「九龍城」

タケルはつぶやいた。初めて聞く地名だった。

「ミドリ町は、日本に出現した九龍城の小型版かもしれない」

カスミがいった。

「もしそうだったら、やはりぶっ潰《つぶ》すしかないのか」

カスミは黙った。

「ホウは怒るぜ」

「わかってる。ミドリ町も九龍城といっしょで、住んでる人がすべて犯罪者というわけじゃない。でもその閉鎖性が犯罪の温床となっているところもいっしょ」

「もしミドリ町のバックが香港の黒社会だということがわかったら、クチナワは絶対に見逃さないな」

「うん。きっと潰す」

「くそ」

タケルは吐きだした。

「子供を殺す変態野郎をぶっ潰すのが任務だと思っていたのに」

カスミが立ち上がった。

「帰りましょう。ミドリ町に戻って、その任務をまず果たすのよ」

アッシ

「そりゃおもしろいな。いったい俺は何をするんだ」

ホウはいった。幹《ガン》の目から目をそらさない。

「警察を呼びこんで、この街を潰滅《かいめつ》させるのが目的だ」

幹はホウをにらみながらいった。

「警察？　日本の警察のことをいっているのか。それとも中国の警察か」

「決まっている！　日本の警察だっ」

幹は怒鳴って机を叩《たた》いた。ホウは天井を見上げた。

「馬鹿ばかしい。もし俺がスパイなら、きのうの夜のうちに警官隊がこの街を襲っている」

「それは、お前らがまだこの街で捜しているものが見つからないからだ」

「クスリの工場があるのを見つけたぜ。俺がスパイなら、それで充分な筈だ」

幹はホウを見すえ、息を吐いた。

「だったらなぜ、二人は行方不明なんだ」

「二人って、カスミとタケルか」

「そうだ。私は部下に命じて、彼らを監視させていた。それがまかれて、もう四時間近くになる」

「まかれたのは、あんたの手下が間抜けだからだろう。あいつらだって馬鹿じゃない。三宅組がいつ動きだすかわからないのに、簡単に足どりをつかまれるような動きかたをする筈がない」

内心ほっとしながらホウはいった。幹は単に、タケルたちを見失ったので不安になっているだけだ。警察のスパイだという決定的な証拠をつかまれたわけではないようだ。

「そんないいわけが通用すると思うか」

「おいおい。行方がわからなくなっているのはタケルたちで、俺じゃないんだぜ。それなのに俺がなんでいいわけをするんだ」

「とにかく、今すぐ奴らと連絡をつけろ！」

「どうやって」

幹は机のひきだしからホウの携帯電話をとりだし、投げた。

「電話をしろ。もしつながらなかったら、おまえは終わりだ」

「終わり？」

幹はつづいてトカレフをだし、机の上においた。

「お前の頭をぶち抜く。この街の農園の肥やしになってもらう」

「冗談じゃない！　あいつらはあんたらのために金儲《かねもう》けの話を調べにいったんだぞ」

「やかましい！　そんな作り話がいつまでも通用すると思うな」

幹はトカレフをつかみ、銃口をホウに向けた。

「今すぐ電話しろ」

ホウは深々と息を吸いこんだ。かなり悪い状況だ。相手の数が多いし、銃までもっている。しかも何とかこの部屋を脱出しても、ミドリ町から逃げだすのは難しい。

携帯の電源を入れた。トカレフの銃口はホウの頭を狙っている。カスミの携帯番号を押し、耳にあてた。

芝居をするか。つながったと見せかけて、時間を稼ぐ。

呼びだし音が鳴った。

「はい」

カスミが応《こた》え、ホウは息を吐いた。

「俺だ、今どこにいる」

「そっちへ向かっている途中よ」

「貸せ！」

幹がいった。

「今、幹にかわる」

ホウはいって電話をさしだした。ひったくるようにして、幹は耳にあてた。日本語で訊《たず》ねた。

「お前たち、どこだ」

カスミの返事に耳を傾けた。

「あと何分ぐらい」

答を聞くと、

「わかった。E－102にこい」

といって、電話を切った。内心の安堵《あんど》を悟られないように、ホウはいった。

「これでも俺たちがスパイだというのか」

幹は無言で銃をおろした。

「どうなんだ」

「まだ完全に信用したわけではない」

「ふざけるな！　人に銃をつきつけておいて、そのいいぐさは何だ。俺たちを信用できないのなら、金儲けの話もなしだ」

幹はホウを指さした。

「つけあがるな。お前らはここに逃げこんできた。保護しているのは我々だ」

「金は払った。気に入らないのなら返してくれ。俺たちはでていく」

幹は唇をひき結んだ。

「忘れたのか。あんたらは、街のボスを俺たちに紹介するといった。あいつらが帰ってきたらここに連れてきてもらおうか」

ホウと幹はにらみあった。

「本当に帰ってきたら、だ」

帰ってくるさ。帰ってくる。ホウは胸の中でいった。もしタケルとカスミが自分を裏切れば、確実に殺される。

恐怖はない。リンが死んだとき、自分も死んだのだ。もし殺されるなら、それは日本人を信用した罰だ。

だが、タケルは裏切らないような気がしていた。なぜかはわからないが、それは確信として、心にある。

やがてE－102の外があわただしくなる気配があった。ドアがノックされ、タケルとカスミが姿を現わした。カスミは、大きな封筒を抱えている。

「いったいどうなってるんだ」

部屋の状況を見るなり、タケルがいった。

「お前たちの行方がわからなくなったんで、警察のスパイだと疑われたのさ」

「はあ?!」

タケルはあきれたような声をたてた。

「おかしいんじゃないのか、おっさん」

幹をにらみつける。

「俺たちがどんだけ苦労したと思っているんだよ」

「うるさい。金儲けはどうなった」

幹が日本語でいった。タケルはカスミをふりかえった。

カスミが封筒をさしだした。受けとった幹が中身をとりだす。

「株券よ。それ一枚が市場で五十万の価値がある。千枚ある場所を見つけた」

幹の目が広がった。

「本当か」

「本当。でもその前に――。この街は警察に目をつけられている」

カスミはいった。

「それがどうした。これだけの数の中国人が集まっているんだ。日本の警察に目をつけられるのは当然だ」

幹《ガン》は受けとった株券から目を上げず、平然といった。

「だったら今さら俺らをスパイ扱いするのはおかしいだろう。いつ警察が踏みこんでくるかわからないのに」

ホウはむっとしていった。カスミが何をいおうとしているかはわからないが、ここは幹を追いつめる場面だ、と感じていたのだ。

「うるさい。だからこそ、我々はよそ者を警戒している。警察官は役人だ。役人というのは、何か新しいことをするときには必ずいいわけが必要なんだ。今すでに目をつけられているとしても、何かきっかけがなければやってこない」

中国語で答えたので、タケルが訊ねた。

「何ていってるんだ」

「警官は役人だから、きっかけがなけりゃこない。俺たちはそのきっかけを作るためのスパイだということらしい」

ホウが訳すと、タケルは足を踏みだした。幹の手から株券を奪いとった。

「何をする?!」

幹が日本語でいった。

「冗談じゃねえぞ。サツに目をつけられているような奴らと組めるか。五億の仕事なんだ」

タケルはいった。

「返せ」

幹が手をのばした。三人を囲んだ中国人の輪が狭まった。カスミがいった。

「それはまだあんたのじゃない。それに警察はこの街に踏みこむいいわけを見つけてる」

「何だと?」

幹はカスミに目を向けた、カスミはいったん口を閉じ、部屋にいる保安隊の男たちを見回した。

「この街に住んでた小さな女の子が殺されている。それもひとりじゃなく、何人も」

幹の表情がかわった。机の上のトカレフに手をのばした。

「お前、どこからそれ聞いた」

「このあたりに強い、プッシャーの友だち。ちっちゃな女の子の死体ばかりが、街の近くで見つかってるって。でも日本人の子供で行方不明になった子がいないんで、警察はここにいた子じゃないかと疑ってる」

「そんな話は知らない」

幹はこわばった顔でいった。

「じゃ警察が作り話を流してるのかな。でも変だよね。あたしたちと同じ階にいる女の人は、娘がいなくなったっていってた」

幹は唇をひき結んだ。カスミは保安隊の顔をひとりひとり見渡した。どの顔にも動揺が浮かんでいる。ホウはいった。

「どういうことだよ。この街は中国人にとって安全な場所じゃなかったのか。子供ばかり殺されてるなんて妙じゃないか」

誰も答えない。

「こいつらとは組めねえな」

株券を握りしめ、タケルが吐きだした。

「冗談じゃねえぞ。子供殺しの変態野郎なんかと仕事するのはごめんだ」

「幹さんよ、本当なのか」

ホウは中国語で訊ねた。幹は目を上げ、ホウを見つめた。

「――子供がいなくなっているのは事実だ」

「どんな子たちなんだ」

「七、八歳の女の子だ」

「何人」

「四人だ。だがそんなことより、なぜこの馬鹿女が知ってる」

「だから本人もいっただろう。こいつは確かに尻《しり》は軽いが、情報を集めてくる能力はすごいんだ。誰とでも寝るぶん、いろんな話がこいつには流れこんでくる。おそらくそのプッシャーは、この街での商売がやりにくくなったんでこいつに愚痴ったのさ」

「信用できんな」

「信用できないのはそっちだろう。いいか、子供殺しの変態ってのは、クスリなんかよりはるかに罪が重いんだ。そんなに死体が見つかっていたら、マスコミの注目もでかい。本当に、いつ警察が乗りこんできたっておかしくない。それなのによく〝保護してる〟なんていえたもんだな」

幹はくやしげに顔をゆがめた。

「警察はきたが、追い返した」

「どうやって」

「死んだ子供の写真を見せにきたから、見張りをさせている婆さんたちに知らないといわせた」

「それだけかよ」

「だがそれきり、警察はきていない」

「ねえ、何話してるの」

カスミが訊《き》いた。

「刑事が聞きこみにきたらしいけど、知らないといって追い返したといってる」

ホウは答えた。

「知ってるよ、そんなこと。だからよけいおかしいって、警察は思ってるらしいもん。友だちのプッシャーは、しばらくこのあたりには近づかないっていってた。あたしもいわれたもん。『お前ミドリ町なんかにいたら、いつパクられるかわかんねえぞ』って」

ホウは幹に目を戻した。

「あんた、とんでもないことに俺らを巻きこんでくれたな。三宅組なんかよりよほどやばいじゃないかよ」

日本語でいった。幹の顔が怒りで赤くなった。

「何をいう」

「そうだろうが。この街にはガキ殺しがいるってことじゃないか」

「この街にいるとは限らない」

「ふざけんなよ」

タケルが怒鳴った。

「偉そうに俺らのことをいろいろ調べ、金までとりやがって。じゃあそのガキ殺しは、こっそり外から入ってきて子供をさらってるとでもいうのかよ。だったらお前ら何のためにその腕章つけてんだ。役に立ってねえじゃないか！」

幹は息を吸い、血走った目でホウとタケルを見比べた。

「もうやめだ、やめだ。こんなムカつく街、でていこうぜ」

タケルがホウにいった。

「俺らのことを中国語が喋《しゃべ》れないってだけで馬鹿にしやがってよ」

「でていくのは許さない」

幹がいった。タケルのもった株券を顎《あご》でさした。

「それを渡せ」

「嫌だね」

幹はトカレフをかまえた。

「お前を撃ち殺してもいいんだぞ」

「殺せよ」

タケルはせせら笑った。

「俺を殺したら五億円のありかがわからなくなるぞ」

幹はカスミを示した。

「この馬鹿女に訊いてやる」

「兄ちゃん殺したら、死んでも喋んないよ」

カスミがいった。

「だったらお前ら皆殺しだ」

「それで五億をパーにするのか。あんたのボスが聞いたら怒るだろうな」

ホウは幹を見つめた。

「俺たちの情報が欲しいのなら、ボスをここへ呼べよ。ボスと直接交渉して納得できたら、こいつらを俺が説得する」

中国語でいった。

「拷問して吐かせることもできるんだぞ」

幹《ガン》が中国語で答えた。

「だったらそうしろや。いっておくが俺はこいつらの情報源のことは知らない。だがミドリ町がそんな場所だってのが、この街の連中に知れ渡ったら、皆でていくだろうな」

幹のこめかみに血管が浮かびあがった。今にもトカレフの引き金をひきそうだ。

「わかるだろう」

ホウは静かにいった。

「こいつらも俺も不安なんだ。やっと安全だと思える場所に逃げこんだら、変態野郎がいると聞かされたんだ。嫌にもなる」

幹は目を閉じた。無言で考えている。

ホウはタケルとカスミを見た。

「何話してんだよ」

タケルがいった。手を上げ、それを制した。

「どうだい」

ホウは訊《たず》ねた。幹が目を開いた。

「今夜、ボスがくる。お前たちの話をしてみる。それしだいだ」

タケル

三人はテント村の屋台にいた。タケルとカスミが腹が減っているといったので、ホウが二人を連れていったのだ。ホウが顔に傷のある中国人の屋台でプラスチック皿に入った〝煮こみかけご飯〟と漬物を買ってきた。

三人から少し離れた場所に保安隊のメンバーが何人かいて、こちらをうかがっている。

「そういえばさっき、小春《シャオチュエン》にここで声をかけられた。カスミのことを心配していた」

ホウが小声でいった。

「あたしを？」

「小春の亭主が電話で話してるのを聞いたらしい。新しいクスリの実験台にお前を使おうとしている、というんだ。今日六時に、工場の幹部とかいうのがくることになってる。今度は呼ばれても教会にいくな、とさ」

「いくわけがない。それどころじゃないからな」

タケルはいった。自分の分を平らげ、カスミが残した半分もあらかた食べた。これまで食べたどんな中国料理より、ここの〝煮こみかけご飯〟の方が上だ。

三人はだが、明らかにこの屋台では目立っていた。夕方を迎え、多くの人がこのテント村で食事をとっているが、三人のテーブルの周囲だけは空《す》いている。

「誰も俺たちにはかかわりたくないんだろうな」

ホウがつぶやいた。

「そうでもないみたいよ」

カスミがいった。眼鏡をかけた小さな男の子が歩みよってくると、三人の顔を見渡し、笑いかけた。

「よう、宗丹《ツォンダン》」

ホウがいった。

「知り合いなのか」

タケルは訊ねた。

「ああ。小俊《シャオチュン》と塾がいっしょだったんだ」

「塾って？」

カスミがいったので、ホウが答えた。

「ここには二十九人の子供がいた。今は四人、女の子がいなくなって二十五人だ。その子たちは、横浜の中国人学校から出張してくる教師に勉強を教わってる。教師は四人いて、それぞれ科目がちがうそうだ」

「そうだよ」

男の子は日本語でいった。ホウが驚いたように男の子を見た。

「宗丹、日本語、喋れるのか」

男の子はにっこり笑った。

「だって日本語がわからなかったら、テレビのアニメも見られないじゃん。この町の子は皆んな、大人より日本語が上手だよ」

「驚いたな」

タケルはつぶやいた。

「今日は授業が中止になってラッキーなんだよな」

ホウが少年にいうと、少年は頷《うなず》いて、タケルの皿に残っていた漬物に手をのばした。

「うん。でも変なんだよね。先生の都合で中止になったのに、さっき先生いたよ」

「いたってどこに？」

「たぶんE棟。車が止まって降りてくるの見たもん。E棟に入ってった」

「ねえ宗丹、その先生ってどんな人？」

カスミが訊ねた。

「先生？　敦学勇《トンシュエヨン》っていうんだ。ふだんはやさしいけど、授業のときはすっごく恐いよ」

「いくつくらいの人？」

宗丹は首を傾げた。

「知らない。僕が生まれた年には香港の大学にいたっていってたけど」

「お前、いつ生まれたんだ」

ホウが訊ねた。

「えーと、二〇〇〇年」

「じゃ敦先生は香港の人なの」

カスミは訊ねた。

「そうだよ。だから怒るときはね、広東語《カントン》で怒るの。最初、ぜんぜん意味わかんなかった」

「広東語だと」

ホウがつぶやいた。

「どうしたの？」

カスミがいった。

「お前らがでかけたあと、幹の携帯に電話がかかってきた。広東語で話してた」

タケルは訊ねた。

「香港人て広東語を喋《しゃべ》るのか」

「昔はそうだったみたい。今は標準語と広東語の両方を話す人が多いらしいけど」

カスミが答えると、宗丹がいった。

「敦先生は親戚《しんせき》が横浜にいるから、三年前に日本にきたんだって。敦先生の叔父《おじ》さんが、大きなホテルをやってるっていってた」

タケルはカスミを見た。カスミが小さく頷いた。

「他にどんな先生がいるの？」

カスミが宗丹に訊《き》いた。

「あとは全部女の先生だよ。皆んな、横浜の学校で教えてるって」

「その先生たちは誰が連れてきたんだ？」

ホウが宗丹に皿を押しやっていった。

「敦先生。敦先生が最初にここで子供に勉強を教え始めたんだって」

「宗丹！」

呼ぶ声がして、宗丹はふりかえった。屋台を埋めた人混みの中に、眼鏡をかけ痩《や》せた女がいて、不安げにこちらをうかがっている。

「お母さんだ。じゃ、いくね」

宗丹は漬物をつかみ、口に押しこんだ。

「じゃあな」

「再見《ツァイチエン》」

駆けだしていく。

「くそ。香港か」

タケルはつぶやいた。

「香港がどうしたんだ」

ホウがタケルを見つめた。

「この町で作っているエスは九州で売られていることがわかったの。だからミドリ町と九州の組織のあいだに、別の組織がかんでいる可能性がある」

カスミが声をひそめ、いった。

「何？　どういうことだ」

ホウが眉根《まゆね》をよせた。タケルは小声で説明した。

「きのう冷《ロン》がカスミに渡したパケをクチナワが分析させた。九州のやくざが売ってるブツと同じだった。だけど川崎からわざわざ九州にもっていく理由がわからない。そこでカスミが、別の組織がかんでいるといいだした」

ホウはタケルとちがい、なんでそんなことがお前にわかるんだとはいわなかった。だが無言でカスミを見つめた。

「この町をいったいどんな連中が作ったのか、考えてみて。日本人のやくざは中国人のためにそんな金は使わない。といって、ここに流れてくるような人たちが、最初から大金をもっていた筈《はず》はない。香港の黒社会が作ったと考えるのが一番つじつまが合うのよ」

「香港黒社会か」

ホウは低い声でいった。タケルはホウを見つめた。

「知っているのか」

「あいつらは本土からきた人間とはまるでちがう。特にクスリを扱う奴らはプロ中のプロで、何世代にもわたって組織を作りあげてきた連中だ。同じ中国人でも、本土の人間を腹の中じゃ田舎者だと馬鹿にしていやがる」

何か嫌な思い出でもあるのか、吐きだすような口調だった。

「その敦って先生が怪しいな」

タケルはいった。

「二〇〇〇年に大学生ってことは、まだ三十くらいの年よ。でも組織の二代目、三代目ならありうる。父親の資金をバックに、この町を作ったのかもしれない」

「なあ、思いついたんだけど」

タケルはいった。二人はタケルを見つめた。

「変態野郎がその先生ってことは考えられないか」

「なぜ?」

カスミがタケルを見た。

「先生をしてるってことは、子供にふだんから会ってるわけだ。しかも連れだしても怪しまれない。もしこんな小さな町に、そんな変態が住んでいるなら、誰かしらが気づくだろう。でも今までわからなかったってことは、住んでなかったから、とは考えられないか」

カスミは無言だった。ホウがいった。

「そいつがもともと変態で、エジキにする子供を安全に調達できる場所としてミドリ町を作ったのだったら、とんでもない野郎だ」

カスミは首をふった。

「そんなに急いじゃ駄目。今は、香港黒社会がこの町のバックにいるかもしれない、というだけなのだから」

「クチナワに連絡をとれよ。敦学勇について調べろっていうんだ」

タケルはいった。

「どうやって?」

ホウが訊《たず》ねた。

「電話がある。ここじゃ使えないが」

タケルは遠巻きで監視している保安隊を目でさし、答えた。

「トイレにいってくるわ。そこでメールを打つ」

カスミはいってテーブルから立ちあがった。テント村には、屋台の利用客向けの簡易トイレがいくつか設けられているのだ。

タケルは腕時計を見た。午後六時を回っている。

「もし敦が犯人なら、カスミが見ればひと目で見抜く」

ホウは首をふった。

「やけにあいつを信用してるな」

「信用してるわけじゃないが、あいつはふつうじゃない。何か俺たちの知らないような、とんでもない秘密をもってる」

タケルがいうと、ホウは息を吐いた。

「確かに、香港黒社会とか、日本人の女は知らないようなことに詳しすぎる」

「だろ。実は昼間、問いつめたんだ」

ホウの目が鋭くなった。

「何と答えた」

「この任務が終わったら俺たち二人に説明する、とさ」

アツシ

「遅くねえか」

タケルがいった。クチナワにメールを打つといってトイレにいったカスミが十分以上も戻ってこないのだ。

テント村にある簡易トイレなら、入ってしまえば監視される心配はない。そう思ってカスミひとりでいかせたのだが、確かにメールを打つだけにしては時間がかかっていた。

「晩飯どきだからな。トイレがこんでいるのかもしれん」

ホウはいって、テント村の簡易トイレの方角を見やった。煮炊きする煙があちこちの屋台からあがり、おおぜいの客が行列を作ったり、立ち話をしているせいで、トイレのようすがうかがえない。

「俺、いって、見てくる」

タケルが立ちあがった。

「俺もいこう」

ホウもつづいた。二人が歩きだすと、周囲の人間が話したり食べるのを止めて、目を向けてくる。

何だよ、何見てやがる、と中国語で怒鳴りたい気持をホウはこらえた。自分が〝浮いて〟いるのは、タケルやカスミといるせいだけではない。たとえひとりでいたとしても、ここの連中にとって自分は日本人なのだ。

屋台と人ごみを縫って、簡易トイレに近づいた。三つの簡易トイレが、間隔をおいて並んでいるが、混雑しているようすはない。さすがに周辺で食事をする人間もおらず、そのあたりだけは、人の姿もまばらだ。

「いないな」

タケルが不安そうにつぶやき、手近のトイレに歩みよった。扉をひく。悪臭が流れでただけで、人はいない。

二人は残るふたつのトイレを調べた。カスミはいなかった。

「ヤバいぞ」

あたりを見回して、タケルはいった。カスミはどこにも見あたらなかった。

ホウは時計を見た。午後六時二十分。小春《シャオチュエン》は、工場の幹部が六時にくる、といっていた。

目を上げると、タケルが険しい表情で見つめていた。

「誰かがカスミをさらったんだ」

ホウは小さく頷《うなず》いた。

「保安隊か」

「ちがうな。幹《ガン》はボスの指示がなけりゃ俺たちに手だしができない。儲《もう》け話がフイになったら、奴が締めあげられる。さらったのは奴らじゃない」

「じゃ教会の連中か」

「おそらくな。カスミを実験台にするといってた」

「くそ」

タケルは教会の方角をふりかえった。

「助けにいくぞ」

今にも走りだしそうだった。

「あわてるな。ゆっくり動け」

ホウは低い声でいった。タケルがきっとなってふりかえった。

「何いってるんだ。平気なのか、お前」

殴りかかってきそうな勢いだ。

「そうじゃない。俺たちがじたばたしたら、ここにいる連中の目を惹《ひ》く。そうなりゃ保安隊に誰かがチクるだろう」

「どうせ奴らも教会の連中とグルだ」

「どっちにしてもこれからカスミを助けようというのに、敵を増やすことはない」

「何人いたってぶっ潰《つぶ》す」

決意のこもった声でタケルは吐きだした。

ホウは思わず笑った。

「何がおかしいんだよ！」

「何でもない。いこうぜ」

ホウはタケルと歩きだした。あわてているとあたりの人間にさとられないよう、ぶらぶらとテント村を抜けだす。

「汚水処理棟」を囲んだフェンスの前までくると、ホウは背後をふりかえった。あとをついてくる者はいない。

フェンスの扉を開き、空の水槽と水槽のあいだを渡る通路を進んだ。

「ドアはどうする」

タケルがいった。前に邸《チウ》に連れてこられたときは、インターホンで連絡し、内側から鍵《かぎ》を開けてもらった。

中からは鳥の面をかぶった〝鳥男〟が現われ、邸は三人を預けるとその場から逃げていった。ドアには三つも錠がとりつけられ、壁には監視カメラまで備えつけてあった。

「待て」

ホウはいって、通路の途中で足を止めた。正面に入口が見えた。あたりは無人だが、これ以上近づくと、カメラに映りこむ危険がある。

「他の入口を探すのか」

背後に立つタケルがいった。ホウは頷いた。通路は正面の入口で終わっているが、水槽から水槽へと渡って、その壁を登れば、建物の横手にでられる筈《はず》だ。

水槽の深さは二メートルほどだ。中には何も入っていないので、降りてもジャンプすれば何とかよじ登ることができる。

二人は水槽の中にとび降りた。五メートルほどの幅を横切って、ジャンプし、ヘリに手をかけるとよじ登る。さらに隣の水槽に降りて、同じことをした。

四つの水槽に降りては登りをくり返すと、建物の左手にでた。

「見ろ」

タケルが指さした。建物の高さ三メートルくらいの壁に、窓がとりつけられていた。

ホウはあたりを見回した。水槽のふちに、割れたコンクリートの破片が落ちていた。大きさは握り拳《こぶし》ほどだ。それを拾い、ポケットに入れた。

窓の下に走りよると、

「肩車してくれ」

とタケルにいった。タケルは一瞬眉《まゆ》を吊《つ》り上げたが、無言でよつん這《ば》いになった。ホウはその首にまたがった。

タケルが立ちあがり、ホウは窓にとりついた。五十センチほどの高さがある横長の窓で、通常のサッシ錠で封じられている。

ホウは着ているヴェストを脱ぎ、錠の外側のガラスにあてがった。ポケットからだしたコンクリート片を、ヴェストの上から窓ガラスに叩《たた》きつける。

鈍い反応があり、ガラスが砕けた。さらに穴を広げるためにコンクリート片をふるい、ヴェストを外した。作った穴に指をさしいれ、錠前を外した。ガラス窓が開く。

「中に入ったら、正面のドアを開く。大急ぎでとびこんでこい」

タケルに告げて、窓わくに上半身をさしこんだ。中は、最初に入った、がらんとした玄関ホールだ。窓わくに手をかけ、下半身を抜くと、逆立ちするように、床に着地した。そのまますぐには動かず、あたりのようすをうかがった。どんなに急いでも、タケルはまた水槽を四つ抜けなければならない。二、三分はかかる筈だ。

建物の中は暗く、あいかわらず酸っぱい臭いがたちこめていた。人の姿はなく、話し声もしない。

ホウは出入口の扉の前まで移動した。シリンダー錠とボルト錠を外す。ノブを握ってわずかに扉を引くと、タケルが通路によじ登っている姿が見えた。

「おい！　何だ、お前」

背後から中国語が浴びせられ、ホウはふり返った。犬の面と紫の衣をつけた男が、地下階段のかたわらに立っている。

「保安隊から聞いてないのか。警察がきているんだ」

とっさにホウは中国語でいった。

「何？」

男が走り寄ってきた。ホウはドアをさっと開いた。勢いをつけたタケルが飛びこんでくると、男にぶちあたった。

男の体が仰向《あおむ》けにふっとび、面が外れた。呻《うめ》き声をたてる。

ホウはうしろから男の喉《のど》に左腕をかませ、ひねりあげた。

「声をだすなよ。首が折れるぜ」

男はばたばたと手足を動かした。さらに締めあげると、動くのを止めた。タケルがかたわらにしゃがんだ。

「ようし。若い女がここに連れてこられた筈だ。どこにいる」

男は首を回そうとした。ホウは喉を絞めつけた。手が床を叩いた。ホウは腕の力をゆるめた。

「ち、地下だ。工場の実験室」

男がぜえぜえと喉を鳴らしながらいった。

「こいつのベルトを外せ」

ホウはタケルにいった。タケルは頷くと、男の衣をめくりあげた。中に着ているのは、コーデュロイのジーンズとトレーナーだった。ジーンズのベルトをタケルが引き抜いた。

ガシャン、と音がした。マカロフ拳銃《けんじゅう》が床に落ちた。ベルトにさしこんでいたのだ。

「いいものもってるな。下には何人いる？」

ホウは男の耳にささやいた。

「ご、五人」

「工場の幹部というのもきてるのか」

「誰だって?!」

ホウは男の首を絞めた。

「敦《トン》だ。敦学勇《シュエヨン》」

「き、きてる」

ホウはタケルを見た。タケルは男のジーンズを脱がせていた。

「ここでおカマ掘る気か」

「馬鹿。腕だけじゃ心配だから、足も縛るんだ」

片方の脚の部分を男の足首に回しながら、タケルは答えた。

「やっぱりボスは、塾の先生だ」

タケルはちらりとホウを見やり、男の足首を縛りあげた。残った脚の部分を踏んづけながら、引きちぎる。

「質問は終わりか」

「ああ」

男の口の中にちぎったジーンズを押しこんだ。ホウは男の両腕をうしろに回した。ベルトで縛りあげる。

「カスミは地下だ。五人いる」

ホウが告げると、小さく頷《うなず》き、落ちているマカロフを拾いあげた。

「お前がもて」

タケルがさしだした。

「いいのか」

「お前のほうが使える。大事なのは、カスミを助けることだ」

タケルはいった。

カスミ

トイレの扉に手をかけたとき、背後に気配を感じた。ふりかえろうとしたとたん羽交いじめにされ、口に冷たい布が押しあてられた。

ヤバい、と思ったが間に合わなかった。息を止めようにも、いきなりわき腹を殴られ、痛みに喘《あえ》いだ瞬間、揮発臭のする匂いを吸いこんでしまった。くらっとして膝《ひざ》が砕け、そのあとのことがわからなくなった。

吐きけと頭痛で目がさめた。クスリには強い体質なので我慢はできる。クロロホルムを嗅《か》がされたのだとわかったが、カスミはすぐには目を開けず、まだ意識を失っているふりをした。

低い声で話す中国語が聞こえた。離れた場所でやりとりをしているようだ。

すぐそばにも人の気配がある。ゆっくりとだが体の感覚が戻ってきて、自分が長椅子のようなやわらかいクッションの上に横向きに寝ていることに気づいた。

同時に、鼻の奥に残っていたクロロホルムの臭いが、別の酸っぱい匂いにとってかわられ、どこにいるのかわかった。

「無限《ウーシェン》」の教会だ。さらわれ、連れてこられたのだ。

失敗だった。教会の連中が自分を狙っていると、わざわざ小春がホウに警告してくれていたのに、それを甘く見た報いだ。

ホウは何といっていたか。新しいクスリの実験台に使おうとしている、とか。工場の幹部がくるから、ともいっていた。

工場の幹部。つまりこの町の住人ではない、ということだ。

カスミは薄目を開いた。さまざまなガラス器具の並んだ台が見えた。それが光を反射して、きらきらと輝いている。

ひどく眩《まぶ》しい。瞳孔《どうこう》が広がっているようだ。

目を閉じた。

「大丈夫、ですか」

日本語が聞こえた。若い男の声だ。

「気持わるーい」

わざといって、咳《せき》こんだ。体を丸くして顎《あご》をひきつけ、声の主をうかがった。

竜の面をつけた男がかたわらに立っていた。ほっそりとしていて、そんなに背も高くない。

カスミの額に冷《ひ》んやりとした手があてられた。急いで目を閉じる。

「頭も痛いでしょう。でも少しすれば治る筈《はず》です」

「あたしに何したのよ。具合悪いよ」

目を閉じたまま いった。

「ほんの少し、眠ってもらっただけです」

「やめてよ」

額の手をふり払い、目を開いた。かがみこんでいた竜が驚いたようにあとじさった。

「あんた、誰」

上半身を起こし、竜を見つめた。

「目が覚めたか」

別の声が浴びせられ、カスミはそちらを見た。冷《ロン》だった。ヒゲ面に覚えがある。

部屋のようすが見えた。正面に鉄の階段があって上へとつながっている。その向こうに、ステンレス製のタンクが何本か並んでいた。

「ここ、どこ？」

「俺のことを忘れたのか、きのう、いいものをやったろう」

冷はいって、くっくと笑った。

「あれ？　たいしたことなかったよ。そんなにぶっとばなかったもん」

カスミは答えた。冷は笑みを大きくした。

「今日はもっときくやつをやる。宇宙の彼方《かなた》までぶっとぶぞ」

「今はいらない。吐いちゃうよ、きっと」

カスミはいって、頭を両手で抱えた。

「ああ、頭痛い」

足もとに目をやり、部屋の他の場所をうかがった。壁ぎわにあと三人いる。紫の衣を着てはいるが、面はつけていない。

「ここ何なの。すごく臭いよ」

「お前の大好きなものを作ってる場所だ。さあ――」

冷がペットボトルをさしだした。ミネラルウォーターだ。カスミはそれをつかんだ。底のほうにわずかだが白い粉末が沈殿していた。

「とりあえず水でも飲め」

笑みを含んだ口調でいった。

「うん」

カスミはいってペットボトルをもちあげた。口にもっていくふりをして、手を離した。

「あっ」

ペットボトルは長椅子で弾み、床に転がった。水が口から流れでた。

「何をする?!」

「駄目、手に力が入んない」

「馬鹿」

冷があわててペットボトルを拾いあげた。中身はあらかた床にこぼれていた。

「もったいないことしやがって！」

「いいじゃん、別に。水でしょう」

「ふざけるなっ」

冷は手にしたペットボトルをカスミめがけて振った。水の飛沫《しぶき》が顔にとんでくる。

「冷たい。何するの」

冷はカスミに歩みよると、いきなり頬をワシづかみにした。

「なめるなよ！　このガキが」

顔を近づけ、怒鳴った。

「今、お前が床にぶちまけた水の中にはな、うちの新しい商品が何万円ぶんも入っていたんだぞ」

カスミは冷の腕をふりはらった。

「そんなの知らないよ！」

平手打ちがきて、カスミは長椅子を転げ落ちた。濡《ぬ》れた床の上に転がる。

「やめてよ！　なんで叩《たた》くの」

「やかましい。この馬鹿女が。お前はこれから俺たちにさんざん突っこまれて、よがり泣くんだよ」

「冗談じゃないよ。誰があんたとなんかやるもんか」

カスミは立ちあがろうとして、よろけた。まだ足に痺《しび》れが残っている。

冷がいやらしい笑いを浮かべた。

「心配すんな。やりたくてやりたくてたまらなくしてやる」

「いらないよ、そんなもの」

冷が竜の面の男をふりかえった。中国語で何ごとかをいう。竜の面の男は無言でカスミを見ている。

この男が、工場の幹部なのか。

冷が壁ぎわに立つ男のひとりに手をさしだし、中国語を喋《しゃべ》った。

男がガラス器具の並んだテーブルに近づいた。フラスコやビーカーのすきまから、細い注射器《ポンプ》をとりあげ、冷に渡す。

「嫌だよ。ポンプは使いたくない！」

カスミは叫んだ。

「お前が水を流しちまうからだ」

冷は注射器を掲げ、男たちに命令を下した。

カスミは長椅子に押しつけられた。冷が歩みより、にやにや笑いながら、カスミのスカートをめくりあげた。

「すべすべしてるな、おい。もうすぐベトベトになるぞ、ここが」

太ももをなであげながらいった。

「やめてよ！　やだっ」

注射器が太ももにつき立てられた。カスミは動きを止めた。針が折れるのが恐い。

薬液が流れこんだ瞬間、手足の先がすっと冷たくなる。かなり純度の高いエスだ。

注射針を抜いた冷が離れた。カスミの体は自由になった。

動くな、動いちゃ駄目。

カスミは自分にいい聞かせた。動けば動くほど、クスリのまわりが早くなる。

だが自分の体が自分のものではないように軽くなるのを感じた。自然に腰が浮く。

冷がひどくやさしい笑みを浮かべている。

「どうだ。気分いいだろう」

答えようとしたが、言葉がでてこない。カスミは手をのばした。誰かにつかんでほしくなっていた。

竜の面を、男が外した。

竜の面の下から現われたのは、三十くらいの男の顔だった。色白で一見やさしげだが、目に神経質そうな険がある。その目はみひらかれ、カスミは瞳《ひとみ》に映った自分の顔をはっきり見た。この男は……。そうだ。

効いてきている。

カスミは目を閉じた。マズい。そのあたりのプッシャーがさばいているような混ぜものだらけの安いエスなら、一パケや二パケ射《う》たれたところで耐えられる自信はある。が、今ポンプで流しこまれたエスは、それどころではない純度があった。しかも——。

無意識に目を開き、カスミは喘《あえ》いだ。

入っているのはエスだけではない。心臓の鼓動が急激にはね上がっていた、冷たくなっていた手足の先が今度はふんわりと軽くなっている。

宙に体が浮いているような陶酔感がやってきた。アップとダウン、両方のクスリが入っているのだ。ヘロインとコカインを混ぜたような強烈なインパクトがある。目に映りこむすべての映像の色彩が強烈になり、ひとつひとつの輪郭がくっきりしたかと思えば、次の瞬間にはグニャグニャの、実体を失ったただの塊りと化す。

話し声はどこか遠くなり、美しい音楽が頭の中で鳴り始めた。それは今まで聞いたどんな曲ともちがう、やさしくて気持がほぐれていく響きだった。

はあっと自分の口からため息がもれるのをカスミは聞いた。長椅子ではなく空中に体が浮かんでいる。

白くてやさしい手が、カスミの太ももに触れた。びくりと体が反応した。電流が流れ、しかしそれは決して不快ではなく、背骨の奥が溶けだすような心地よさがあった。

またため息がでた。

マズい。マズすぎる。

誰かひとりだけ、そんなことをいっている奴がいた、うざい、消えてしまえ。こんな気持いいのにつまんないことというな。

やさしい手が服を脱がせていく。天使たちが何人もいて、カスミを自由にしようとしているのだった。そう、服なんかいらないよ。もっとあたしを自由にして。

そうして皆であったまろうよ。

アツシ

二人は足音をたてないように階段を降りていった。人の話し声が聞こえた。その中にクスクスという笑い声が混じっている。

ホウは背中が冷たくなるのを感じた。笑い声はカスミだ。楽しげなのに、どこか気味の悪い響きを伴っている。

階段の途中で身をかがめた。

実験室と工場をあわせたような部屋だった。何本もの蛍光灯が点《とも》り、ステンレス製のタンクやガラスの器具が光っている。

仕切りのない広い部屋の一角に人が固まっていた。ソファや長椅子がおかれ、それを囲むように五人の衣を着けた連中がいた。全員で囲んだ長椅子に白い体があり、くねっている。笑い声はその白い体のもち主が発しているのだった。

「ドラゴン」

と男たちのひとりがいうのが聞こえた。声に聞き覚えがあった。冷《ロン》だ。

「まずあんたからやれよ。この女は放っとけば、そのへんの試験管でも自分からつっこむぜ」

ホウの胸に思ってもいなかった怒りが点火した。こいつらはカスミにクスリを射ったのだ。その上で嬲《なぶ》りものにしようとしている。

「私はいい」

細くてやさしげな男の声がいった。男たちはカスミを囲んでくっついているので、どれが誰の声だかはわからない。

「人前でセックスをする趣味はないんだ。新薬の効きめさえこの目で確かめられれば充分だ」

北京語だった。が、かすかな訛《なまり》がある。何の訛だろうと考え、気づいた。もしかすると広東語を喋り慣れている人間ではないのか。

「だからこそ、あんたに最初にやってもらいたいのさ。こいつがどのくらいすごいか、女の反応で確かめられる」

ホウの肩を背後からタケルがつかんだ。意味はわからなくとも、これから何がおこなわれようとしているか、ひと目でわかる。今にも飛びだしていきそうだ。

　ホウはタケルの腕をつかんだ。

「ぶっ殺す」

　耳もとで歯ぎしりのようにタケルがつぶやいた。

「いや、けっこうだ。あんたらがやれ」

　やさしい声がいった。すると不意に冷が笑いだした。

「やはりな」

　タケルが前にでようとするのを、ホウはおさえつけた。タケルが恐ろしい形相でホウをにらみつけた。ホウは掌《てのひら》を開き、待てと合図した。

「ドラゴン、あんたの趣味はちょっと人とちがうだろう」

　冷が突然、日本語でいった。タケルが驚いたように目を向ける。

「何の話だ」

　ドラゴンと呼ばれているやさしい声の男が日本語で訊《き》き返した。

「ここで日本語がわかるのは、俺とあんただけだ。だからいうんだが、あんたはその趣味と実益をかなえるためにミドリ町にきているのだろう」

　冷が答えた。

「いっていることがわからないが」

「あんたは子供にとてもやさしい、という話だよ」

ドラゴンが黙った。

「いいたいことがわかったか、先生」

冷がつづけたが、ドラゴンは沈黙を守っている。

「別にいいんだ、あんたの趣味は。だが、なんでここの子供ばかりなんだ。日本人の子をやればいいだろうが」

「黙れ」

ドラゴンがいった。

「わたしの生き方に口をだすな」

「生き方？　殺し方だろう。変態先生よ」

タケルの目がホウを見た。ホウは小さく頷《うなず》いた。

こいつだ。横浜からきているという教師、敦学勇《トンシュエヨン》が、子供殺しの犯人だったのだ。

「もし俺があんたの正体を話したら、あんたはここから生きてはでられない。子供をさらわれた奴らは決して許さないからな」

冷がいった。

「私を威《おど》しているのか」

「威す？　とんでもない。あんたのバックにいるすごい組織と仲よくなりたいだけだ。この町を作る金をだした大物に、俺を引き合わせてくれ。俺はこいつらとはちがう。日本で生まれて育った人間だ。食いつめて大陸から流れてきたわけじゃない。俺は使える人間だぜ。こんなうすぎたない町の工場に縛りつけておくには、もったいない人材だとは思わないか」

「仲よくなりたいのなら、よけいな口はきかないことだ」

「厳しいことをいうね」

衣のひとつが動き、ホウはドラゴンがどの人物だかわかった。色が白く、ほっそりとした男だ。

「お前は何もわかってない。趣味と実益を兼ねたのはその通りだが、それはここで教師をすることじゃない。この町を作ったことそのものなんだ。組織だと？　それはあるさ。今でも香港に、何十人という手下がいる。父の下にはさらに何百人。この町を作る金をだした組織だ。私が父を説得し、金をださせた。何のためか。大陸からきた連中を受けいれ、仕事をさせ、そして私の好きな子供たちを集めるためだ。日本人の子をなぜやらない、だと。馬鹿なことをいう。日本人の子は、いなくなればすぐ騒ぎになる。だがこの子たちは、初めからいないのと同じなんだ。死体が見つかっても、どこの誰ともわからない。だからいいのじゃないか。わかったか。私のためにこの町はあるんだ」

「じゃ、あんたがボスなのか」

「本当のボスは日本になどいない。香港とカナダをいったりきたりさ。私の父のことをいっているならな。だがこの町を作るアイデアを思いつき、金を集め、日本のやくざと話をつけ、実行に移したのは、この私だ。わかったらひざまずけ。この愚か者が」

今度は冷が黙りこんだ。

「私を威して、何をしたかったんだ。ここは、私が私のためにこしらえた農場のようなものだ」

「か、勘弁して下さい。ボス」

かすれた声で冷がいった。

「俺がまちがっていました。でも、俺を認めてほしかったんです」

「うるさい」

そのとき、ブーッ、ブーッという振動音が床からした。全員がびくりとする。

「何だ！」

「この女です。スカートの中」

北京語に戻った会話がとびかい、ひとりが床に捨てられていたカスミのミニスカートを拾いあげた。

「電話だ」

携帯電話がスカートのポケットからひっぱりだされた。

「なぜもっているんだ?!」

ドラゴンこと敦学勇が叫んだ。ヒステリックな金切り声になっていた。

「携帯電話はもちこみ禁止の筈《はず》だ。なのになぜこの女がもってる?! 答えろ、冷」

ホウはタケルに合図した。今しかない。

二人は階段を駆け降りた。

「手前《てめえ》ら！」

タケルが怒号をあげた。足音に気づいてふりかえった男の腹を蹴《け》りあげる。

冷が衣の下に手をさしこんだ。

「よせっ」

ホウは叫んだ。マカロフの狙いをつけていた。

タケルが次々と男たちを殴り倒していった。

「どこから入った、貴様ら」

冷が目を丸くしていったが、

「やかましい」

次の瞬間、タケルの拳《こぶし》がその顔面に命中し、床に転がった。その顔にタケルが爪先《つまさき》を叩《たた》きこむと歯と血がとび散った。

「全部聞かせてもらったぞ、敦学勇」

ホウはただひとり残った敦に向け、中国語で告げた。

敦は大きく目をみひらき、ホウを見つめた。タケルが近づくと、ひっという声をあげ、腕で顔をかばった。

「農場だと。ふざけやがって、この野郎」

タケルががらあきになった敦の腹にパンチを打ちこんだ。敦は体をふたつに折ってしやがみこんだ。

「立て、こら」

髪をつかんで吊《つ》るし上げた。

「やめろ、痛い！」

「何が痛いだ。同じ中国人の子供をオモチャにしやがって。手前だけは絶対に潰《つぶ》す」

タケルがいったので、ホウは思わず見た。タケルの顔は真剣な怒りで歪《ゆが》んでいた。

強烈な前蹴りを浴び、敦の体がふっ飛んだ。台の上のガラス器具を背中で押し潰しながら倒れこむ。

タケルはそこにさらに詰め寄った。

「俺は中国人が嫌いだがな、その弱みにつけこむ中国人は、もっと許せねえ」

顔面を蹴りつけた。悲鳴をあげ、敦は転げ回った。

「殺すなよ！」

思わずホウはいっていた。

「殺しはしねえ。しねえが、二度と腐った趣味に走れねえようにしてやる」

ぎゃっという絶叫を敦があげた。股間《こかん》にタケルが膝《ひざ》をつきこんだからだった。

ホウはカスミを見た。そしてすぐに目をそらした。カスミは全裸だった。こぶりだが美しい乳房や、すらりとのびた脚、そのつけ根の淡い繁みが一瞬だが焼きついた。

床に落ちているブラウスとスカートを拾いあげ、その体にかぶせた。

そしてあたりを見回した。こいつらをどこかに閉じこめなければならない。

カスミ

初めはゆっくりと、そしてある瞬間、突然に現実が戻ってきた。寒けに襲われ、ががたと体が震えた。

「ダイジョブ、ダイジョブ」

誰かがいって、体を抱きしめてくれた。女の声で、カスミはほっとした。涙が止まらなくなり、自分をくるんでいる毛布に顔をうずめた。

クスリを射《う》たれた。そのときのことしか覚えていない。思わず服を着ているかどうかを確かめた。着ている。

次にしたのは、下着に手をさしいれることだった。おおぜいの男にオモチャにされたのではないかという恐怖がこみあげたのだ。

ほっとした。よごれてはいない。マワされていたら、たとえ服を着ていても、下半身はひどいことになっていた筈だ。だがそんな痕跡《こんせき》はなかった。

ようやく目を開き、自分がどこにいるかわかった。C－202だ。いつのまにか、自分たちの部屋に、カスミは連れ帰られていたのだ。

小春《シャオチュエン》の顔が目の前にあった。心配そうにのぞきこんでいる。

「小春！」

思わず叫んで、カスミはすがった。小春は無言でカスミを抱きしめ、背中をさすった。

タケル

「殺してはいないだろうな」

クチナワがいった。

「大丈夫だ。ぼこぼこにはしたが」

タケルは答えた。カスミの携帯電話を風呂場《ふろば》で使っていた。かたわらにホウがいる。

「で、その連中はどうした」

「全員、縛って工場の倉庫みたいな小部屋に閉じこめてある。目かくしをして猿グツワもかませたから、ひと晩は動けない」

「カスミは」

「クスリの抜け待ちだ。何か強烈なのを射ちこまれたみたいだが、それ以上のことはされていない」

「よかった」

クチナワがいった。

「よかった?!　それだけかよ。本当に危ねえところだったんだぞ。あいつをすぐ外せ。これ以上、ヤバい目にあわせたくない」

「落ちつけ。まだ作戦の途中だというのを忘れるな」

「途中?　何がだ。変態野郎の正体はつきとめた。任務完了じゃねえか」

「奴らにかけた罠《わな》が完了していない。打ち合わせ通り、株券の強奪をおこなわせるんだ」

「カスミはまだ動けないんだ。無理に決まってるだろうが――」

タケルが怒鳴ったとき、風呂場の扉が開いた。

「あたしなら大丈夫」

青ざめてはいたが、しっかりした口調でカスミがいった。

アツシ

バリケードをぶち破って入ってきたのは、グレイに塗られた機動隊の装甲車だった。

抵抗はほとんどなかった。その筈で、保安隊のメンバーの大半は、カスミとタケルとともに、偽の暴力団事務所を襲うために町を離れていたのだ。

ミドリ町に残っていた中国人は、サイレンと共に次々と敷地に進入してくる警察車《しゃ》輛《りょう》を呆然《ぼうぜん》と見つめていた。叫んだり、逃げようとする者はほとんどいない。誰もが、心のどこかでいつかこの日がくると覚悟していたかのようだ。

警官隊といっしょにやってきたのが入国管理局の職員たちだった。

整列させた中国人ひとりひとりに通訳が話しかけ、パスポートとビザの有無を確認している。

小ぶりの装甲車がホウの前で止まった。ハッチバックが開き、トカゲが押す車椅子に乗ったクチナワが現われた。

ホウはもたれかかっていたベンチから背を起こした。

「いいのかよ、こっちにきて」

クチナワに訊《たず》ねた。クチナワは表情をかえることなく答えた。

「終わった。十四名の中国人を逮捕し、拳銃《けんじゅう》や刃物を押収した。怪我をした者はいない」

「二人は無事ってことだな」

クチナワは頷《うなず》いた。

「工場に案内しろ」

ホウは立ち、歩きだした。あとをクチナワの車椅子を押したトカゲがつづく。

並んでいる中国人たちの前を通った。罵声《ばせい》や憎しみのこもった視線を浴びせられると覚悟した。

だが、なかった。誰もがホウを無視していた。唯一、ちがったのが宗丹《ツォンダン》だった。

「嘘つき！」

中国語の叫びに、ホウはびくっとした。かたわらにいた母親らしい女があわてて宗丹の手をひっぱった。

「中国人のふりして！」

ホウは思わず宗丹を見た。俺は中国人だ、と叫びたいのをこらえた。そうか。こいつらは、俺を裏切り者だと思っていないのだ。なぜなら、俺が日本人だからだ。

目をぎゅっと閉じた。大声でわめき散らしたい。だが誰に、何をわめけばいいのかがわからなかった。

息を吐き、無言で歩きつづけた。

閉じこめておいた奴らをクチナワとトカゲに引き渡した。敦学勇は半死半生だった。ひと目見るなり、クチナワはトカゲに救急車を回せ、と命じた。

ホウは敦の猿グツワをむしりとった。

「助かった。私は何の関係もない教師なんです。あなたは日本人ですよね」

トカゲに下した命令を聞いていたのか、敦はクチナワに日本語でいった。

「日本人で、警官だ」

クチナワが答えた。

「よかった。早く、早く、私を病院に連れていって下さい」

苦しげに涙を流しながら敦はいった。

「心配するな。病院には必ず連れていく。そこで体を治すといい」

敦がほっとしたような表情を浮かべた。

「体が治ったら、絞首台が待ってるぞ」

敦の表情が凍りついた。ホウは背を向け、工場をでていった。

もう誰も何もいわなかった。入管のチェックを受けた住人たちは、次々とやってくるバスに押しこめられている。

その中には赤ん坊を抱いた小春もいる筈《はず》だ。カスミは逃がそうとした。だが小春は子供を抱え、いくところがなかった。小春の夫は工場にいたひとりだった。

――いつかはこうなると思っていたよ。あなたのせいじゃない
小春が寂しげにつぶやくのを聞いていた。

歩きつづけ、ホウはミドリ町をでた。ホウの容姿を警官たちは前もって知らされていたらしく、誰からも止められなかった。

二十四時間炎を吐きつづける煙突の群れが目印だった。どこへいくというアテもなく、疲れて倒れるまで歩きつづけるのだ、と決めていた。

サイレンや笛の音が聞こえなくなるのに、三十分は歩いたろう。化学薬品とわずかに

潮の匂いがした。

海にぶちあたったら、そのまま飛びこんでやる。そして今度は泳ぎつづけりゃいい。体力が尽きたら、そこで沈むだけのことだ。

一台の乗用車が目に入った。ハザードを点《とも》し、トラックやタンクローリーしか通らない道に止まっている。二つの人影がトランクにもたれていた。

「遅《おせ》えよ」

タケルがいった。

「お前ら……」

ホウは息を詰まらせた。タケルはカスミを示した。

「こいつがいったんだ。ホウはきっとひとりで黙々と歩いてくるって。本当だった。くやしいが、こいつは俺たちのことをわかってやがる」

カスミは無言でホウを見た。ホウは息を吐いた。むしょうに腹立たしく、だがむしょうにこの二人がなつかしかった。

「馬鹿野郎」

「踊りにでもいこ」

カスミがいった。

解説　若者達に開かれしハードボイルドの息吹《いぶき》

小島《こじま》　秀夫《ひでお》（ゲームデザイナー）

本書は、活字離れした若者達に「物語」の面白さを再認識して貰《もら》うにふさわしいハードボイルド小説である。作者は「新宿鮫《しんじゆくざめ》」シリーズで直木賞を受賞した大沢在昌《おおさわありまさ》氏。和製ハードボイルド作家の代名詞として大成し、推理《ミステリー》小説という領域を広げた立役者だ。その文壇の大御所が「物語」の危機に際し、果敢に挑んだシリーズが「カルテット」である。本書は単行本として発売された「カルテット1渋谷デッドエンド」＋「カルテット2イケニエのマチ」を一冊に併せた待望の文庫化となる。

いつの時代にも、若者達には「物語」が必要だ。住む世界を限定された経験の浅い彼らには、教訓となり、範となる「物語」が必須《ひっす》となる。家庭や学校、小さな内なる社会では知り得ない「物語」が。若者達はそれらの「物語」を疑似体験し、外の世界へ旅立つ準備をする。そして、異なる思想、世界との争いと和解、大人への成長を学ぶ。そもそも、外の世界に触れようとする好奇心を育てるためにも「物語」は欠かせない。それを考えると、まさに若者達、特に十代の思春期に必要な刺激物こそ、「冒険小説」と言えよう。

だが、〝平和ボケ〟した日本を舞台にポリティカル・フィクションやリアルな冒険小説を紡ぐのは難しい。SWAT、FBI、CIA、INTERPOL、NSA。そういった冒険小説に不可欠な政府機関や特殊部隊、エージェントは存在しないか、あっても存在感が薄い。そもそも軍隊すら持っていない。自衛隊では行動が制限される。国内の公的機関である以上、大きなスケールでの冒険奇譚《きたん》は描きにくい。非正規部隊を如何《いか》に国内法の下で存在させるか？　ここでまず壁に突き当たる。そして主人公を恐怖のどん底に落とし入れる敵とは？　これも日本だと、どうしても北朝鮮やヤクザ、アジアンマフィア、ロシアンマフィア、麻薬シンジケート等に落ち着いてしまう。舞台は新宿か渋谷《しぶや》かだろう。たとえ銃が使えたとしてもハンドガン止まり。街中でアサルトライフルを安易には掃射できない、カーチェイスもドンパチも難しい。これだとハリウッド製アクション映画を見慣れた読者には物足りない。無理もない。英国人作家でさえ、スケールの大きな冒険小説を書く時には、北米を舞台にすることが多いくらいなのだ。

そんな訳で「警察小説」が量産される。アクションやスケールの大きな活躍にフォーカスするのではなく、キャリアと現場《ノンキャリア》の対立、公安と刑事との確執などの内部事情にページが割かれる。これらの徹頭徹尾リアルな社会派小説に若者たちを依存させ続けることは難しい。結果的に、若者向けの冒険物語の供給は、アニメやゲームといったビジュアル・メディアに任されることになる。漫画やアニメ、ゲームであれば、デフォルメすることでリアリティの欠如はある程度、許容される。SFやファンタジー、魔界などの要素を取り入れ、架空のそれらしい組織を創りあげることで、その部分をうまく偽装できるからである。

絵本を卒業した子供達は、大人になる前に必要な「物語」を小説ではなく、ひとっ飛びに漫画やアニメから摂取するようになる。一部、ライトノベルを読む若者もいるが、成人してから小説に戻ってくる読者は少ない。学校の教科書でしか、小説を読んだことがない、という若者も増えているはずだ。それは悪いことではない。かつて小説が担った役割を、漫画やアニメが肩代わりしたということだ。だからこそ、漫画は劇画になり、アニメはジャパニメーションとして進化し、言葉の壁を越え、一時期は世界を席巻《せっけん》したのだ。

とはいえそれもまた、日本を舞台に若者へ向けた冒険小説を書くことがどれほど難しいかの証左とも言える。

大沢さんは、それを知悉《ちしつ》した上で、本作を以《もっ》てこの困難に挑み、そして見事に成功している。だからこそ、このシリーズを薦めたい。多くの若者にこの「物語」を読んで貰いたいのだ。

本作は、ジュブナイルではなく、ライトノベルとハードボイルドの間、その空白地帯に位置すると思う。深夜アニメや青年漫画がキープしているポジション。つまり最も「物語」に影響を受ける世代へ向けた小説である。リアルな世界の中に、漫画世代が求めるヒロイズムと等身大の人間ドラマ、苦悩が共存する。それはゲームや漫画カルチャーにも造詣《ぞうけい》が深い大沢さんだからこそできることでもあったのだろう。

「闇の中に身をおくと落ちつく、という人間は多い。闇は姿を隠し、危険な敵から身を守るからだ」という絶妙な書き出しで始まる本作は、まさに闇に身を閉ざした若者達の更生と友情を、冒険小説という手法で描いた成長の物語。

登場人物は皆孤独だ。子供の頃に両親を殺害されたタケル。目的の為なら手段を選ばない頭脳派少女のカスミ。日本人を嫌う中国残留孤児三世のホウ。そして彼らを巻き込み、裏の組織「特殊捜査班」として束ねるのは、脚を持たぬ車椅子の男、クチナワ（蛇を意味する）。初めは相反していた彼らがクチナワを中心として「チーム」を結成し、警察では対処できない様々な犯罪に立ち向かっていく。

他人を信用しないメンバー達が反撥《はんぱつ》しながらも、絆《きずな》を深めていく過程はさわやかである。最初のミッションで巡り会い、仲間となった「チーム」は、その後、在留資格を持たない中国人が住み着いているという難攻不落の〝ミドリ町〟に潜入することになる。日本国内であって日本ではない街。ミニ九龍城と言えばいいだろうか。如何にリアリティを満たしつつ、日本の中にそういった状況を創るか？　この設定は流石といえる。

〝ミドリ町〟では、水道も電気も、街を支配する〝無限《ウーシエン》〟という謎の教団が管理している。治外法権。国家権力も踏み込めない。そんな舞台へと謎の女児殺害事件を追って「チーム」は素性を偽り潜入する。支援も協力者もなし。正体がバレれば、命はない。ここからが「カルテット」達の本ミッションだ。世界観もさることながら、手に汗握る展開が連続する。流石のページターナー、面白い。

それに、なんといっても読みやすい。文体は歯切れよく、話のテンポもいい。ハードな部分を押さえつつ、渋谷カルチャー的なギリギリのオシャレ感もある。キャラクター達にも魅力がある。同世代の読者にとってのタケル、カスミ、ホウらはある意味、負け組ともとれるが、だからこそすんなりと感情移入できるはずだ。

そして彼らが踏み込むのは、ハードな世界。背伸びをして覗《のぞ》いてみたいというよりは、見たくはないが眼にしてしまった大人の裏世界。ファンタジーではない分、過激な表現も含め、正真正銘ハードボイルドしている。また、現代が抱える社会問題も織り込まれている。大沢さんが注目されている「中国残留孤児」問題は、本作でも色濃く取り上げられている。

そんな危険な香りを漂わせつつも、「カルテット」のテーマは、その題名の通り、「仲間」の絆である。若者達が手に入れたくて手に入れにくいもの。いつの時代にも生きていく上で最も必要なもの。それを大沢在昌氏は規格外の本作で、次の世代に伝えようとしているのだ。
SFやファンタジーに頼らず、日本国内で展開する、リアリティを踏まえた大きなスケールの「冒険小説」がここにある。若者も意識して書かれたとはいえ、私の様な海外ハードボイルドで育った五十代、生粋の古参冒険小説ファンをも唸《うな》らす出来だといえる。

この後、タケルやホウを待ち受ける運命は？　カスミ、クチナワの過去とは？　早く続きが読みたくなる。次号はグルカナイフの使い手、〝グルカキラー〟というさらなる強敵が彼らの前に立ちはだかるようだ。彼らはどうなるのか？　彼らが抱えた闇は？　友情は？　未来は果たして？　もう最後までつきあうしかないだろう。

本作「カルテット」に嵌《は》まれば、さらなる彼らの「物語」を求めるはずだ。あらたな「物語」に嵌まれば、次の「冒険」に再び脚を運ぶことになるはず。本作に触れた読者は、漫画でもアニメでもない、あえて小説として織り成された日常の中に潜む「物語」を、これからも追い続けることになるだろう。
残念なことに、現代の若者は大人を軽蔑《けいべつ》している。手本とするヒーローが不在であることもそのひとつの理由だ。そんな現状をよそに、大人は大人だけの事情で「物語」を創る。大人による大人を描いた「物語」が氾濫《はんらん》する。その反面、若者は大人の「物語」から眼を背け、架空の子供の世界に留《とど》まり続ける。若者には本物の「物語」が必要なのに。

活字離れの現代《いま》を創ったのは大人である。大沢在昌さんは、大人のプロの作家《ストーリーテラー》として、その責任を自ら果たそうとしている。それがこの「カルテット」なのだ。

尚《なお》、この続きの文庫版二巻「解放者　特殊捜査班カルテット2」は、10月25日発売予定。そして、初書籍化でもある最終巻「十字架の王女　特殊捜査班カルテット3」は、11月25日発売予定のようだ。刊行が待ち遠しい。

本書は小社より二〇一〇年十二月に刊行された
『カルテット1　渋谷デッドエンド』『カルテット
2　イケニエのマチ』を文庫化したものです。

生《いけ》贄《にえ》のマチ

特《とく》殊《しゅ》捜《そう》査《さ》班《はん》カルテット

大《おお》沢《さわ》在《あり》昌《まさ》

平成27年 9月25日　初版発行
令和6年 10月30日　10版発行

発行者●山下直久

発行●株式会社KADOKAWA
〒102-8177　東京都千代田区富士見2-13-3
電話　0570-002-301（ナビダイヤル）

角川文庫 19342

印刷所●株式会社KADOKAWA
製本所●株式会社KADOKAWA

表紙画●和田三造

ISBN978-4-04-102042-5　C0193

角川文庫発刊に際して

角川源義

第二次世界大戦の敗北は、軍事力の敗北であった以上に、私たちの若い文化力の敗退であった。私たちの文化が戦争に対して如何に無力であり、単なるあだ花に過ぎなかったかを、私たちは身を以て体験し痛感した。西洋近代文化の摂取にとって、明治以後八十年の歳月は決して短かすぎたとは言えない。にもかかわらず、近代文化の伝統を確立し、自由な批判と柔軟な良識に富む文化層として自らを形成することに私たちは失敗して来た。そしてこれは、各層への文化の普及滲透を任務とする出版人の責任でもあった。

一九四五年以来、私たちは再び振出しに戻り、第一歩から踏み出すことを余儀なくされた。これは大きな不幸ではあるが、反面、これまでの混沌・未熟・歪曲の中にあった我が国の文化に秩序と確たる基礎を齎らすためには絶好の機会でもある。角川書店は、このような祖国の文化的危機にあたり、微力をも顧みず再建の礎石たるべき抱負と決意とをもって出発したが、ここに創立以来の念願を果すべく角川文庫を発刊する。これまで刊行されたあらゆる全集叢書文庫類の長所と短所とを検討し、古今東西の不朽の典籍を、良心的編集のもとに、廉価に、そして書架にふさわしい美本として、多くのひとびとに提供しようとする。しかし私たちは徒らに百科全書的な知識のジレッタントを作ることを目的とせず、あくまで祖国の文化に秩序と再建への道を示し、この文庫を角川書店の栄ある事業として、今後永久に継続発展せしめ、学芸と教養との殿堂として大成せんことを期したい。多くの読書子の愛情ある忠言と支持とによって、この希望と抱負とを完遂せしめられんことを願う。

一九四九年五月三日

角川文庫ベストセラー

アルバイト・アイ
命で払え
大沢在昌

冴木隆は適度な不良高校生。父親の涼介はずぼらで女好きの私立探偵で凄腕らしい。そんな父に頼まれて隆はアルバイト探偵として軍事機密を狙う美人局事件や戦後最大の強請屋の遺産を巡る誘拐事件に挑む！

アルバイト・アイ
毒を解け
大沢在昌

「最強」の親子探偵、冴木隆と涼介親父が活躍する大人気シリーズ！　毒を盛られた涼介親父を救うべく、東京を駆ける隆。残された時間は48時間。調毒師はどこだ？　隆は涼介を救えるのか？

アルバイト・アイ
王女を守れ
大沢在昌

冴木涼介、隆の親子が今回受けたのは、東南アジアの島国ライールの17歳の王女の護衛。王位を巡り命を狙われる王女を守るべく二人はある作戦を立てるが、王女をさらわれてしまい…隆は王女を救えるのか？

アルバイト・アイ
諜報街に挑め
大沢在昌

冴木探偵事務所のアルバイト探偵、隆。車にはねられ気を失った隆は、気付くと見知らぬ町にいた。そこには会ったこともない母と妹まで……！　謎の殺人鬼が徘徊する不思議の町で、隆の決死の闘いが始まる！

アルバイト・アイ
誇りをとりもどせ
大沢在昌

莫大な価値を持つ「あるもの」を巡り、右翼の大物、ネオナチ、モサドの奪い合いが勃発。争いに巻き込まれた隆は拷問に屈し、仲間を危険にさらしてしまう。死の恐怖を越え、自分を取り戻すことはできるのか？

角川文庫ベストセラー

アルバイト・アイ 最終兵器を追え　大沢在昌

伝説の武器商人モーリスの最後の商品、小型核兵器が行方不明に。都心に隠されたという核爆弾を探すために駆り出された冴木探偵事務所の隆と涼介は、東京に裁きの火を下そうとするテロリストと対決する！

感傷の街角　大沢在昌

早川法律事務所に所属する失踪人調査のプロ佐久間公がボトル一本の報酬で引き受けた仕事は、かつて横浜で遊んでいた〝元少女〟を捜すことだった。著者23歳のデビューを飾った、青春ハードボイルド。

漂泊の街角　大沢在昌

佐久間公は芸能プロからの依頼で、失踪した17歳の新人タレントを追ううち、一匹狼のもめごと処理屋・岡江から奇妙な警告を受ける。大沢作品のなかでも屈指の人気を誇る佐久間公シリーズ第2弾。

追跡者の血統　大沢在昌

六本木の帝王の異名を持つ悪友沢辺が、突然失跡した。沢辺の妹から依頼を受けた佐久間公は、彼の不可解な行動に疑問を持ちつつ、プロのプライドをかけて解明を急ぐ。佐久間公シリーズ初の長編小説。

かくカク遊ブ、書く遊ぶ　大沢在昌

物心ついたときから本が好きで、ハードボイルド作家になろうと志した。しかし、六本木に住み始め、遊びを覚え、大学を除籍になってしまった。そんな時に大沢在昌に残っていたものは、小説家になる夢だけだった。

角川文庫ベストセラー

夏からの長い旅　大沢在昌

最愛の女性、久邇子と私の命を狙うのは誰だ？　第二の事件が起こったとき、忘れようとしていたあの夏の出来事が蘇る。運命に抗う女のために、下ろすことのできない十字架を背負った男の闘いが始まる！

シャドウゲーム　大沢在昌

シンガーの優美は、首都高で死亡した恋人の遺品の中から〈シャドウゲーム〉という楽譜を発見した。事故から恋人の足跡を遡りはじめた優美は、彼に楽譜を渡した人物もまた謎の死を遂げていたことを知る。

六本木を1ダース　大沢在昌

日曜日の深夜0時近く。人もまばらな六本木で私を呼び止めた女がいた。そして行きつけの店で酒を飲むうちに、どこかに置いてきた時間が苦く解きほぐされていく。六本木の夜から生まれた大人の恋愛小説集。

眠りの家　大沢在昌

学生時代からの友人潤木と吉沢は、千葉・外房で奇妙な円筒形の建物を発見し、釣人を装い調査を始めたが……表題作のほか、不朽の名作「ゆきどまりの女」を含む全六編を収録。短編ハードボイルドの金字塔。

一年分、冷えている　大沢在昌

人生には一杯の酒で語りつくせぬものなど何もない。それぞれの酒、それぞれの時間、そしてそれぞれの人生。街で、旅先で聞こえてくる大人の囁きをリリカルに綴ったとっておきの掌編小説集。

角川文庫ベストセラー

烙印の森　大沢在昌

私は犯罪現場専門のカメラマン。特に殺人現場にこだわるのは、"フクロウ"と呼ばれる殺人者に会うためだ。その姿を見た生存者はいない。何者かの襲撃を受けた私は、本当の目的を果たすため、戦いに臨む。

ウォームハート　コールドボディ　大沢在昌

ひき逃げに遭った長生太郎は死の淵から帰還した。実験台として全身の血液を新薬に置き換えられ「生きている死体」として蘇ったのだ。それでもなお、愛する女性を思う気持ちが太郎をさらなる危険に向かわせる。

B・D・T［掟の街］　大沢在昌

不法滞在外国人問題が深刻化する近未来東京、急増する身寄りのない混血児「ホープレス・チャイルド」が犯罪者となり無法地帯となった街で、失踪人を捜す私立探偵ヨヨギ・ケンの前に巨大な敵が立ちはだかる！

悪夢狩り　大沢在昌

未完成の生物兵器が過激派環境保護団体に奪取され、その一部がドラッグとして日本の若者に渡ってしまった。フリーの軍事顧問・牧原は、秘密裏に事態を収拾するべく当局に依頼され、調査を開始する。

眠たい奴ら　大沢在昌

その街で二人は出会った。組織に莫大な借金を負わせ逃げるヤクザの高見、そして刑事の月岡。互いに一匹狼の二人は奇妙な友情で結ばれ、暗躍する悪に立ち向かう。大沢ハードボイルドの傑作！

角川文庫ベストセラー

冬の保安官　大沢在昌

シーズンオフの別荘地に拳銃を片手に迷い込んだ娘と、別荘地の保安管理人として働きながら己の生き方を頑なに貫く男の交流を綴った表題作の他、大沢ファン必読の「再会の街角」を含む短編小説集。

らんぼう　大沢在昌

事件をすべて腕力で解決する、とんでもない凸凹刑事コンビがいた！　柔道部出身の巨漢「ウラ」と、小柄だが空手の達人「イケ」。〝最も狂暴なコンビ〟が巻き起こす、爆笑あり、感涙ありの痛快連作小説！

未来形J　大沢在昌

その日、四人の人間がメッセージを受け取った。四人はイタズラかもしれないと思いながらも、指定された公園に集まった。そこでまた新たなメッセージが……差出人「J」とはいったい何者なのか？

秋に墓標を（上）（下）　大沢在昌

都会のしがらみから離れ、海辺の街で愛犬と静かな生活を送っていた松原龍。ある日、龍は浜辺で一人の見知らぬ女と出会う。しかしこの出会いが、龍の静かな生活を激変させた……！

魔物（上）（下）　大沢在昌

麻薬取締官・大塚はロシアマフィアと地元やくざとの麻薬取引の現場を押さえるが、運び屋のロシア人は重傷を負いながらも警官数名を素手で殺害し逃走。その超人的な力にはどんな秘密が隠されているのか？